BEN BENNETT

Mademoiselle Melon erlebt ein Wunder

Ben Bennett

Mademoiselle Melon erlebt ein Wunder

Roman

blanvalet

MIX
Papier aus verantwortungsvollen Quellen
FSC® C014496

Verlagsgruppe Random House FSC® N001967
Das FSC®-zertifizierte Papier *Holmen Book Cream* für dieses Buch
liefert Holmen Paper, Hallstavik, Schweden.

1. Auflage
Deutsche Taschenbuchausgabe Februar 2014 bei Blanvalet,
einem Unternehmen der Verlagsgruppe Random House GmbH,
München.

Umschlaggestaltung: www.buerosued.de
Redaktion: Angela Troni
ED · Herstellung: sam
Satz: Uhl + Massopust, Aalen
Druck und Einband: GGP Media GmbH, Pößneck
Printed in Germany
ISBN: 978-3-442-38020-6

www.blanvalet.de

December come to me
I hope I can see
You not just in dreams

NORAH JONES

Jeden Tag schlagen durchschnittlich zehn bis dreißig Millionen Blitze auf der Erde ein. Der amerikanische Staatsmann Benjamin Franklin, Erfinder des Blitzableiters, bewies im Jahre 1752, dass sich bei Gewittern eine Spannung zwischen dem Himmel und der Erde aufbaut, indem er einen Drachen in die Wolken aufsteigen ließ. Obwohl Blitze zu den am längsten untersuchten Naturphänomenen gehören, sind die genauen Ursachen und physikalischen Gesetzmäßigkeiten bis heute nicht zweifelsfrei erforscht. Meteorologen unterscheiden verschiedene Formen von Blitzen: Linienblitze, Flächenblitze, Kugelblitze, Perlschnurblitze, positive und negative Blitze, Wetterleuchten und sogar Blitze, die Elfen und Kobolde genannt werden.

Darüber hinaus existiert noch eine weitere Art von Blitzen: solche, die einen aus heiterem Himmel treffen.

Genau so ein Blitz war es, der Pauline im vergangenen Winter getroffen hatte. Auf dem Melonenmarkt eines kleinen, für seine köstlichen Charentais-Melonen berühmten südfranzösischen Städtchens namens Cavaillon. Am späten Vormittag des vierundzwanzigsten Dezembers. Heiligabend stand vor der Tür. Eine allein reisende Schneeflocke, ein seltener Gast in der Provence, war direkt aus dem Himmel in ihr rechtes Auge gefallen, weshalb Pauline einen Augenblick lang ganz auf ihren Hörsinn angewiesen war.

»Herzlichen Glückwunsch!«

Sie erinnerte sich noch genau an seine Stimme, als wäre es erst gestern passiert. Sie klang warm und vertraut. Woher wusste er, dass heute ihr Geburtstag war? Sie waren sich doch eben zum allerersten Mal in ihrem Leben begegnet! Auf dem Wochenmarkt von Cavaillon, am Stand von Madame Pontagnac, die – nun, wie sollte es anders sein – Melonen verkaufte. Er war einen Lockenkopf größer als sie, hatte volles, anbetungswürdiges Haar in der Farbe von brasilianischen Kakaobohnen, seine Haut war eine Nuance heller, etwa so wie ein *Café au lait*, und seine Augen … Sie waren von einer unbeschreiblichen Farbe, angemischt von einem talentierten Schöpfer auf der Basis eines bernsteininspirierten Goldtons und eines leuchtenden Smaragdgrüns.

»Entschuldigung, aber… woher wissen Sie, dass heute mein Geburtstag ist?« Schon waren ihr die Worte über die Lippen gekommen. Pauline war im ganzen Land dafür bekannt, dass sie nicht selten automatisch laut aussprach, was sie gerade dachte.

Für einen Moment wirkte er irritiert.

»Ihr Geburtstag?«, fragte er und schaute sie überrascht an. »Sie haben *heute* Geburtstag? So wie…«

»…Jesus?«, ergänzte sie. »Nun ja, *sein* Geburtstag ist bis heute nicht hundertprozentig bestätigt, meiner dagegen schon!«, stellte sie die Sache richtig.

Kam es ihr nur so vor, oder leuchteten seine Augen von Sekunde zu Sekunde heller?

»Eigentlich habe ich von der Melone in Ihrem Korb dort gesprochen«, stellte wiederum er richtig. »Die letzte Honigmelone. Sie haben sie mir vor der Nase weggeschnappt. Aber wenn heute Ihr Geburtstag ist, verzeihe ich Ihnen doppelt und bin nur halb so aufgebracht, wie ich ursprünglich vorhatte zu sein. Happy Birthday – ach ja, und frohe Weihnachten!«

Er reichte ihr seine gebräunte Hand, und Pauline zögerte keinen Moment, sie zu ergreifen. Sie fühlte sich gut an. Ihre Hand in seiner, wieder: warm und vertraut.

Er trug ein strahlend weißes, ein wenig unfachmännisch gebügeltes Hemd, eine schlanke nachtblaue

Krawatte, eine wie angegossen sitzende Jeans und einen figurbetont geschnittenen schwarzen Mantel aus Schurwolle. Dazu schwarzweiße Chucks. Er war definitiv Franzose, doch seine Art sich zu kleiden war überaus italienisch. Schlicht, aber mit Stil. Sie fragte sich, ob er aus der Modebranche kam.

»Sind Sie Modedesigner?«, fragte sie, obwohl sie es ursprünglich wieder nur hatte denken wollen. Doch schon vernahm sie ihre geheimen Gedanken laut und deutlich mit ihren eigenen Ohren.

»Ich? Nein!«, lachte er.

Sofort konnte sie sich vorstellen, wie er als kleiner Junge ausgesehen haben musste. Er war ein hübscher kleiner Junge gewesen, so viel stand fest. Alle Mädchen in der Schule waren in ihn verliebt.

»Aber mein Beruf ist mindestens genauso exotisch«, ergänzte er. »Ich bin Chocolatier.«

»Choco …?«

»Ich stelle Schokolade her. Ich habe eine kleine Firma – in Paris. Sie ist allerdings winzig und kaum bekannt.«

Tataaa! Damit war die Sache geritzt. Er sah hinreißend aus. Er war überaus nett und charmant. Ihr Herz schlug in seiner Anwesenheit mindestens doppelt so schnell wie gewöhnlich. Und nun stellte sich auch noch heraus, dass er ausgerechnet jenes Lebensmittel herstellte, das ihr, abgesehen von Melonen, das allerliebste war: Schokolade. Die einzigen beiden Fallstricke, die jetzt noch lauerten, waren:

Erstens: Er empfand nicht wie sie – er war nicht gerade dabei, sich Hals über Kopf zu verlieben.

Zweitens: Er war schwul.

Beides konnte und wollte sie nicht glauben. Seine Augen glänzten wie mit einem feinen Ledertuch auf Hochglanz poliert, während er sie ansah, und es waren Augen, die … die sich … nach … weiblicher Fürsorge sehnten. Ja, so war es! So etwas spürte man einfach. Da also war sie – die Liebe ihres Lebens, die Krönung der langen Glückssträhne, die Pauline in den vergangenen Jahren hatte erleben dürfen. Doch gegen das Glück, das nun vor ihr lag, war diese scheinbar goldene Vergangenheit nichts weiter als ein kleiner Fisch. Sie hatte das Tor zum ganz großen Glück aufgestoßen. Zu jenem Glück, von dem jedes Mädchen auf dieser Welt träumte – ob groß oder klein.

Nun, zumindest dachte sie das.

»Ich will Sie nicht aufhalten«, sagte er.

Er sie aufhalten? Unsinn!, dachte Pauline. Sprich weiter. Erzähl mir was Schönes! Egal was – Hauptsache, es endet mit einer Einladung, einer Fortsetzung, einem Wiedersehen.

»Aber … Was hielten Sie davon, wenn wir uns nächsten Montag wieder hier träfen, rein zufällig versteht sich. Am letzten Tag des Jahres, zu Silvester?« Er blinzelte ihr verschwörerisch zu.

Pauline konnte spüren, dass sie vor Aufregung rot anlief. Wie peinlich. Und doch konnte sie nicht das Geringste dagegen unternehmen.

»Das … wäre … schön …« Sie hätte gerne etwas Intelligenteres entgegnet, aber mehr als drei dahingestammelte Worte mit kaum mehr Silben wollten ihr einfach nicht gelingen.

»Und Sie … werden wirklich da sein?« Auch ihm schien es ernst zu sein.

Pauline nickte.

»Um dieselbe Zeit wie heute?«, piepste sie aufgeregt.

»Um dieselbe Zeit wie heute.«

»Oui«, antwortete sie und schickte leise ein *»À bientôt«* hinterher. Bis bald.

Er sah ihr noch einmal tief in die Augen, um dann erneut zu lachen, mit den Schultern zu zucken und den Kopf zu schütteln, als könne er all das nicht glauben. Noch einmal streckte er ihr die Hand entgegen. Pauline ergriff sie erfreut wie einen Strauß tiefroter Rosen.

Loslassen!, erinnerte sie sich nach ein paar Sekunden daran, dass es *seine* Hand war und dass es an der Zeit war, sie ihm zurückzugeben.

»Dann bis bald …«

Huch! Bei dem Versuch, in dem dichten Gedränge vor dem gut besuchten Stand an ihm vorbeizukommen, wäre Pauline um ein Haar über ihre eigenen Füße gestolpert und in seine Arme gefallen. Doch es war gar nicht nötig – sie brauchte nur leicht einzuknicken, und schon spürte sie, wie er sie zärtlich auffing.

»Hoppla!«, sagte er.

»Hoppla«, entgegnete sie. Was für einen Schwachsinn man doch von sich gab, wenn es einen erwischt hatte. Richtig erwischt. Ihre Lippen waren nur Zentimeter von seinen entfernt.

»Alles in Ordnung? Nichts verrenkt?«

»Bloß den Hals«, wollte sie sagen, während sie zu ihm aufsah, noch immer in seinen Armen. Aber sie schüttelte bloß stumm den Kopf, unfähig, auch nur das kleinste Wort herauszubringen.

Dann ließ er sie los. Langsam und vorsichtig, so als wäre sie ein kleines Mädchen, das erst noch lernen musste, auf eigenen Beinen zu stehen. Schließlich marschierten sie los. Sie in die eine Richtung, er in die andere. Nach ein paar Metern, die Knochen ihrer Beine hatten sich vor lauter Nervosität in eine Art Wackelpudding verwandelt, fasste Pauline sich ein Herz und drehte sich noch einmal zu ihm um. Er stand einfach nur da, wie festgewachsen, am Obst- und Gemüsestand von Madame Pontagnac, und lächelte sie an.

»Bis bald«, rief er ihr erneut über die Köpfe der unzähligen Marktbesucher hinweg zu.

Wie er sie ansah! Am liebsten wäre sie zurückgelaufen, um ihm sofort um den Hals zu fallen. Aber das ging natürlich nicht. In der Liebe musste man geduldig sein. Nächsten Montag würde sie ihn wiedersehen und, wenn alles gut lief, gemeinsam mit ihm in das neue Jahr spazieren. Es war nur eine Woche. Sieben Tage. Sieben Nächte. Nicht mehr als die Zeit, die Gott nach mehr oder weniger offiziell bestätigten Zeugenaussagen benötigt hatte, um die Welt zu erschaffen. Kurz gesagt: eine halbe Ewigkeit…

»Ja, bis bald«, erwiderte sie und lächelte zurück, um sich daraufhin umzudrehen und sich ihren Weg durch die Menschenmenge zu bahnen.

Als Pauline sich keine Minute später erneut umdrehte, war er verschwunden. Im selben Augenblick ergriff sie Panik. Hätte sie ihn doch nur nach seiner Telefonnummer gefragt! Sie war drauf und dran, ihm nachzulaufen. Nein!, hielt sie sich zurück. Es war lächerlich. Aber so war es nun einmal, wenn die Liebe einschlug wie ein Blitz aus heiterem Himmel – lächerlich. Und großartig. Beglückend. Schmerzhaft.

»Happy Birthday to you, Happy Birthday to you«!, gratulierte sich Pauline leise vor sich hin summend zu der beglückenden Wende in ihrem Leben, die sich an diesem denkwürdigen Vormittag zugetragen hatte. Dabei war ihr dessen von einem feinen, wie sich später zeigen sollte, gelegentlich in Schnee übergehenden Nieselregen lackiertes Grau noch beim Aufwachen so trist und trostlos vorgekommen. Und nun, nur wenige Stunden später, hatte es sich in das leuchtendste Grau verwandelt, das ihre Augen je erblickt hatten. An ihrem sechsunddreißigsten Geburtstag durfte Pauline damit endlich am eigenen Leib erfahren, wie großartig es sich anfühlen konnte, wenn Geburtstag und Weihnachten auf einen Tag fielen. Noch nie zuvor war sie so reich beschenkt worden. Und das, obwohl sie zu jenen überaus glücklichen Menschen gehörte, denen das Leben bereits in jungen Jahren alles gegeben hatte, was sie sich in ihren Träumen ausmalen konnten.

Aber beginnen wir doch einfach noch einmal ganz von vorn: Pauline Pardieu, Tochter von Hortense und Auguste Pardieu, Begründer einer erfolgreichen Pharmazeutendynastie mit vier gut laufenden Apotheken in Avignon, Montpellier, Bonnieux und Cavaillon. Zwei jüngere Schwestern: Lisette und Hélène. *Baccalauréat* als Jahrgangsbeste. Studium der Chemie an der Pariser Sorbonne. Ausbildung zu einer von weltweit zweitausend Parfümeuren an der *École de Parfumerie Givaudan* in Grasse. Jugendtraum: »Noch vor meinem fünfunddreißigsten Geburtstag will ich eine Million Francs verdient haben. Davon werde ich mich in meiner Heimat zur Ruhe setzen, als freie Mitarbeiterin Artikel für Chemie-Fachmagazine schreiben, meine große Liebe finden, heiraten, Kinder bekommen und glücklich sein.«

Die Summe mag nicht übertrieben hoch und der Wunsch nach einer freien Mitarbeit für langweilige Chemie-Zeitschriften ein wenig merkwürdig klingen, aber jeder hat eben seine ganz eigenen Träume. Und versucht sie zu leben, irgendwie und so früh wie möglich. Um keine Zeit zu verlieren. Pauline – wo waren wir stehengeblieben?

Nach Studium in Paris und Ausbildung in Grasse

dank einer nächtlichen genialen Eingebung Erfindung eines Dufts, der heute von 14,9 Prozent aller französischen Frauen zumindest gelegentlich verwendet wird. Der Parfümhersteller offeriert Pauline die stattliche Summe von neunhunderttausend Francs für die Rechte an ihrem Patent – umgerechnet in die frühere französische Währung, an der ihr Traum sich nach wie vor orientiert. Plus sechsundfünfzigtausend Francs für Auslagen und Entwicklungskosten. Zusammen mit den etwa dreitausend Francs, die sie bis dahin auf ihrem Konto angespart hat, kommt Pauline damit auf neunhundertneunundfünfzigtausend Francs. Schließlich und endlich angewiesen vor nicht allzu langer Zeit. Ein Jahr später, als sie es sich erträumt hat, aber immerhin.

Pauline war fünfunddreißig Jahre jung, ihr sechsunddreißigster Geburtstag stand vor der Tür, als sie beschloss, nicht päpstlicher als der Papst zu sein. Sie erwarb eine lichtdurchflutete, luftige Dreizimmerwohnung mit hellblauen Fensterläden oberhalb des Marktplatzes von Cavaillon in der Provence – ihrem Geburtsort. Ehrlich gesagt war es gar keine Stadt, sondern nur ein liebenswertes kleines Städtchen oder vielmehr ein großes Dorf. Sie richtete sich geschmackvoll ein und bewarb sich als freie Mitarbeiterin bei der landesweit erscheinenden Chemie-Zeitschrift *Molécules*. Drei Wochen später, oder, um es anders auszudrücken, seit gestern, war sie als Leitartiklerin eingestellt. Alles war perfekt. Jetzt fehlte nur noch eines, um ihren Traum komplett zu machen. *Einer*, um genau zu sein.

Als hätte er ihre Gedanken gelesen, war dieser eine keine vierundzwanzig Stunden später in ihr Leben getreten – heute. Ohne jede Vorwarnung, wie ein Gewittersturm im Sommer. Nur dass es mitten im Winter war. Er war nicht von hier, dennoch war er ihr auf den allerersten Blick so bekannt vorgekommen, als hätte sie bereits ihr ganzes Leben mit ihm verbracht. Ihr Herz hatte gehämmert, peinlich laut wie ein Vorschlaghammer, als ihre Blicke sich zum ersten Mal trafen. So also fühlte sie sich an, die Liebe auf den ersten Blick.

Noch jetzt spürte sie ihre klammen, nassen Finger, mit denen sie verlegen durch ihr regenfeuchtes Haar strich. Es existierte kein ersichtlicher Grund für ihr merkwürdiges Verhalten und ihre übertriebenen Gefühlsregungen – kein in allen Punkten übereinstimmendes Partnerprofil, keine gemeinsamen Leidenschaften, keine Lebensläufe, die einander glichen –, jedenfalls nicht, dass sie wusste. Das Gefühl, dass er derjenige war, nach dem sie immer gesucht hatte, war einfach da. Eine innere Stimme hatte es ihr ins Herz geflüstert.

»Und, hat Monsieur Märchenprinz auch einen Namen?«

Im Überschwang der Gefühle hatte Pauline noch am selben Abend sowohl ihrer Mutter als auch ihren beiden an Klatsch und Liebesgeschichten jeder Art überaus interessierten Schwestern von der schicksalhaften Begegnung mit… wie auch immer er heißen mochte… berichtet. Wieso nur hatte sie ihn nicht nach seinem Namen gefragt? Pauline ohrfeigte sich innerlich dafür.

»Er heißt… *Dezember*«, erwiderte sie im Brustton der Überzeugung.

Sie hatte ihn im Dezember getroffen, und egal wie er im wirklichen Leben hieß, Pauline fand, der Name passte hervorragend zu ihm. Sie beschloss, ihn als Kosenamen für ihn beizubehalten. Für den Rest ihres gemeinsamen Lebens. Oder zumindest vorerst – so lange jedenfalls, bis sie mehr über ihn wusste.

Jener Montag, der nicht nur ihr Geburtstag und die Geburtsnacht von Jesus war, sondern auch die Geburtsstunde ihrer großen Liebe, verwehte wie in einem Rausch. Das Glück, das sie durchflutete wie ein mächtiger goldener Strom, trug sie durch den Tag, als hätte sich ein fliegender Teppich unter ihre Füße gelegt. Es wärmte und erleuchtete ihre Nacht wie ein einladendes, flackerndes Kaminfeuer. Dienstag. Mittwoch. Donnerstag. Freitag. Samstag. Und schließlich Sonntag. Mit jedem Tag wurde der Strom ein wenig schwächer und wich einem anderen Gefühl – tiefer Sorge.

Was, wenn *Dezember* nicht kommen würde? Wenn ihr zufälliges Treffen, das für sie die Welt bedeutet hatte, für ihn nichts weiter als ein Spaß gewesen war, den er längst vergessen hatte – so wie er sie vergessen hatte? Was dann?

»Mach dir keine Sorgen. Er wird kommen«, beruhigte sie sich selbst, als sie sich schließlich auf den Weg machte.

Von ihrer Wohnung aus waren es nur wenige Schritte bis zum Treffpunkt, schließlich wohnte sie direkt am Marktplatz. Sie konnte den Stand von Madame Pontagnac von ihrem Fenster aus sehen.

Unter einem eleganten grauen Strickmantel trug Pauline ein tailliertes zartrosafarbenes Kleid, dessen Ärmel in einem edlen Kupferton abgesetzt waren, dazu schlanke schokoladenbraune Lederstiefel. Ihre Nerven flatterten wie der Saum des leichten Kleids, der unter dem Mantel hervorlugte und vom Wind mal in die eine, mal in die andere Richtung gezerrt wurde. Es war ein klarer, frischer Vormittag im Winter, wie man sie so oft in der Provence erlebt. Keine Wolke störte die Sonne am Himmel, und ein fröhlicher Wind fegte über die Wiesen und Felder, die Straßen und Gassen.

Silvester. Der letzte Tag des Jahres würde zugleich der letzte Tag ihres alten Lebens sein, bevor sie – begleitet von einem Feuerwerk des Glücks – ein neues Kapitel aufschlug. Ein Kapitel, von dem sie geträumt hatte, seit sie ein kleines Mädchen war.

»Bitte, lieber Gott, mach, dass es klappt«, betete sie im Flüsterton, während sie auf Madame Pontagnacs Stand zusteuerte.

Nicht, dass sie übermäßig an Gott glaubte, aber es konnte nichts schaden, alle irdischen und überirdischen Kräfte vereint hinter sich zu wissen in diesem so wichtigen Moment. Vorsichtshalber war sie bereits eine Viertelstunde früher gekommen als beim letzten Mal, nur um sicherzugehen. Zuvor hatte sie den Stand von ihrem Fenster aus nicht aus den Augen gelassen. Darüber hinaus gab es noch einen weiteren Grund, warum sie vor *Dezember* da sein wollte. *Dezember*, wie gut der Name zu ihm passte! Sie wollte ihn mit einer Honigmelone überraschen, nachdem sie ihm bei ihrem ersten Zusammentreffen das letzte Exemplar weggeschnappt hatte.

»Der junge Mann war noch nicht da«, setzte Madame Pontagnac Pauline mit einem übertriebenen Augenzwinkern in Kenntnis, kaum dass sie den Stand erreicht hatte.

Offenbar hatte sie beim letzten Mal alles mitbekommen. Nun ja, so waren die Leute in kleinen Städten nun einmal. Liebesgeschichten, Klatsch, Dramen und Komödien – nichts entging ihrem allzeit wachsamen Blick.

»*Dezember*, bitte versetz mich nicht«, betete Pauline, während sie unschlüssig mit der schönsten Honigmelone, die Madame Pontagnac zur Auswahl hatte, am Rande des Standes wartete.

Fünf Minuten nach der vereinbarten Zeit, das konnte passieren. Möglicherweise hatte er keinen Parkplatz gefunden.

Eine Viertelstunde. Hatte er nicht gesagt, dass er aus Paris sei? Er war ortsfremd, vermutlich hatte er sich verfahren oder verlaufen. Cavaillon war nicht einfach zu durchschauen, wenn man nicht von hier war.

Eine halbe Stunde. Der Verkehr, es konnte nur der Verkehr sein, wahrscheinlich steckte er irgendwo fest. Ohne die Möglichkeit, sie zu informieren.

Pauline bemerkte den Blick von Madame Pontagnac, die an all diese Ausreden nicht zu glauben schien. »Er hat dich versetzt, Kleines« – das war es, was ihr Blick sagte.

Als *Dezember* auch nach einer Stunde nicht erschienen war, verließ Pauline ihren Platz am Stand von Madame Pontagnac, um sich auf eine der Bänke unter den Platanen zu setzen, in Sichtweite dessen, was geschah. Hoffentlich merkte niemand, dass sie kurz davor war, in Tränen auszubrechen. Warum nur? Sie hatte ihn doch nur ein einziges Mal getroffen.

War es nicht ganz normal, passierte es nicht jedem, dass sich die eigenen Träume nicht erfüllten? Dass man versetzt wurde? Von jenem Menschen, in den man sich Hals über Kopf verliebt zu haben glaubte – jedoch ohne von ihm in demselben Maße wiedergeliebt zu werden?

Und wenn das alles ganz normal war, wieso war sie dann so enttäuscht? Wieso verspürte sie dann diesen schrecklichen Kloß im Hals? Und warum hatte sich eine eiskalte Hand um ihr Herz gelegt, die es Sekunde um Sekunde weiter gefrieren ließ? Wenn das so weiterging, dauerte es nicht lange und es würde zerspringen wie ein dünnwandiges Glas, das zu Boden fiel.

Léonard

Nein! Alles, nur nicht das! Er musste etwas unternehmen, das war ihm klar. Aber was um Himmels willen? Es brach Léonard das Herz, sie so dort sitzen zu sehen. Allein auf dieser Bank am Rande des Markttreibens, während ihr Blick wieder und wieder zum Stand von Madame Pontagnac hinüberwanderte. Dabei war er hier, direkt neben ihr! Warum in aller Welt bemerkte sie ihn nicht? Warum in aller Welt bemerkte ihn *niemand*?

Als Léonard Lune – so hieß *Dezember* im wahren Leben – ein kleiner Junge gewesen war, waren die Türchen seines Adventskalenders das Tor zum Glück für ihn. Wer hätte gedacht, dass er als Erwachsener noch einmal ähnlich fühlen würde, während er die Tage zählte – Dienstag, Mittwoch, Donnerstag, Freitag, Samstag, Sonntag –, bis endlich wieder Montag war. Der Tag, an dem er *sie* wiedersehen würde.

Léonard glaubte an die eine wahre, große Liebe, er hatte immer daran geglaubt. Doch nach all den Jahren, nachdem die erste Hälfte seines Lebens ohne größere Erfolge in diesem Punkt verflogen war, hatte er es fast aufgegeben. Und nun war sein Herz auf einmal so leicht, dass es drauf und dran war davonzufliegen. Daher war er nicht spaziert, sondern geflogen – zur Place Cabassole, dem Marktplatz von Cavaillon, wo das Rendezvous seines Lebens stattfinden sollte. Ein Rendezvous, dem er eine Woche lang entgegengefiebert hatte. Es war ein klirrend kalter einunddreißigster Dezember, der letzte Tag des alten Jahres, der letzte Tag seines alten Lebens, das ab sofort Geschichte war. Leichtfüßig hatte er die Straßenseite gewechselt und war in die schmale Gasse eingebogen, die zu dem kleinen, von alten Häusern und knorrigen Platanen gesäumten Platz an der *Cathedrale Saint-Veran* führte, wo er mit ihr verabredet war. Zum gemeinsamen Melonenkauf.

»Um dieselbe Zeit wie heute?«

»Oui!« Ein klares Ja, ergänzt um ein verführerisch klingendes *»à bientôt«* – bis bald. Dann ihr Blick, als sie sich noch einmal nach ihm umgedreht hatte!

Bitte sei da!, hatte er gebetet, während er in die Rue Liffran geflogen war, die letzte Etappe seiner Reise, kaum mehr als einhundert Meter Luftlinie von dem vom Schicksal geküssten Platz entfernt, an dem er sie endlich wiedersehen würde.

Würde, wäre, hätte …

Das Letzte, was Léonard vernommen hatte, war Gilbert Bécauds unvergessener Hit *L'important c'est la rose*.

Der Song dröhnte dramatisch und im Nachhinein betrachtet fast wie ein Ruf aus dem Jenseits aus dem

Radio eines Kleinlasters – des Klaviertransporters von Pierre Fournier, um genau zu sein. *Klaviertransporte Pierre Fournier*, genau so stand es auf die Motorhaube geschrieben, und es war das Letzte, was Léonard in seinem irdischen Leben lesen sollte.

Im nächsten Moment wälzte sich der Transporter mit einem Gewicht von siebeneinhalb Tonnen Stahl plus Pierres schätzungsweise fünfundneunzig Kilo sowie der Last eines alten Bechstein-Flügels in null Komma nichts über Léonards wehrlosen, allein von Seide und Wolle vor den unzähligen Gefahrenquellen der Welt behüteten Körper.

Für einen Augenblick hüllte ihn der dumpfe Schmerz fast völlig ein. Doch dann: nichts. Es waren höchstens Sekunden vergangen – und Léonard ging es gut. Gut war fast zu wenig gesagt. Es ging ihm sogar ausgezeichnet, um nicht zu sagen: besser denn je zuvor. Er spürte rein gar nichts mehr! Er fühlte sich leicht und beschwingt! Unfassbar leicht sogar! Offensichtlich hatte er noch einmal Glück gehabt. Kein gleißendes Licht, das darauf zu warten schien, dass er darauf zuschritt. Nichts dergleichen. Jeder Zahnarztbesuch tat mehr weh als dieser Unfall. Leichtfüßig sprang Léonard auf und klopfte sich den Staub vom Anzug.

»Nichts passiert!«, rief er erleichtert aus.

Aber die umstehenden Passanten sowie der Lastwagenfahrer waren nicht zu beruhigen. Pierre, ein Bulle von einem Mann, stand unter Schock, während er seine Tat begutachtete. Dicke Tränen kullerten ihm über die feisten Wangen. Eine junge Frau mit einem gelben Regenschirm war ohnmächtig auf dem Bürgersteig in sich zusammengesackt. Zwei ältere Damen wiederum standen einfach nur da wie angewachsen und starrten wie gebannt auf den regungslosen Körper, der vor ihnen auf dem Asphalt lag.

Léonard verstand nicht ganz, was er da mit seinen eigenen Augen sah. Seinen Augen, die ihm offensichtlich einen Streich spielten. Denn der Mann, der vor dem Kühlergrill des Lastwagens auf der Straße lag, trug definitiv nicht nur denselben Anzug und denselben Mantel wie er, sondern auch dieselben Gesichtszüge.

Es bestand kein Zweifel: Dieser Mann war Léonard Lune. Und er selbst, der danebenstand und seinen unglücklichen Doppelgänger betrachtete, war ebenfalls Léonard Lune. Wie ernst die Lage war, dämmerte ihm erst, als einer der beiden Léonard Lunes abtransportiert wurde, auf einer Bahre, vollständig bedeckt von einem Tuch in der Farbe einer Nacht ohne Mond und Sterne. Ohne Anwesenheit der Frau, die seine große Liebe hätte werden sollen.

Zügig verließ er die schaurige Szenerie, um zum Marktplatz zu eilen. Er war noch nicht allzu spät, vielleicht wartete sie noch immer auf ihn. Hurra, da war sie! Er lief auf sie zu, überglücklich, sie wiederzusehen. Da sie ihm den Rücken zudrehte, tippte er ihr von hinten auf die Schulter. Einmal, zweimal, dreimal. Sie merkte es nicht.

»Hallo!«, sagte er schließlich.

Noch immer keine Reaktion.

Mit einem Schritt schob er sich direkt vor ihre Augen.

»Entschuldigen Sie die Verspätung«, sagte er, »aber mir ist gerade etwas sehr Merkwürdiges passiert. Oh Gott, wie schön es ist, Sie wiederzusehen.« Er musste es ihr einfach sagen. So glücklich war er.

Doch sie – sie schien durch ihn hindurchzusehen. Hatte er sie mit seinem Zuspätkommen verärgert? So sehr, dass sie nicht einmal mehr gewillt war, mit ihm zu sprechen? Ihn auch nur eines einzigen Blickes zu würdigen, obwohl er direkt vor ihren Augen stand?

»Es tut mir leid, wirklich«, ergänzte er schnell. »Bitte lassen Sie mich die Sache erklären!«

»Er wird sicher bald kommen.«

Das war die Stimme von Madame Pontagnac, die Léonard zutiefst verunsicherte. Wer wird bald kommen?, fragte er sich.

»Sie müssen wissen: Der junge Mann von letzter Woche hat nicht so ausgesehen, als würde er eine attraktive, junge Dame wie Sie einfach so versetzen. Ich habe das im Blut, glauben Sie mir, Mademoiselle«, beeilte sich Madame Pontagnac zu versichern. Dabei tatschte sie über Obst und Gemüse hinweg tröstend die Hand jener wunderschönen, begehrenswerten, liebenswerten Gestalt, die gerade dabei war, Léonard das Herz zu brechen. Indem sie ihn schlicht und einfach ignorierte.

Erst jetzt fiel Léonard auf, dass auch Madame Pontagnac ihn nicht zu bemerken schien.

»Madame?«, wandte er sich in seiner Verzweiflung an sie. »Könnten *Sie* vielleicht ein gutes Wort für mich einlegen? Es ist wirklich nicht meine Schuld, dass ich zu spät bin ...«

Doch auch diesmal keine Reaktion. Nicht die geringste.

»He, Sie da! Was ist mit Ihnen, können Sie mich sehen? Können Sie mich hören?« In seiner Aufregung umfasste Léonard den nächstbesten Arm – er gehörte einem älteren Herrn, der sich für Madame Pontagnacs große Auswahl an Tomaten interessierte.

Doch was war das? Er griff mit der Hand ins Leere. Es war unmöglich. Erneut fasste er zu. Und wieder – seine Hand fuhr direkt durch Monsieurs Arm. Was ... um Himmels willen ... ging hier vor sich?

Erst jetzt bemerkte er, dass sich sein Rendezvous, auf das er ein Leben lang gewartet hatte, langsam von dem Stand entfernte, um sich zu einer der Bänke zu begeben, die den Rand des Platzes säumten.

Léonard folgte ihr, versuchte, ihren Arm zu ergreifen. Mit demselben enttäuschenden Resultat. Es war, als hätte die Frau seiner Träume sich im wahrsten Sinne des Wortes in Luft aufgelöst. Und die Welt um sie herum mit ihr. Ratlos und erschöpft setzte er sich neben sie, ohne die Spur einer Idee, was er nun tun konnte. Da nahm er plötzlich etwas wahr. Es war, als läse er die Worte vor seinem geistigen Auge:

Ist es nicht ganz normal, passiert es nicht jedem, dass sich die eigenen Träume nicht erfüllen? Dass man versetzt wird? Von jenem Menschen, in den man sich Hals über Kopf verliebt zu haben glaubt, jedoch ohne vom ihm in demselben Maße wiedergeliebt zu werden? Wenn das alles ganz normal ist, wieso bin ich dann so enttäuscht, wieso verspüre ich dann diesen schrecklichen Kloß im Hals? Und warum legt sich eine eiskalte Hand um mein Herz, die es Sekunde um Sekunde weiter gefrieren lässt? Wenn das so weitergeht, wird es nicht lange dauern und es wird zerspringen wie ein dünnwandiges Glas, das zu Boden fällt.

Was war das?

Léonard erschrak. Er sah in die Augen der Frau, die neben ihm auf der Bank saß und die, wie er dachte, beschlossen hatte, ihn wegen seiner kleinen Verspätung mit Ignoranz zu strafen. Schlagartig wurde ihm klar, was es war, das er hier las.

Es waren ihre Gefühle. Ihre Gedanken.

Woher um Himmels willen hatte er diese Gabe? Was war geschehen? Hatte der seltsame, mysteriös verlaufene Unfall ihm übersinnliche Kräfte verliehen? All diese Fragen strömten auf ihn ein und begannen ihn zu quälen, während sie ihm weiterhin ihr Herz ausschüttete. Es ihm zu Füßen legte.

Genau das war das Schlimmste an der ganzen, überaus merkwürdigen Sache: Er wusste nicht, wie er mit etwas derart Kostbarem umgehen sollte, hier und jetzt.

Pauline

»Er ist nicht gekommen?«

Lisette konnte es nicht glauben. Hélène konnte es nicht glauben. Und auch Hortense, Mutter dreier perfekt geratener Apothekertöchter, konnte es nicht glauben. Allein Auguste Pardieu, der Apotheker selbst, glaubte es.

»Pauline, mach dir nichts draus. Wenn der Kerl dich sitzenlässt, ist er es nicht wert, dass du auch nur eine Sekunde weiter über ihn nachdenkst.«

»Ich weiß …«, seufzte Pauline leise.

Es war kurz vor zwölf. In wenigen Augenblicken würde sich ein Feuerwerk über den Dächern der Stadt entzünden, ergänzt um ein weiteres im Garten ihres Elternhauses. Ihr Vater hatte eben den Champagner aus dem Kühlschrank geholt, nachdem er sich vergewissert hatte, dass das Systemfeuerwerk so weit vorbereitet war, dass er es mit einem einzigen Streichholz in Gang würde setzen können.

Das Haus war hell erleuchtet. Alles war perfekt. Trotzdem war es der traurigste Silvesterabend, an den Pauline sich erinnern konnte. Wieso war er nicht gekommen? Wie hatte er ihr das nur antun können? Das war die eine Frage, die sie sich stellte. Doch die andere beschäftigte sie noch mehr: Was, wenn er tatsächlich durch etwas Schwerwiegendes aufgehalten worden war? Was, wenn er hatte kommen wollen? Was, wenn er sie genauso brauchte wie sie ihn, wenn jetzt, in diesem Augenblick, diesen letzten Minuten des alten, schon bald vergangenen Jahres, seine Gedanken genauso voller Sehnsucht und Verzweiflung um sie kreisten wie ihre um ihn – was dann? Wie um alles in der Welt sollten sie einander jemals wiederfinden?

Es gab nur einen Weg.

»Was auch immer der Grund dafür war, dass du nicht kommen konntest: Es war sicher nicht deine Schuld«, verzieh Pauline *Dezember*, dass er sie versetzt hatte. Sie beschloss, ihm eine zweite Chance zu geben. Am nächsten Montag um dieselbe Zeit würde sie noch einmal am Melonenstand von Madame Pontagnac auf ihn warten. Wenn er tatsächlich aufgehalten worden war, kam er vielleicht auf dieselbe Idee. Sie musste alle Möglichkeiten ausschöpfen, bevor sie ihn endgültig aufgab. Eine innere Stimme sagte ihr, dass dieser Mann es wert war.

»Was hast du gesagt?« Ihre Mutter warf ihr einen fragenden Blick aus der Küche zu.

Sie platzierte soeben die Champagnergläser in Reih und Glied auf dem Tisch, während Auguste sich darauf vorbereitete, in alter Tradition den Korken an die Decke knallen zu lassen.

»Ich? Ach, nichts weiter«, spielte Pauline die Ahnungslose. Schon wieder hatte sie zugeschlagen – ihre alte Angewohnheit, Gedanken laut auszusprechen.

Sie musste wirklich besser aufpassen, schließlich wollte sie niemanden beunruhigen. Allerdings ahnte sie, dass ihr Beschluss, den Mann ihrer Träume nicht aufzugeben, obwohl er *sie* möglicherweise aufgegeben hatte, definitiv ein solcher Grund zur Beunruhigung wäre.

Auf seinem rasanten Rückweg von der Decke traf der wie eine Rakete aus der Champagnerflasche geschossene Korken eine über dem Herd hängende Kupferpfanne. Davon unbeeindruckt ließ Auguste das prickelnde feuchte Gold bereits in die bereitstehenden, auf Hochglanz polierten Gläser perlen.

»Frohes Neues, meine Lieben!«, rief er.

»Frohes Neues!«, schallte es zurück.

Allein Pauline wollte noch nicht daran glauben, dass es wirklich ein frohes neues Jahr werden würde.

»Auf die Hoffnung!«, ermunterte sie sich selbst beinahe unhörbar leise, während sie traurig, aber mit einem tapferen Lächeln im Gesicht ihrer Familie zuprostete.

Léonard

Wo waren nur all die Menschen? Der Marktplatz lag wie leergefegt vor Léonards Augen, während ein prächtiges Feuerwerk den Himmel über den Dächern der kleinen Stadt golden und silbern anstrich. Sogar die Vögel hatten den Flugbetrieb eingestellt. Alle Flüge gestrichen – aus Sicherheitsgründen. Ganz im Gegensatz zu Pauline: Sie war ausgeflogen.

Pauline Pardieu. Konnte es einen schöneren Namen geben? Er prangte in einer bezaubernden, geschwungenen Handschrift auf ihrem in einem zarten Honigmelonengelb lackierten Briefkasten. Daraus hatte sie am Nachmittag dieses soeben verklungenen letzten Tages im Jahr, der eigentlich der erste ihres Lebens zu zweit hätte werden sollen, ihre Post gefischt.

Léonard konnte es nicht glauben: War er wirklich … *tot?*

Fest stand, dass sich sein Aggregatzustand dramatisch verändert hatte – und ganz gewiss nicht zum Besseren. Er hatte sich buchstäblich in Luft verwandelt, und so behandelten ihn die Menschen auch. Ein Umstand, der leider auch *sie* nicht ausnahm. Die Frau, die vom Schicksal auserwählt worden war … Nein, nicht vom Schicksal, diesem gemeinen Biest … Jene Frau, die er, Léonard Lune höchstpersönlich dazu auserkoren hatte, die Liebe seines Lebens zu werden.

Er war ihr nachgeeilt, bis zu ihrer Wohnung, wo sie ihm doch glatt rücksichtslos die Tür vor der Nase zugeschlagen hatte. So als hätte er von einem Moment auf den anderen aufgehört, für sie zu existieren. Sie hatte ihm nicht einmal eine Chance gegeben, sich ihr zu erklären. Kurzum: Es war grausam.

Während Léonard von der Bank am Rande des Marktplatzes hinauf zu den dunklen Fenstern des altehrwürdigen Hauses starrte, von denen ein oder zwei zu ihrer Wohnung gehören mussten, fragte er sich, wo genau und wer genau er nun war. Es war unendlich traurig, mutterseelenallein hierzusitzen und das Feuerwerk am schwarzen Nachthimmel zu betrachten, das für die meisten anderen Menschen ein neues Jahr einläutete, während es für ihn vor allem eines zu bedeuten schien: Nicht nur das alte Jahr ist Vergangenheit. Nein, du selbst, Léonard, bist Vergangenheit. Dein Leben ist zu Ende.

Die folgenschwere Kollision mit Pierre Fourniers Klaviertransporter in der Rue Liffran war nicht das erste Mal, dass Léonard sich auf der Straße wiederfand. Hilflos den Launen des Schicksals ausgeliefert. Fast möchte man von Fügung sprechen, denn dort, wo sein Leben, wie es momentan aussah, zu einem verfrühten Ende gekommen war, hatte es vor langer Zeit auch begonnen: auf der Straße. Genauer gesagt auf den Treppenstufen eines Waisenhauses am *Canal Saint Martin* in Paris, wo seine unverschuldet verpatzte Premiere für das Leben stattgefunden hatte.

Wir präsentieren: Léonard Lune, ein winziger Däumling, eben erst in die Welt geschlüpft, noch namenlos, bibbernd unter einer dünnen Decke in einem Körbchen an einem frostigen Heiligabend. Was für ein originelles Weihnachtsgeschenk!, musste sich die Belegschaft gedacht haben. Sie hatten die Gabe bereitwillig angenommen und das Findelkind Léonard genannt, weil es in jener Weihnachtsnacht auf den Treppenstufen keine Träne vergossen hatte, obwohl das Schicksal ihm wahrlich übel mitgespielt hatte. So stark waren nur Löwen! Und Lune – Mond –, weil Vollmond gewesen war. Jahr um Jahr war ins Land gegangen, und sie hatten den kleinen Léonard aufgepäppelt, bis eines Tages ein großer Léonard aus ihm geworden war: der Stolz der Belegschaft. Schließlich und endlich der Fürsorge seiner Ersatzmütter entwachsen, hatte er ein winziges, unscheinbares Geschäft in einer nicht minder winzigen, unscheinbaren Gasse eröffnet, das seinen Kunden und vor allem Kundinnen feinste Schokoladen aus aller Welt offerierte. Anfangs hatte Léonard sie lediglich verkauft, in allen nur denkbaren Variationen, um einige Zeit später aufgrund der großen Nachfrage seine eigene Schokoladenfabrik zu eröffnen.

»*Attention, mesdames et messieurs:* Léonard Lunes

Mondschokoladenfabrik! Sie müssen schon auf dem Mond leben, um bei uns nicht auf den Geschmack zu kommen«, versprach sein Slogan vollmundig. Und es war nicht einmal übertrieben.

Na ja, der Ausdruck »Fabrik« war möglicherweise ein Kakaolöffelchen zu dick aufgetragen, aber Léonard liebte den eleganten, großindustriellen Klang des Wortes und konnte sich einfach nicht dazu durchringen, es gegen eines dieser neuerdings wieder modernen verstaubten Wörter wie »Manufaktur« auszutauschen. Tatsächlich jedoch *war* es eine Manufaktur, versteckt in einem Pariser Hinterhof. Ein kleines, dank seiner Produktpalette unwiderstehlich feines Unternehmen, das die Brüder und Schwestern des Klosters in Cavaillon dazu bewogen hatte, ihn zu ihrem Hoflieferanten zu küren. Eine beinahe göttlich zu nennende Vorsehung, die Léonard zu den Festtagen in die Provence hatte reisen lassen, wo er auf etwas gestoßen war, das er schon fast aufgegeben hatte. Denn von der großen Liebe hatte er bis dahin noch nicht gekostet, während seine zweite Leidenschaft, die Schokolade, drauf und dran war, ihm ein süßes Leben zu bescheren.

»Genug, Léonard!«, ermahnte er sich. »Du schwelgst ganz offensichtlich in der Vergangenheit.« Es war tragisch, aber nicht zu leugnen: Sein Leben *war* Vergangenheit.

»Pauline, was würde ich dafür geben, wenn du mich sehen, hören, fühlen könntest.«

Gab es etwas Schlimmeres für einen Menschen, als

unsichtbar, unhörbar, unfühlbar zu sein? Es war *unfassbar*!

Obwohl sein Leben anscheinend hinter ihm lag, verspürte Léonard zum ersten Mal Angst. Nie zuvor hatte er ein vergleichbares Gefühl für einen Menschen gehegt. Diese Frau war einzigartig. Sie war ein Wunder. Er durfte sie um keinen Preis verlieren.

In dieser einsamen Nacht unter dem weiten Himmel, befeuert vom strahlenden Licht des Feuerwerks, das dem neue Jahr Hallo sagte, schwor er sich: Er würde sie nicht aufgeben – nicht solange er noch existierte. In welcher Form auch immer. Nicht solange sie ihn nicht persönlich dazu aufforderte, sie aufzugeben.

Möglicherweise war sie der Grund, warum er noch immer da war, obwohl sein irdisches Ich offensichtlich ein tragisches Ende gefunden hatte. Sie war es, die ihn am Leben erhielt. Sie und die Hoffnung. Die Hoffnung, dass sie das Gleiche fühlte wie er. Dass auch sie ihn nicht einfach loslassen konnte wie einen mit Gas gefüllten Luftballon, der zwischen ihren Fingern an einem seidenen Faden hing – bereit, für immer davonzufliegen.

Pauline

Die erste Woche des neuen Jahres ging ins Land, und als Pauline, begleitet von einem eisigen Januarwind, an diesem Montagvormittag den Stand von Madame Pontagnac erreichte, erwartete sie dort bereits jemand.

Nein, es war nicht *Dezember*. Ein französischer Bono sang nur wenige Schritte entfernt von Madame Pontagnacs Auslage und mit unverkennbarem Marseiller Akzent *I still haven't found what I'm looking for* von U2 und blickte Pauline dabei bedeutungsschwanger in die Augen. So als sänge er es allein für sie. Als wüsste er im Detail um ihre tragische persönliche Situation. Pauline kaufte erneut eine Honigmelone, genau wie beim letzten Mal. Nicht für sich selbst, sondern für ihn, *Dezember*. Falls er denn erschiene. Ihr Herz pochte aufgeregt. Noch hatte sie die Hoffnung nicht aufgegeben. Er war ein intelligenter Mann, so viel war sicher, und wenn er wirklich aufgehalten worden war beim letzten Mal, war er sicher auf den gleichen Plan B gekommen wie sie.

»Bitte, bitte, bitte«, flehte sie.

Doch nichts. Keine Spur. So angestrengt sie den Blick auch über die Köpfe der Marktbesucher schweifen ließ.

Nachdem sie ihren Einkauf erledigt hatte, drückte sie sich noch ein Weilchen ganz in der Nähe des Obststands herum – so lange, bis sie schließlich bemerkte, dass jemand sie beobachtete. Es war, wie konnte es anders sein, Madame Pontagnac.

Pauline hatte nicht die geringste Lust, sich von ihr erneut in ein Gespräch über *Dezember* verwickeln zu lassen. Die vermeintlich tröstenden Worte der Marktfrau würden sie nur noch trauriger machen.

»Pauline? Pauline Pardieu?«

Erschrocken fuhr sie herum. Sie kannte diese Stimme. Aber woher nur?

»Wusste ich es doch!«

Nein, bitte nicht jetzt. Vor ihr stand eine stark geschminkte Brünette. Sie waren zusammen zur Schule gegangen, hier in Cavaillon, vor … nun ja, das war Ewigkeiten her … und hatten sich seitdem nicht wieder gesehen. Pauline konnte sich partout nicht an ihren Namen erinnern.

»Du bist also immer noch hier! Lass dich drücken!« Gesagt, getan. Schon befand sie sich in den Fängen der Frau ohne Namen. Pauline konnte sich nicht daran erinnern, dass sie befreundet gewesen waren, aber manchmal machte die Zeit Freunde aus alten Schulkameraden, die sich früher höchstens einmal zigarettenrauchend und mit hochgezogenen Augenbrauen auf dem Schulhof begegnet waren.

»Was für ein Zufall!«, polterte ihre ehemalige Mitschülerin los. »Ich war über die Feiertage bei meinen

Eltern, morgen geht's zurück nach Lyon. Komm, wir müssen unbedingt einen Kaffee trinken gehen. Die guten alten Zeiten!« Schon hatte sie Paulines Hand ergriffen, um sie aus dem Getümmel der Obst- und Gemüsestände auf dem Marktplatz wegzuzerren, hinein in ein lauschiges Café.

»Ich, nein …«

»Jetzt komm schon, einkaufen kannst du später!«

»Ja, aber …«, entgegnete Pauline hilflos.

Sofort musterte ihre Zufallsbegegnung sie mit diesem ganz eigenen Blick, den manche Frauen aus dem Effeff beherrschten:

»Oder wartest du hier etwa auf jemanden, hm? Ein Rendezvous?«

»Nein, natürlich nicht!«, beeilte Pauline sich zu entgegnen, um dem Thema nicht noch mehr öffentliche Aufmerksamkeit zukommen zu lassen, als es ohnehin bereits genoss.

Mit einem schnellen Blick auf ihre Armbanduhr vergewisserte sie sich, dass es bereits eine Viertelstunde nach der Zeit war. Fast zwanzig Minuten, um genau zu sein. *Dezember* hatte sich also erneut verspätet. Deutlich verspätet, um es positiv auszudrücken. Negativ ausgedrückt – was in diesem Fall wohl realistisch bedeutete – war er gerade dabei, sie ein zweites Mal zu versetzen. Was also machte es am Ende aus, ob sie noch weitere zehn oder zwanzig Minuten wie festgewachsen hier auf ihn wartete? Auf ihn, der ohnehin nicht kommen würde.

»In Ordnung!« Sie nickte und ließ sich von ihrer zurückgewonnenen Freundin, die nie ihre Freundin gewesen war, entführen. »Auf einen Kaffee.«

Erst jetzt fiel ihr auf, dass ihre Füße Eiszapfen waren. Sie war nicht nur festgewachsen, sondern auch festgefroren. Möglicherweise war es die richtige Entscheidung, sich ein wenig aufzuwärmen. Bevor auch ihr Herz noch gefror an diesem unfassbar und deprimierend kalten ersten Montag im Januar des neuen Jahres.

Léonard

Hätte er es vermocht, er hätte ihr den Frost von den Lippen geküsst, bevor ihr Herz erfrieren konnte. Er hätte sie mit seiner Wärme und seiner Zuneigung, die von Tag zu Tag wuchs, eingehüllt wie in einen warmen Mantel. Doch er schaffte es nicht. Seine Liebe zu ihr war dazu verdammt, im Verborgenen zu blühen – so wie ein einsames, verlorenes Blümchen unter frisch gefallenem Schnee.

»Pauline? Pauline Pardieu?« Die Hilfe der stark geschminkten Brünetten hatte Léonard nicht benötigt – er wusste bereits, wie die Liebe seines Lebens hieß. Seit nunmehr einer Woche wich er nicht mehr von ihrer Seite. Er kannte ihren Namen (Pauline Pardieu), wusste, wo sie wohnte (oberhalb des Marktplatzes), was sie am liebsten aß (Melonen und Schokolade) und, last but not least, wie anmutig und zauberhaft schön es war, wenn sie lächelte.

Lächeln. Das war etwas, das sie leider nur äußerst selten tat, jedenfalls seit er an ihrer Seite war. Natürlich ahnte er, warum dem so war. Nach einer Woche glaubte er sie in- und auswendig zu kennen. So war es nun mal, wenn man die Gedanken anderer Menschen lesen konnte. Ohne es zu wissen, schüttete Pauline ihm ununterbrochen ihr Herz aus. Aber was in aller Welt sollte er dagegen unternehmen? Wie konnte er ihre Privatsphäre schützen? Nun, zumindest mit einer festen Regel, gegen die er nicht verstoßen würde: Vor ihrer Haustür war Schluss für ihn. Er hätte spielend leicht mit in ihre Wohnung spazieren können, Küche, Bad, Schlafzimmer – nichts war tabu in seinem Zustand. Und doch, für ihn waren diese Räume tabu. Er würde ihre Wohnung erst betreten, wenn sie ihn persönlich dazu einlud. Und danach sah es momentan ganz gewiss nicht aus.

Wer lud schon einen unsichtbaren Obdachlosen zu sich nach Hause ein, zu einem Rendezvous bei Kerzenschein? Denn genau das war er: unsichtbar und obdachlos. Seit nunmehr einer Woche verbrachte er seine Tage, soweit es irgendwie möglich war, unsichtbar an Paulines Seite – und seine Nächte unterhalb ihres erleuchteten Fensters auf einer Bank am Marktplatz. Oder wahlweise in den kahlen Kronen der mächtigen, knorrigen Platanen, die die Place Cabassole säumten.

Die regionale Tageszeitung von Cavaillon, *La Provence*, hatte die Nachricht am zweiten Januar gebracht, zwei Tage nach seiner fatalen Kollision mit Pierre Fourniers Klaviertransporter. Die Redaktion hatte nicht mehr Platz erübrigen können als eine winzige, leicht zu überlesende, einspaltige Meldung mit der Überschrift: »Mann von Laster überfahren«. Woher sollte Pauline wissen, dass er sich hinter diesem Mann verbarg?

Da der tragisch verstorbene Léonard Lune seine Ausweispapiere im Revers seines blutverschmierten Mantels bei sich getragen hatte, war die Identifizierung kein Problem gewesen.

Seine sterblichen Überreste waren nach Paris überführt worden. Aus, Schluss, vorbei. Er selbst jedoch geisterte weiterhin, ganz offensichtlich als Einziger seiner Art, durch ein kleines Städtchen in der Provence. Dort befand sich schließlich das Einzige, was ihn noch am Leben erhielt – auch wenn *Leben* möglicherweise ein bisschen zu viel gesagt war: Pauline Pardieu, seine große Liebe, die nicht ahnte, was mit ihm geschehen war. Und die ihn spätestens heute, nachdem sie ihn wieder nicht am Stand von Madame Pontagnac angetroffen hatte, sehr wahrscheinlich auf immer und ewig abschreiben würde.

Pauline

Weder die Wetterfrösche noch ihre technisch besser ausgestatteten Kollegen, die Meteorologen, hatten es vorausgesagt: Es sollte ein extrem langer, kalter Winter werden. Ein Winter, der Paulines Herz bis weit in den März hinein mit eisigen Händen umschlossen halten sollte.

»Du musst ihn ziehen lassen«, schlug Auguste Pardieu vor, Paulines ergrauter Vater. Drei Monate nach ihrer geplatzten Verabredung mit *Dezember* pilgerte sie noch immer jeden Montag zu Madame Pontagnacs Melonenstand, weil sie fest daran glaubte, dass er und sie füreinander bestimmt waren.

»Wenn er wirklich so attraktiv ist, so nett und noch dazu beruflich erfolgreich, ist er ganz sicher ein Zugvogel«, ergänzte Hortense Pardieu, Paulines Mutter. »Die fühlen sich in einem Käfig nicht wohl, nicht mal in einem goldenen. Nein, diese hübschen bunten Zugvögel lockt es mal hierhin und mal dorthin. Und überall finden sie ein neues Mädchen.« Sie schüttelte den Kopf und legte ihren Arm um ihre Tochter, als wäre diese in letzter Sekunde einem großen Unglück entkommen. »Schau, Kleines. Manchmal ist es besser, vernünftig zu sein als romantisch. Ich habe deinen Vater geheiratet, und hat es mir geschadet? Nein.«

Auguste Pardieu nickte zustimmend.

Allein Paulines jüngere Schwestern Lisette und Hélène verstanden, durch welche Hölle sie ging. Auch sie waren zum Leidwesen ihrer Eltern hoffnungslos romantisch veranlagt, ganz anders als die meisten jungen Frauen heutzutage, die fest mit beiden Beinen auf dem Boden standen. Im Grunde hatten ihre Eltern recht. Was wusste Pauline schon von *Dezember*? Sie hatte ihn schließlich nur ein einziges Mal getroffen. Trotzdem war sie felsenfest überzeugt davon, dass sie und er zusammengehörten. Dass sie miteinander verbunden waren. Über ein geheimnisvolles Band, das unendlich lang war, unzerreißbar und unsichtbar zwischen ihnen in der Luft tanzte.

»Ich kann nicht glauben, dass du mich nicht wiedersehen willst«, redete sie eines Abends mit ihm, als sie vor dem Schlafengehen auf den verwaisten, im kühlen Licht des Mondes daliegenden Marktplatz blickte.

Sie stellte sich vor, er säße dort unten. Auf der Bank, auf der sie selbst so gerne saß. Er würde zu ihr aufblicken. Und sie hören. Sie hatte das Gefühl, er wäre ihr ganz nah. Ein Gefühl, das in letzter Zeit stärker und stärker geworden war. Offenbar war ihre Phantasie, ihre Einbildungskraft so stark, dass sie bald selbst glaubte, er wäre tatsächlich da.

»Irgendwo da draußen bist du«, flüsterte sie hinunter zu der Bank. »Ich kann es fühlen, *Dezember*. Ich kann *dich* fühlen. Du bist nicht allein.«

Sie stieß einen tiefen Seufzer aus. Wenn es doch nur so wäre!

»Kannst du mir nicht eine Nachricht schicken, damit ich weiß, dass auch ich nicht allein bin? Dass du das Gleiche fühlst wie ich? Also … wenn du mich auch liebst, dann lass es mich wissen, ja?«

Ihre Worte verhallten leise in der Stille der Nacht. Leise, aber auch ungehört? Vielleicht vernahm *Dezember* ihre Stimme ja genau jetzt in seinen Träumen, wo immer er sich auch befand.

»Gute Nacht!«, schloss sie schließlich und hauchte einen zarten Kuss auf die beschlagene Scheibe, hinaus in die sternenklare Nacht.

Léonard

Hatte sie ihn tatsächlich gesehen? Léonards Herz war vor Freude auf und ab gesprungen wie ein knallroter Gummiball, gefertigt aus Hoffnung und Liebe. Nein, es war unmöglich. Dennoch: was wenn sie ihn zwar nicht mit den Augen, aber mit dem Herzen sehen konnte?

Wenn du mich auch liebst, dann lass es mich wissen, ja? Sie wünschte sich eine Nachricht von ihm. Eine Nachricht, die ihr bewies, dass er tatsächlich da war. Dass er genauso empfand wie sie. Dass sie eine Chance hatten. Trotz der … nun ja … hundsmiserablen … wenn nicht gar … ausweglosen Situation, in der er sich befand.

Wie nur? Léonard überlegte hin und her. Er war weder in der Lage, sie anzusprechen, noch ihr einen Brief zu schreiben oder sie anzurufen. Nicht einmal eine simple SMS konnte er ihr schicken. *I luv u.*

Was würde er dafür geben, die an Schlichtheit nicht zu übertreffende Kommunikation der heutigen Teenager zu beherrschen, aber selbst das war in seinem augenblicklichen Zustand offenbar zu viel verlangt.

»Hallo?«, rief er hinauf in den schwarzen Nachthimmel über ihm. Es war eine Nachricht, gerichtet an das gesamte Universum. An alles, was da draußen sonst noch existieren mochte. »Ist da jemand? Irgendjemand, der mir helfen kann?«

Er seufzte traurig in sich hinein.

»Denn es ist so: Alleine schaffe ich es einfach nicht. Ohne jemanden, der mir dabei hilft, mir nur diesen einen Wunsch zu erfüllen, Pauline eine Nachricht zu überbringen. Dass ich hier bin. An ihrer Seite. Dass auch ich sie liebe.«

Noch einmal blickte er hinauf in den schwarzen Himmel. Es waren keine Sterne zu sehen.

»Hallo?«, rief er ein zweites Mal. Doch diesmal klang es weitaus leiser, schüchterner, so als hätte er die Hoffnung bereits aufgegeben.

Auch diese Nacht würde sich nicht von den vorangegangenen Nächten der Tage, Wochen und Monate unterscheiden, die hinter ihm lagen. Auch in dieser Nacht würde er sich rastlos und traurig zur Ruhe betten, ohne ein Auge zutun zu können. Ausgestattet mit einer Decke, die sich Nacht für Nacht über ihn legte, ohne dass er sie bestellt hatte. Ihre Farbe war schiefergrau wie die Hoffnungslosigkeit, und der Stoff, aus dem sie gewebt war, hieß Einsamkeit.

Pauline

Einmal abgesehen von *Dezember,* an dessen starker Schulter sie mittlerweile Tag und Nacht durch ihre, nun ja, Träume spazierte, gab es seit einiger Zeit noch einen weiteren ständigen Begleiter in Paulines Leben: den Geschmack von Melonen. Nicht, weil sie in Cavaillon geboren und aufgewachsen war und bis heute dort lebte, jenem kleinen, verträumten Städtchen am Rande des Luberon, in dem diese Früchte besonders gut gediehen. Nein, das war es nicht.

»Mademoiselle?«

Die kratzige Stimme der Verkäuferin am Obststand riss sie aus ihren Gedanken.

»Das sind Ananasmelonen. Extra für Sie eingeflogen. Oder möchten Sie lieber eine von den köstlichen Ogenmelonen? Die kommen direkt aus dem israelischen Kibbuz. Aber wem sage ich das, Mademoiselle? Sie wissen mittlerweile vermutlich mehr darüber als ich.«

Nein, es war die Erfahrung. Die Zeit lehrte einen, wie Melonen schmeckten. Und – Paulines eigentliche Disziplin – wie sie dufteten. Aus welchem Winkel der Erde sie auch immer stammten. Nachdem sie nunmehr drei Monate lang jeden Montag sämtliche verfügbaren Sorten bei Madame Pontagnac gekostet und erworben hatte, hätte sie damit im Fernsehen auftreten können. Kein Wunder, dass sie sich bereits einen Spitznamen verdient hatte: *Mademoiselle Melon*.

»Mademoiselle, wann genau haben Sie sich noch mal in einen Schatten verwandelt?«

»Entschuldigung, was haben Sie gesagt?« Pauline glaubte ihren Ohren nicht zu trauen.

»Ich hatte gefragt, ob es sonst noch etwas sein darf?«, wiederholte Madame Pontagnac, Verkäuferin und Besitzerin des Melonenstands in Personalunion. Dabei setzte sie wieder dieses verwunderte Gesicht auf, das sie nicht selten bei ihrer allmontäglichen Konversation zur Schau trug. Ihrer tatkräftigen Unterstützung war es zu verdanken, dass sich die Geschichte von Paulines unerwiderter Liebe zu einem wie vom Erdboden verschluckten Pariser Chocolatier verbreitet hatte wie ein Lauffeuer.

Im Grunde sagte sie die Wahrheit, selbst wenn sie es nicht aussprach. Aber ihre Gedanken waren so leicht lesbar wie Großbuchstaben, die direkt vor ihren Augen in der Luft schwebten: Pauline hatte sich in einen Schatten verwandelt. Seit Monaten lebte sie nun schon außerhalb der realen Welt. Sie nahm ihre Umgebung wahr wie durch einen Schleier. Und sie wusste, dass sie nicht zurückkehren konnte – in das richtige Leben, seine Geräusche, seinen Geschmack, seinen Duft, seine Hektik und seine Stille –, so gern sie es auch wollte. Nicht solange sie ihn nicht wiedersehen würde. Ihn? Genau! Ihn, der die Verantwortung dafür trug, dass sie sich in einen Schatten ihrer selbst verwandelt hatte: *Dezember*. Sie kannte nicht einmal seinen richtigen Namen.

»Nein, danke. Geben Sie mir bitte nur eine glattschalige *Charentais*«, orderte Pauline.

Inzwischen kannte sie den Geschmack von hunderten von Melonensorten, aber im Zweifelsfall pflegte sie sich grundsätzlich für die heimische Cavaillon-Melone zu entscheiden. Nicht nur der Erinnerungen wegen. Das süße orangefarbene Fleisch erinnerte an eine Papaya, mit einem Hauch von Ananas. Ihr Aroma war anregend, aromatisch und intensiv, ähnlich dem eines verführerischen Sommerduftes, wie er zwei Autostunden entfernt in Grasse hergestellt wurde, der Parfümhauptstadt der Welt. Cavaillon hingegen war die Melonenhauptstadt der Welt. Zumindest der französischsprachigen Welt, und darüber hinaus gab es ja nicht allzu viel.

»Danke, das wäre es dann für heute. Und wenn …«

»Nein, es tut mir leid«, unterbrach Madame Pontagnac sie fast ein wenig rüde, so als wüsste sie bereits Wort für Wort, was Pauline als Nächstes sagen wollte. Dabei schüttelte sie sachte den Kopf – ein bisschen traurig, ein bisschen genervt, begleitet von einem leisen Seufzer. »Ich habe ihn nicht gesehen. Aber wenn er vorbeikommt, rufe ich Sie sofort an, Mademoiselle. Versprochen! Ihre Nummer habe ich ja.«

Vor diesem Hintergrund war es nicht weiter verwunderlich, dass die Dinge bald aus dem Ruder liefen.

»Basta!« Eines Sonntags im April hatte Auguste Pardieu auf den Tisch gehauen. Und zwar mit der Faust!

»Es ist genug. So geht es nicht weiter!«

Natürlich nicht in Paulines Anwesenheit, sondern spätabends, als er nur sich und Hortense in der Küche ihres Hauses wähnte, aber seine Tochter hatte alles durch das Küchenfenster miterlebt. Ihr Vater machte sich ernsthaft Sorgen um sie. Natürlich konnte sie ihn verstehen. Seit Monaten vermochte sie an nichts anderes zu denken als an ihn, *Dezember*. Sie war wie in Trance. Aber an jenem Sonntagabend ging ihr ein Licht auf. Wieso hatte sie nicht schon früher daran gedacht? Daran, die Sache selbst in die Hand zu nehmen, etwas zu unternehmen?

»Es ist genug. So geht es nicht weiter!«, wiederholte sie, wenn auch deutlich sanfter, die Worte ihres Vaters. Er hatte recht.

Sie konnte nicht einfach in einem kleinen Städtchen in Südfrankreich hocken und darauf warten, dass das Glück zu ihr käme. Zwischen ihr und *Dezember* hatte es gefunkt, so viel war sicher. Warum er nicht wie vereinbart zu ihrem Rendezvous gekommen war, wusste sie nicht. Aber möglicherweise gab es einen guten Grund dafür – einen Grund, der nichts mit ihr zu tun hatte. Also fasste Pauline einen wichtigen Beschluss: Sie musste ihn suchen. Nur wer suchet, der findet – war es nicht so?

Warum sollte das für alle anderen Dinge im Leben gelten, nur nicht für die große Liebe?

Es war keineswegs, wie so oft behauptet: Wenn du die Liebe suchst, findest du sie nicht, aber wenn du sie nicht suchst, findet sie dich. Nein, das war ein Missverständnis. Nichts im Universum gab es umsonst. Ohne Aufwand. Ohne Schmerzen. Der Himmel verteilte seine Geschenke nur an jene, die sie wirklich verdienten. Man musste die Welt durchkämmen, auf der Suche nach dem, was man wirklich wollte. Musste dem Himmel zeigen, dass man es ernst meinte, dass man es wert war, dass man einen solchen Schatz wie die eine, wahre große Liebe überhaupt verdiente. Die Suche konnte Jahre oder gar Jahrzehnte dauern, und die meisten Menschen gaben vorher auf, weil sie eines Tages müde wurden und den Glauben verloren. Viel zu früh – in Anbetracht des Schatzes, den sie zu bergen hofften.

Nur deshalb hielt sich dieses fatale Missverständnis, dass einen die Liebe nicht fand, wenn man sich auf die Suche nach ihr begab: weil so gut wie kein Mensch diese Suche lang genug durchhielt!

Die wahre Natur der Liebe schien Pauline eher zu sein, dass sie nur dann zu einem kam, wenn man all seine Tage, seine Nächte und sein ganzes Herz der Suche nach ihr gewidmet hatte, ohne jemals aufzugeben. Ganz am Ende dieser Reise, wenn die Nacht am schwärzesten und man drauf und dran war aufzugeben – dann, erst dann, fand sie einen. Dann war die

Chance am größten. Weil man bewiesen hatte, dass man ihrer würdig war. Wenn man sie schließlich und endlich gefunden hatte, musste man sie gut festhalten. Allerdings nicht mit den Händen, sondern mit dem Herzen. Für immer.

»Ich werde dich finden, *Dezember*. Selbst wenn ich dafür bis ans Ende der Welt gehen muss«, versprach Pauline sich an diesem Sonntagabend im Garten ihrer Eltern und notierte, dass es Frühling geworden war. »Und wenn ich dich gefunden habe, werde ich dein Herz mit meinem Herzen festhalten«, schwor sie sich feierlich. »Ich werde sie aneinanderketten.«

Léonard

Bis ans Ende der Welt musste Pauline für ihn nicht gehen. *Noch* nicht jedenfalls. Stattdessen hatte sie ein Zugticket nach Paris gelöst. Im Morgengrauen war sie in den ersten TGV gestiegen, der das benachbarte Avignon in wenigen Stunden mit der Hauptstadt verband. Klug wie Hercules Poirot bei seinen Ermittlungen, hatte sie die einzigen beiden Hinweise kombiniert, die er ihr hinterlassen hatte, bevor er in eine andere Welt verschwunden war. Damals, an jenem Vorweihnachtsmorgen des vergangenen Jahres, der sein und wie es aussah auch ihr Leben aus der Bahn geworfen hatte. Erstens: *Chocolatier*. Zweitens: *Paris*.

In Paris existierten seinerzeit siebenunddreißig Schokoladenmanufakturen. Kleine, mittelgroße und große. Léonard war stolzer Inhaber der kleinsten unter allen: der Mondschokoladenfabrik. Jener Ort, an dem bis vor kurzem in liebevoller Handarbeit Léonard Lunes Mondschokolade produziert worden war – eine süße Kostbarkeit, die schon bald ihren Siegeszug über den Planeten Erde angetreten hätte, wenn ein provenzalischer Transportunternehmer namens Pierre es nicht in letzter Sekunde vereitelt hätte. Über ihren phantasievollen Namen hinaus handelte es sich um diejenige unter den Schokoladenmanufakturen, die zu jener Zeit noch über keinen Klingelknopf verfügte und aufgrund des mysteriösen Ablebens ihres Firmenchefs auch keinen mehr bekommen würde. Damit war sie die versteckteste von allen, die von einem dieser für Paris so typischen, äußerst idyllischen, aber oft schwer zu erahnenden Innenhöfe eines Prachtbaus aus dem siebzehnten Jahrhundert aus operierte.

Kein Wunder, dass Pauline Schwierigkeiten hatte, ihn ausfindig zu machen, obwohl sie strategisch klug vorging. Sie ließ die großen Manufakturen außen vor und konzentrierte sich stattdessen auf die kleineren Betriebe.

»Was, wenn ich dir gleich gegenüberstehe und du willst mich gar nicht? Was, wenn ich mich geirrt habe? Wenn du mich zurück nach Hause schickst? Was, wenn ich mir alles bloß eingebildet habe – das unsichtbare Band, das uns verbindet? Was, wenn ich einfach nur verrückt bin?«

Manchmal tat es schrecklich weh, Paulines Gedanken lesen zu können. Wieder und wieder musste Léonard hilflos mit ansehen, wie sie mit dem undenkbaren Gedanken spielte, er habe sie schlicht versetzt. Weil er möglicherweise nicht das Gleiche gespürt hatte wie sie. Weil ihr Treffen bei Madame Pontagnac allein für sie magisch gewesen sein mochte – nicht aber für ihn. Weil ihre Mutter und alle anderen, die sie befragt hatte, recht haben mochten. Damit, dass er ein

Zugvogel war, der mal hier- und mal dorthin flog und überall ein nettes Mädchen fand.

»Stopp!«, wollte er rufen. »Stopp! Ihr wisst gar nichts.« Und: »Pauline, bitte hör nicht auf sie! Ich bin hier, an deiner Seite. Und dort werde ich auch bleiben, solange du an mich denkst. Wenn du willst, für immer.«

»Er hat dich versetzt, mein Kleines«, lautete der allgemeine Befund.

»Versetzt. Klarer Fall.«

»Den siehst du nicht wieder.«

»Tröste dich, auch andere Mütter haben hübsche Söhne.«

»Es schwimmen so viele Fische im Teich, wieso muss es ausgerechnet der sein?«

Léonard folgte Pauline auf Schritt und Tritt durch die romantischen Gassen und über die prächtigen Boulevards, die nur für sie zwei erbaut worden waren, während sie an diesem verschlafenen Nachmittag Schokoladenmanufaktur um Schokoladenmanufaktur abklapperte. So lange, bis schließlich etwas Außergewöhnliches passierte. Etwas *ganz und gar* Außergewöhnliches. Eine Art Wunder, jedenfalls war es das für Léonard.

Es begab sich in einer der wohl ältesten Schokoladenmanufakturen von ganz Paris, dem letzten Geschäft, das Pauline an diesem Tag aufsuchte, bevor sie im Abendzug die Rückreise nach Cavaillon antreten wollte. Kein Windhauch und kein Autohupen störte die verschlafene Ruhe, die das Gässchen befallen hatte, als sie den Laden betraten. Als Pauline den Laden betrat, um bei der Wahrheit zu bleiben. Denn er, Léonard, existierte ja nicht mehr. Jedenfalls hatte er bis zu diesem Zeitpunkt noch niemanden getroffen, der etwas anderes behauptet und reinen Gewissens mit seinem guten Namen signiert hätte.

Die absolute und vollkommene Stille des wie leergefegten Trottoirs setzte sich im Innern des Geschäfts fort. Der Laden wirkte ein wenig verwaist. So als hätte der Inhaber ihn bereits verlassen, um mit seiner Frau und seinen Kindern ins Wochenende zu entfliehen, und als hätte er in der Eile vergessen, die Tür abzuschließen. In unzähligen Glasvitrinen waren Meisterwerke aus Schokolade ausgestellt – fast war es, als wandelte man durch eine Kunstgalerie. Mit wässrigem Mund und knurrendem Bauch, versteht sich. Hinter einem mächtigen Tresen aus poliertem Messing befand sich ein Spiegel an der Wand, der die gesamte Rückwand des Geschäfts einnahm.

Léonard erstarrte erschrocken. Da … war er! Er stand direkt hinter Pauline. Er konnte … sich sehen! Im Gegensatz zu ihr wirkte er irgendwie … blass, um nicht zu sagen *durchsichtig*, dennoch war er da.

Sein Herz begann aufgeregt zu hüpfen. Bis zu jenem Tag hatte er sich noch nie in einem Spiegel erblickt, denn wenn man tot war – und davon musste er ausgehen –, benötigte man weder eine morgendliche Rasur noch musste man sich den Schlaf aus den

Augen waschen. Man blieb einfach so, wie man war. So wie es die Werbeleute den Frauen versprachen, wenn sie sich für Light-Produkte entschieden.

Dass Léonard sich in einem Spiegel sehen konnte, war die erste Überraschung. Aus zahlreichen Filmen wusste er mit Sicherheit, dass Vampire oder Geister in Spiegeln grundsätzlich nicht erschienen. Die zweite Überraschung jedoch, die ihn bereits im nächsten Moment vollkommen aus der Bahn warf, war nicht sein Bild – sondern *ihres*. Oder vielmehr jenes, das er und Pauline gemeinsam abgaben. Sie sahen aus wie ein Paar, bei dem man sich den einen ohne den anderen nicht vorstellen konnte. Wie zwei Menschen, die erst zusammen ein vollständiges Bild ergaben. Wie ein Liebespaar, das nicht erst lernen muss, sich zu schätzen und zu lieben, das keine Fakten braucht, keine gemeinsamen Hobbys. Nein, sie waren einfach richtig so, wie sie waren. Ohne Worte.

Auf einmal kam ihm ein Gedanke. Zumindest einmal wollte er es tun – das, was zwei Menschen, die einander liebten, normalerweise taten. Sein Herz raste vor Aufregung wie noch nie zuvor in seinem ganzen Leben. Nicht in diesem »Leben«, oder wie auch immer man es nennen wollte, und in dem davor auch nicht.

Vorsichtig, um Pauline nicht zu erschrecken, schlang er von hinten beide Arme um sie. Dabei wusste er, dass seine Sorge unberechtigt war, da sie ihn ohnehin nicht spüren konnte. Er aber vermochte *sie* zu fühlen. Zumindest bildete er es sich ein. Die warme Haut ihrer Arme, ihren süß duftenden Hals. Er sog ihren Duft ein und war kurz davor, sie mit Küssen zu bedecken. Doch in letzter Sekunde hielt er inne. Es wäre nicht fair gewesen. Wenn es wirklich Liebe war, musste sie es auch wollen. Ach, könnte sie ihn doch nur sehen! Ihn spüren, so wie er sie spüren konnte!

Pauline

»Was …?«

Was war das gewesen?

Für einen Augenblick war Pauline sich ganz sicher, dass jemand sie gerade berührt hatte. So als würde ein warmer Frühlingswind die Arme um sie schlingen. Als würde er sie anhauchen. Es war ein unglaublich schönes Gefühl, aber fest stand: Sie befand sich mutterseelenallein in einem Schokoladengeschäft in Paris und starrte gebannt wie eine Geistesgestörte in den Spiegel hinter der Kasse.

Plötzlich … wie um Himmels willen war das möglich? … blitzte ein helles Licht auf, unmittelbar hinter ihrer rechten Schulter! Pauline blickte sich um. Aber da war nichts. Dennoch fühlte sie eine angenehme Wärme. So als wäre sie nicht allein. Sie schaute zurück in den Spiegel. Tatsächlich! Da war ein kleines Licht, rund wie ein Tennisball, gleißend hell und an den Rändern ein wenig ausgefranst. Es war, als tanze eine winzige, glühend heiße Sonne auf der Oberfläche des Spiegels.

Paulines Blick fiel nach draußen auf die Straße. Es

dämmerte bereits, schwere Wolken hatten den Himmel in ein undurchdringbares Taubengrau getaucht. Keine Sonne weit und breit, deren Strahlen von einem Spiegel reflektiert werden konnten.

»Hallo? Ist da jemand?«

Erschrocken fuhr Pauline herum. Hinter dem merkwürdigen Licht im Spiegel war ein kleiner Mann in einem weißen Kittel in den Laden gestürmt.

»Es tut mir leid, Madame. Aber wir haben bereits geschlossen.«

»Oh, *pardon*«, stotterte Pauline, die sich vorkam wie eine Einbrecherin. Allein in einem halbdunklen Laden in einer fremden Stadt, überrascht vom Inhaber, der möglicherweise daran dachte, die Gendarmerie zu verständigen.

»Pas de problème«, erwiderte der kleine Mann im weißen Kittel. Kein Problem.

Pauline atmete auf.

»Haben Sie das Licht auch gesehen?«, fragte sie den Mann. Sie sprach von dem leuchtenden Tennisball, der sich eben noch unendlich sanft von hinten an ihre Schulter geschmiegt zu haben schien. Und der jetzt verschwunden war.

»Das Licht?« Der Mann im weißen Kittel runzelte die Stirn. »Nein, da muss ich passen.« Er schaute sie an, als frage er sich, ob sie geistig verwirrt war.

»Aber das muss nicht heißen, dass es nicht da gewesen ist«, sagte er stattdessen und blinzelte sie freundlich an. *»La vie est mystérieuse.«*

Ja, das Leben war geheimnisvoll. Da gab Pauline ihm recht. Es war befreiend zu erfahren, dass außer ihr offenbar auch andere Menschen davon wussten.

Léonard

Hurra!

Hätte Léonard einen Kalender besessen, er hätte diesen Tag rot angekreuzt – als den Tag des Durchbruchs. Es war, als wäre er soeben durch eine unsichtbare Mauer gestoßen. Eine Mauer, die zwischen ihm und Pauline gestanden und jeden Blickkontakt verhindert hatte.

Irgendwie schien es ihm tatsächlich gelungen zu sein, sich sichtbar zu machen. Pauline hatte ihn direkt angeschaut in dem Schokoladengeschäft. Es gab keinen Zweifel: Sie hatte seinen Blick erwidert, im Spiegel. Auch wenn sie offenbar nicht ihn – oder sein Spiegelbild – gesehen hatte. Jedenfalls nicht so, wie er sich selbst sah, sondern etwas anderes.

War *er* das Licht gewesen, von dem sie gesprochen hatte? Eine andere Erklärung fiel ihm beim besten Willen nicht ein. Es war fast zu schön, um wahr zu sein! Sie hatte ihn registriert, nochmals hurra! Nach mehr als drei Monaten Funkstille war dies ihre erste Annäherung gewesen.

Léonards Herz hüpfte aufgeregt auf und ab wie ein Gummiball. Die Kommunikation mit Pauline war also möglich. Nun ja, echte, tiefgehende Kommunikation möglicherweise noch nicht, aber an diesem Tag war er mit Siebenmeilenstiefeln in die richtige Richtung marschiert und hatte ihre ganze Aufmerksamkeit für sich gewonnen. Wenn auch nur für ein paar Sekunden.

Léonard verbrachte auch diese Nacht auf seiner und ihrer Lieblingsbank an der Place Cabassole unterhalb der Fenster von Paulines Wohnung. Trotz der vielfältigen Möglichkeiten und Versuchungen, die ihm sein aktueller Zustand bot, versagte er sich nach wie vor den Zutritt zu ihrem Schlafzimmer – solange, ja, solange sie ihn nicht ausdrücklich an diesen Ort einlud. Was bei dem Tempo, mit dem ihre Kommunikation Fortschritte machte, durchaus noch einige Jahrzehnte dauern konnte. Dennoch: Auch Gespenster – und so etwas in der Art war er nun einmal – hatten die Privatsphäre der Menschen zu achten, die sie heimsuchten. Doch neben dem Glücksgefühl, das ihn durchströmte, spürte er noch etwas anderes: totale Erschöpfung. Die Empfindung war so stark gewesen, dass er sich vorkam, als wäre er soeben einen halben Marathon gelaufen.

Kommunikation kostete Kraft. Das war die zweite Erkenntnis, die er heute gewonnen hatte.

Wie es aussah, konnte er Gedanken lesen, benötigte weder Schlaf noch Nahrungsaufnahme und war in der Lage zu fliegen. Unter anderem. Trotzdem schien sein Energievorrat nicht unerschöpflich zu sein. Er konnte tatsächlich aus der Puste kommen. Was so viel hieß wie:

Erstens: Er musste haushalten mit seinen Fähigkeiten.

Zweitens: Er musste trainieren, um in Form zu bleiben.

Ein Weilchen starrte er verträumt hinauf zum Mond und zu den Sternen, während er versuchte, sein Glück zu fassen. Er mochte nur ein kleines Licht sein, aber wer war das nicht im Angesicht des riesigen Universums? Er war noch immer da. Und Pauline hatte ihn bemerkt. Zum allerersten Mal.

Ihm entfuhr ein tiefer, friedlicher Seufzer – auch das zum allerersten Mal in seinem derzeitigen Zustand.

»He, du da!«

Léonard wäre vor Schreck fast von der Bank gefallen. Von ihm unbemerkt hatte sich ein kleines Mädchen mit einem wilden roten Lockenschopf vor ihm aufgebaut. Hatte sie ihn wirklich angesprochen? Irritiert schaute er sich um. Es war mitten in der Nacht, der Platz war wie leergefegt. Was machte ein kleines Mädchen um diese Zeit hier? Léonard drehte sich um. Bestimmt stand ihr Vater oder ihre Mutter direkt hinter ihm, und er bildete sich nur ein, dass ihm Rotkäppchen direkt in die Augen sah. Schließlich war er unsichtbar.

»Ja, du – mit den traurigen Augen!«

Erneut zuckte er zusammen. Es war unmöglich!

»Du … kannst mich *sehen*?«, fragte er fassungslos.

Das kleine Mädchen blinzelte ihn frech an.

»Haha. Normalerweise bin ich es, die das fragt!«,

scherzte die Kleine. »Übrigens: Ich heiße nicht Rotkäppchen.«

Gedanken lesen konnte sie also auch.

»Sondern?«, fragte er, neugierig geworden, und setzte sich aufrecht hin, anstatt weiter auf der Bank herumzulümmeln wie ein Obdachloser, der zu viel französischen Landwein getrunken hatte.

»Ich bin Felicity«, erwiderte das Mädchen und streckte ihm seine kleine Hand entgegen.

»Und ich bin …«

»Léonard, ich weiß«, stellte Felicity klar, dass sie bereits im Bilde über ihn war. »Wir müssen uns unterhalten.«

Einerseits war Léonard überaus froh, dass er endlich jemanden gefunden hatte, der ihn wahrnahm und mit dem er reden konnte. Er war so einsam gewesen! Wochen und Monate hatte er mit niemandem gesprochen, mit keiner Menschenseele. Andererseits hatte er keinen blassen Schimmer, worüber er sich mit einem kleinen Rotschopf zu unterhalten hatte, der ganz offensichtlich nicht von dieser Welt war.

»Über dich und Pauline«, fegte das Mädchen mit nur vier Wörtern sämtliche Zweifel hinweg.

Nun, wenn dem *so* war …

»Aber was … ich meine wobei beziehungsweise wer … Ach, ist ja auch egal«, stotterte er irritiert vor sich hin, während er den Blick fasziniert auf das kleine Wesen heftete.

Felicity trug ein moosgrünes Samtkleid mit fein abgesetzten Knöpfen in einem dunklen Rosa, das dennoch kein Violett war. Sie war gertenschlank. Allerdings war es unmöglich, ihr Alter zu schätzen.

»Léonard, was passiert ist, tut mir echt leid. Aber wir arbeiten daran«, teilte sie ihm kurzerhand mit. Professionell wie die Pressesprecherin einer Behörde, der ein bedauerlicher Fehler unterlaufen war.

Sie kannte seinen Namen? Sie *arbeiteten* daran?

»Wie gesagt: Wir bedauern den Vorfall sehr. Sogar wir haben nicht immer alles unter Kontrolle. Es war absolut nicht geplant, dass das passiert.«

»Was? Dass ich von dem Lastwagen überfahren worden bin?«

Das Mädchen schüttelte den Kopf, als hätte er soeben etwas völlig Absurdes von sich gegeben.

»Quatsch! Dass du Pauline triffst. Das war nicht geplant.«

»Ich *sollte* sterben?«

»Ja-ha!«, trompetete Felicity. »Wir müssen alle irgendwann sterben.«

»Aber … doch nicht so jung. Oder?«

»Léonard – die Sache ist so: Mein Boss kann nicht jedem Einzelnen erklären, wieso, weshalb, warum. Aber sobald er sieht, dass jemand in seinem Leben nicht weiterkommt und keine Aussichten bestehen, dass sich da was ändert, zieht er ihn eben raus.«

»*Er zieht ihn eben raus?* Und dann?«

»Dann bekommt er die nächste Chance – meistens auf einem weniger anspruchsvollen Level.«

»Weniger anspruchsvoll? Was soll das heißen?«

»Ich glaube, für dich hätte das Hund oder Pferd bedeutet. Aber ich bin mir nicht sicher.«

Léonard mochte Hunde. Und er mochte Pferde. Sollte das etwa heißen, dass er anstatt in einer Großstadt wie Paris beim nächsten Mal auf dem Land wiedergeboren werden würde, mit Hunden, Pferden und was sonst noch dazugehör…«

»Nein, nicht *mit* Hunden oder Pferden. *Als* Hund oder Pferd!«, beantwortete Felicity unmissverständlich die Frage, die er weder beendet noch laut ausgesprochen hatte.

Moment mal.

Nachdem sie ihn um die Ecke gebracht hatten, wollten sie ihn als Vierbeiner wiederauferstehen lassen? Es war … schlichtweg … unfassbar.

Noch bevor Léonard auch nur den kleinsten Mucks entgegnen konnte, hellte sich plötzlich und zum ersten Mal die bis dahin todernste Miene seiner Gesprächspartnerin auf. Und todernst war die Sache – im wahrsten Sinne des Wortes.

»Das war ein Scherz!«, ließ sie ihn mit einem lässigen Schulterzucken wissen.

Sehr witzig, dachte Léonard.

»Könntest du mir vielleicht ein paar Fragen beantworten?«, versuchte er etwas aus ihr herausbekommen.

»Die da wären?«

»Erstens: Wer bist du? Zweitens: Woher kommst du? Drittens: Was hast du vor? Und viertens …«

»Wo bin ich?«, führte sie den Satz exakt so zu Ende, wie er ihn hatte formulieren wollen.

Offenbar war ihr Léonards verdutzter Blick nicht verborgen geblieben.

»Das sind nur die üblichen Fragen«, erklärte sie schnell.

»Die üblichen Fragen?«

»Im Grunde will jeder dasselbe wissen. Wir hören das immer und immer wieder.«

»*Wir?*«

»Ja, wir.«

»Ich meinte damit eigentlich: Wir – wer soll das sein? Etwa … Gott?«

»Das darf ich dir leider nicht sagen«, erwiderte sie seufzend. »Ist ein Betriebsgeheimnis, das verstehst du doch sicher.«

»Nein!«, erwiderte er aufgebracht. »Das verstehe ich absolut nicht! Ich muss wissen, was das alles zu bedeuten hat und wie ich zurückgelangen kann!«

»Zurück?«, fragte Felicity und musterte ihn mit ihren großen veilchenblauen Augen. »Wohin?«

»In die Welt, zu Pauline.«

»So leid es mir tut, aber das ist unmöglich.«

Ihre Worte schnürten wie Striemen aus Stahl in Léonards Herz. Es musste möglich sein! Eine Rückkehr zu Pauline musste machbar sein.

»Léonard, ich sage dir jetzt, weshalb du hier bist. Dann wirst du erkennen, warum keine Aussicht darauf besteht, dass du Pauline jemals wiedersiehst.«

Er sollte sie niemals wiedersehen? Niemals!

»Gut. Sag mir, wer ich bin.« Léonard machte sich auf alles gefasst.

»Du bist nur ein Gedanke. Ein Gedanke, der sich weigert loszulassen. Und solange du nicht loslässt, kannst du nicht weiterreisen.«

Weiterreisen?

»In dein nächstes Leben«, erwiderte Felicity.

»Aber ich will kein nächstes Leben. Ich will mein altes Leben zurück. Ich will mit Pauline zusammen sein.«

»Genau das wird nicht geschehen. Wie gesagt, die ganze Sache war ein Unfall. Ein Versehen. Du hättest sie nie treffen sollen, es war nicht vorgesehen.«

»Weißt du was, Rotkäppchen? Es ist mir piepegal, ob es vorgesehen war!«, echauffierte Léonard sich. »Es ist nun mal passiert, und ich weigere mich, für euren Fehler zu bezahlen!«

»Du willst also nicht mit mir kommen?«, fragte Felicity ihn, unbeeindruckt von seinem Gefühlsausbruch.

»Mit dir kommen? Wohin?«

»Ich bin da, um dich abzuholen. Hier und jetzt, heute Nacht. Um dich davon zu überzeugen, dass es besser ist, die Vergangenheit loszulassen und ein neues Leben zu beginnen. Du musst eines wissen: Nur weil du gestorben bist, ist es nicht vorbei. Stell dir einfach ein Haus vor, in dem du von einem Raum in den nächsten gehst.«

»Wird Pauline ebenfalls in dem nächsten Raum sein?«, fragte Léonard.

Felicity schüttelte den Kopf.

»Sie ist ja noch in dem Raum, in dem du zuvor warst. Aber vielleicht … eines Tages … Ich, also …«

»Du meinst, es ist nicht Teil eures Plans?«

Dieselbe Reaktion wie zuvor: ein leises, nein, ein kaum merkliches und darüber hinaus wenig hoffnungsfrohes Kopfschütteln.

»Dann kann ich leider nicht mit dir kommen«, entschied Léonard. »In diesem Fall ziehe ich es vor, ein Gedanke zu bleiben – so lange, bis mich vielleicht irgendwann der *rettende Gedanke* ereilt, wie ich das Problem ohne eure Hilfe lösen kann.«

»Gut, du kommst also nicht mit. Ts, ts, ts!« Offenbar hatte Felicity nicht mit so viel Hartnäckigkeit gerechnet.

»Es tut mir wirklich sehr leid, wenn dich das jetzt dort oben karrieremäßig zurückwirft«, entschuldigte Léonard sich für seinen Wutausbruch.

Er würde Pauline niemals aufgeben, um mit einem kleinen rothaarigen Engel in sein nächstes Leben zu gehen. Zumindest wusste er jetzt, woran er war. *Was* er war: ein Gedanke, der sich weigerte zu sterben. Der um jeden Preis leben wollte, weil er endlich einen überzeugenden Grund dafür gefunden hatte.

Léonard mochte keinen Körper mehr besitzen, jedenfalls nicht im üblichen Sinne, aber irgendjemandem aus der über das irdische Leben erhabenen Chefetage war ein gewaltiger Fehler unterlaufen. Denn sein Herz hatten sie nicht mit beerdigt. Es klopfte weiter, es litt weiter. Wie ein Motor, der nicht aufhören wollte zu laufen, obwohl ihm längst das Benzin ausgegangen war, trieb es das an, was noch von ihm übrig war: den Gedanken. Nur auf diese Weise konnte der Gedanke überleben, auch wenn er unendlich einsam war und Tag und Nacht an nichts anderes zu denken vermochte als an Pauline.

»Wie gesagt, manchmal ist es besser loszulassen«, empfahl Felicity ihm abermals

»Manchmal … das mag sein. Aber noch ist die Zeit nicht gekommen«, widersprach er ihr.

»Ich verstehe«, erwiderte das Engelchen an seiner Seite. »Eine letzte Frage hätte ich allerdings noch.«

»Und die wäre?«

»Würdest du Pauline loslassen und mich begleiten, wenn sie es so wollte?«

Ihre Worte taten Léonard unfassbar weh. Konnte Pauline so etwas wollen? Sie würde es nicht zulassen. Oder?

»Ich treffe sie morgen.«

Felicity würde Pauline treffen?

»Du meinst, du wirst ihr erscheinen?«, fragte er ungläubig. Schließlich war sie ein Engel, und Angehörige dieser Spezies mischten sich seinem Wissen nach nur äußerst selten unter die irdische Bevölkerung.

»Das ist richtig. In diesem speziellen Fall ist es wohl das Beste, unter vier Augen mit ihr zu sprechen.« Das Gesicht einer Pressesprecherin, das sie eingangs zur Schau getragen hatte, wandelte sich in das einer Lehrerin, die einem bockigen Schüler mitteilt, dass sie seine Mutter über seine Unzulänglichkeiten in Kenntnis zu setzen beabsichtigt.

»Um sie zu überreden, mich gehen zu lassen?«

Felicity schüttelte den Kopf und legte ihre kleine Hand auf seine, auf der Bank unter Paulines Fenster, hinter dem das Licht längst erloschen war.

»Nein, nur um sie zu informieren. Ich sehe sehr wohl, dass zwischen euch beiden etwas Besonderes geschieht. Du musst wissen: Ich bin hier, um euch zu helfen. Dir und Pauline. Ich möchte, dass es euch gut geht.«

Léonard schüttelte ungläubig den Kopf.

»Und das bedeutet, dass wir uns nicht wiedersehen können?«

Felicity schaute ihn an, und in ihrem Gesicht erkannte Léonard eine Weisheit, wie man sie im Gesicht eines Menschen vermuten würde, der tausend Jahre gelebt hatte. Oder gar länger.

»Wollen wir Pauline die Entscheidung überlassen?«, fragte sie ihn.

Sie entscheiden lassen. Léonard … er wusste nicht, was er tun sollte. Auf einmal ging alles so schnell. Andererseits: Wenn sie es nicht wollte, wenn sie nicht fühlte, wie er fühlte, war es ohnehin vorbei. Er durfte nicht daran denken, sich nicht einmal vorstellen, dass es so weit kommen könnte.

»In Ordnung«, willigte er schweren Herzens ein. »Wenn Pauline loslässt, dann lasse ich auch los.«

Nie zuvor in seinem Leben hatte Léonard einen solchen Schmerz in sich verspürt, aber er wusste, dass die Liebe eine Angelegenheit zwischen *zwei* Menschen war. Eins und eins, das machte zwei. Er war bereit, und er hoffte sehnlichst, dass Pauline es ebenfalls war. Egal, was dies für sie bedeutete.

Wenn nicht, dann war er bereit, Abschied zu nehmen. Er würde Felicitys kleine Hand ergreifen und mit ihr in sein nächstes Leben gehen, so wie es offensichtlich vorgesehen war. Doch noch war er nicht so weit, aufzugeben.

»Bitte gib auch du nicht auf«, schickte er seinen Wunsch in die Nachtluft, hinauf zu Paulines Fenster, begleitet von dem zärtlichsten Kuss, den er sich überhaupt ausmalen konnte – darauf hoffend, dass er zu ihr hineinschwebte, in ihre Träume.

Pauline

Der Gedanke an das geheimnisvolle Licht, das ihr in dem Schokoladengeschäft in Paris über die Schulter geblinzelt hatte, ließ Pauline nicht mehr los. War es ein Zeichen gewesen? Wollte eine höhere Macht ihr zeigen, dass sie auf dem richtigen Weg war? So sehr sie auch darüber nachdachte: Noch konnte sie sich keinen Reim darauf machen. Noch nicht.

Is it possible, Mr. Loveable is already in my life, right in front of me? War es vielleicht so, wie es Natasha Bedingfield in ihrem Song *Soulmate* sang? Im übertragenen Sinn? War sie blind auf einem Auge? Übersah sie im Eifer des Gefechts möglicherweise eine wichtige Spur, die sie direkt zu ihm führen konnte – hinein in seine wartenden Arme? Oder, sie wagte es nicht zu denken, war ihm etwas zugestoßen? War das der Grund, warum er nicht gekommen war an jenem letzten Montag im Dezember, und auch danach nie wieder?

Nein, nein, nein, das durfte nicht sein. Pauline verbot sich, so etwas zu denken. *Dezember* lebte. Es ging ihm gut. Es ging ihm sogar ganz ausgezeichnet. Vielleicht abgesehen davon, dass er sich Tag und Nacht nach ihr sehnte. Jedenfalls hoffte sie – nein, sie betete! –, dass es so war. Dass er ihre Gefühle erwiderte. Ohne jeden ersichtlichen Grund hatte sie den Eindruck, dass er sich ganz in ihrer Nähe befand. So nah wie eine Stecknadel, die unter das Sofa gerollt ist, auf dem man Tag für Tag sitzt und sich den Kopf darüber zerbricht, wo in aller Welt man sie gelassen haben könnte.

»Nur wer suchet, der findet!«, wiederholte sie kurz das, was sie über den Charakter der großen Liebe annahm.

Bevor sie das Geschäft betrat, das als nächstes auf ihrem Zettel stand. Diesmal musste sie dafür nicht bis nach Paris reisen. Eine innere Stimme sagte ihr, dass die Antworten auf ihre Fragen womöglich viel näher lagen, als sie zunächst angenommen hatte.

Im Schaufenster der *Maison Jarry*, den Bürgerinnen und Bürgern Cavaillons besser bekannt als *Chocolat Jarry*, saß ein rosa Elefant. Auf seiner schillernden Haut aus unzählbaren kleinen Mosaikplättchen tanzte tagsüber das Licht der mediterranen Sonne, abgelöst vom Schein der Straßenlaternen, sobald die Nacht über das kleine Städtchen in der Provence hereinbrach. Erhobenen Rüssels trompetete er fröhlich vor sich hin, tagein, tagaus. Offensichtlich gefiel ihm seine Aufgabe. Ebenso offensichtlich mochte er Schokolade, auch wenn er sie selbst nicht essen konnte. Zu schade, dass er nicht aus Fleisch und Blut war!

Hier und nur hier, in diesem kleinen bunten Paradies für Liebhaber süßer Köstlichkeiten, beschloss Pauline, musste sie ihre Suche fortsetzen. Wenn Léonard mitten im Winter aus Paris nach Cavaillon gereist war, dann konnte es nur aus einem geschäftlichen Anlass gewesen sein. Niemand fuhr kurz vor Weihnachten zum Vergnügen in die verwaiste Provence, wo um diese Zeit alles im Winterschlaf lag. Oder hatte er womöglich Familie hier? Hätte er sonst versprochen, sie eine Woche später wieder an Madame Pontagnacs Stand zu treffen?

Nach eingehender Überlegung tippte Pauline darauf, dass er noch am selben Abend nach ihrem mysteriösen Aufeinandertreffen nach Paris zurückgefahren war. Und dass er geplant hatte, eine Woche später zurückzukommen – eigens für sie! Hoffentlich war es so, betete sie.

Mit dem Schnellzug war man in wenigen Stunden hier. Es war eine Strecke, die man durchaus in Kauf nehmen würde – für eine ganz besondere Person, die man um jeden Preis wiedersehen wollte. Bei diesem Gedanken, den sie schon so oft durchgespielt hatte, befiel Pauline jedes Mal ein Hauch von Wehmut. Sie wünschte sich so sehr, dass sie für ihn diese besondere Person war. Dass sie herausragte aus der Masse. Aber dann kamen die Zweifel. Sie nagten an ihr wie ein Biber an einem Baum, der einmal sein Zuhause werden sollte. Schwupps, schon sah sie sich wieder als die graue Maus, in die sich nie und nimmer ein

Mann verlieben würde, der es wert wäre. Ein Mann wie *Dezember*. Einer, der ihr so gefiel wie sie ihm. Und sie ihm so, wie sie war.

Auguste und Hortense mochten recht haben mit ihrer ewigen alten Leier: dass die Ansprüche ihrer erstgeborenen Tochter schlicht und ergreifend zu hoch waren. War doch Pauline nie darauf aus gewesen, einfach nur einen Partner zu finden, der die beiden zu glücklichen Schwiegereltern machte. Einen halbwegs vorzeigbaren, einigermaßen adretten Pragmatiker, den sein Universitätsabschluss nicht hatte vergessen lassen, wie man einen Nagel in die Wand schlug oder eine Glühbirne wechselte, und der sich – sehr wichtig! – für eine berufliche Laufbahn entschieden hatte, die sich positiv auf seinen Kontostand auswirkte.

Nein, Pauline hatte sich darauf versteift, einzig und allein auf ihr Herz zu hören. Darauf, den Mann ihres Lebens zu finden. Mit ihm eine Familie zu gründen, deren Fundament nicht aus Geld oder Vernunft gegossen war, sondern aus Liebe. Das war es, was sie sich mehr wünschte als alles andere, schon seit sie ein junges Mädchen war: einfach glücklich zu sein. Hand in Hand, Seite an Seite mit ihm durch das Leben zu spazieren wie Alice im Wunderland, nur ein bisschen größer und ein bisschen verliebter. Mit einem Lächeln auf den Lippen alt werden. Zusammenhalten. Füreinander da sein. Aneinander wachsen. In guten wie in schlechten Zeiten.

Ja, es war genau so, wie es sich anhörte: aussichtslos. Ein Traum, den zu verfolgen in modernen, harten Zeiten wie diesen hoffnungslos altmodisch war. Stimmte es, was ihre Mutter ihr vorwarf? Las sie zu viele Liebesgeschichten? Geschichten wie die von Elizabeth Bennet und Mr. Darcy in Jane Austens *Stolz und Vorurteil*?

Obwohl ihr Kopf hoffnungslos über den Wolken schwebte, war sie sich sicher, dass sie genau diesen Mann getroffen hatte. Aus diesem Grund würde sie auch nicht aufhören, nach ihm zu suchen, bis sie ihn wiedergefunden hatte. Und wenn sie bis zum Ende ihres Lebens suchen musste.

Das helle Klingeln des Ladenglöckchens riss Pauline aus ihren Tagträumen.

»*Bonjour.* Kann ich Ihnen weiterhelfen, Mademoiselle?« Die Stimme der Verkäuferin der *Maison Jarry* klang hell und freundlich, genauso wie das Glöckchen. Wie ein menschliches Echo darauf.

Dabei sah sie eher nach einer Glocke aus als nach einem Glöckchen. Die tägliche Arbeit in einem Schokoladengeschäft hatte ihren Tribut gefordert. Zum Glück besaß sie offenbar auch ein Herz aus Schokolade und war bereit, Pauline einen Augenblick ihrer Zeit zu schenken – obwohl die Zeiger der großen Uhr an der Wand hinter dem Tresen bereits zwölf Uhr dreißig anzeigten. Mittagspause. Das Allerheiligste für einen jeden Franzosen.

»Ach, Kindchen«, seufzte sie, nachdem sie sich geduldig Paulines Geschichte angehört hatte. »Liebeskummer! Schauen Sie sich an, was er aus mir gemacht hat.« Theatralisch umfasste sie mit beiden Händen das Bäuchlein unter ihrer Schürze, das nur ihre allerbesten Freundinnen noch als ein Bäuchlein würden durchgehen lassen. »Wenn ich meine Arbeit nicht hätte – ich wüsste nicht, was ich täte! Obwohl mir natürlich klar ist, dass genau diese Arbeit ... an einem Platz, der so viel Trost spendet wie dieser, meine ich ... meine Chancen, den Richtigen zu finden, nicht unbedingt erhöht. Fünfundsiebzig Kilo Lebendgewicht stehen vor Ihnen, Mademoiselle. Freundlich geschätzt.« Die Sorgenfalten auf ihrer Stirn standen in einem eigentümlichen Kontrast zu der Fröhlichkeit in ihrer Stimme.

»Da könnten Sie recht haben, Madame.« Um ein Haar wäre der Satz Pauline entfleucht, doch im letzten Moment hatte sie sich auf die Zunge gebissen.

»Aber nun zu Ihnen«, fuhr die Verkäuferin fort. »Ich glaube, ich entsinne mich an den jungen Mann, den sie mir gerade beschrieben haben. Er war außerordentlich elegant, nicht wahr? Außerordentlich elegant und außerordentlich attraktiv.« Verschwörerisch lächelte sie Pauline an, um ihr im selben Moment beruhigend die Hand zu tätscheln.

Pauline nickte aufgeregt. Das traf es genau. Es war die richtige Entscheidung gewesen, dieses Geschäft aufzusuchen.

»Wo Sie Italien sagen: Ich meine sogar, mich an seinen italienischen Akzent erinnern zu können«, ergänzte die Angestellte von *Chocolat Jarry*, die nun richtig in Schwung zu kommen schien.

Italienischer Akzent? Daran wiederum konnte Pauline sich nun gar nicht erinnern. Sein Kleidungsstil war italienisch gewesen, und so hatte sie ihn auch beschrieben, aber sein Französisch war lupenrein gewesen. Reiner als jenes der Leute hier in der Provence mit ihren farbigen Dialekten oder in anderen ländlichen Regionen. Es war ein Französisch, wie man es in Paris sprach.

»Hatte er blondes Haar? Ich meine, er hatte doch blondes Haar, nicht wahr?« Die Frau schien nicht zu bemerken, dass ihre Besucherin enttäuscht in sich zusammensackte.

Die Hoffnung, die soeben noch in Pauline gekeimt hatte wie ein Krokus im Frühling, fiel in sich zusammen wie ein misslungener Hefeteig im Backofen.

»Mein Serge hatte auch blondes Haar, wissen Sie«, fuhr die Verkäuferin unbeirrt davon fort und griff nach einem Tablett hausgemachter Pralinen, das auf dem Tresen stand. »Blond gefärbt, versteht sich. Trotzdem, was für ein Mann! Zu schade, dass er nicht mehr unter uns ist…« Sie reichte Pauline das Tablett. »Hier, nehmen Sie eine«, befahl sie und griff sofort selbst zu.

Pauline schüttelte den Kopf.

»Nein, er hatte kein blondes Haar.«

»Doch, hatte er!«, widersprach die Frau, den Mund voller Schokolade.

»Entschuldigen Sie«, stellte Pauline die Sache richtig, »ich meinte nicht Serge, Ihren Mann. Sondern … Sie wissen schon, wen.«

»Serge war nicht mein Mann. Wir haben nie geheiratet.«

»Irène, kommst du?« Es war die Stimme ihrer Kollegin aus dem hinteren Bereich des kleinen Ladens, die dafür sorgte, dass die Situation sich in Wohlgefallen auflöste, bevor sie weiter entgleisen konnte. »Höchste Zeit, sonst bekommen wir keinen Tisch mehr.«

»Ja, ich komme, Schätzchen«, rief Irène und blickte Pauline voller Mitgefühl, aber mit leicht abwesendem Blick an. »Tut mir leid, dass ich Ihnen nicht helfen konnte, aber da hat mir meine Erinnerung wohl einen Streich gespielt, Mademoiselle.«

»Das macht doch nichts«, entgegnete Pauline, konnte die Enttäuschung in ihrer Stimme aber nicht verbergen. »Trotzdem danke.«

Während die pralinensüchtige Fast-Ehefrau des blondierten Serge, der nicht mehr unter den Lebenden weilte, zu ihrer Kollegin eilte, um sich für das bevorstehende Mittagessen in Schale zu werfen, machte Pauline auf dem Absatz kehrt. Sie war schon fast aus der Tür, als sie hinter sich ein Geräusch wahrnahm.

»Psst!«

Pauline drehte sich um. Doch da war nichts. Offensichtlich hatte sie es sich nur eingebildet.

»Psst.« Da, schon wieder.

Erst jetzt erkannte sie, dass jemand vorsichtig hinter dem Tresen hervorlugte. Es war – ein kleines Mädchen, das sich dort versteckt zu haben schien. Ein kleines Mädchen mit feuerroten Haaren. Ein Meer aus winzigen, verspielten Locken rahmte ihr außergewöhnlich fein gezeichnetes, fast altmodisch wirkendes Gesicht ein. Das seltene, wie ein Korallenriff leuchtende Blau ihrer Augen und das Lilienweiß ihrer Haut taten ein Übriges, um dieses Gesicht zu einer bemerkenswerten Komposition schillernder Farben zu machen.

»Ich heiße Felicity«, flüsterte das Mädchen ihr durch die Luft zwischen Tresen und Tür zu.

Pauline war zu verdutzt, um irgendetwas entgegen zu können.

»Ich habe wichtige Informationen für dich. Du suchst doch jemanden, oder?«, ergänzte der Rotschopf.

Dezember? War es … möglich? Was wusste die Kleine über ihn? Paulines Puls beschleunigte sich im Handumdrehen auf einhundertachtzig.

»Bist du heute Abend zu Hause?«, fuhr das Mädchen leise fort. Noch spähte sie wie ein Spion im Unterholz nur mit dem halben Gesicht über den Tresen, so dass alles, was unterhalb ihrer fein gezeichneten Nase lag, im Verborgenen blieb.

Pauline nickte. Seit sie *Dezember* getroffen hatte und Tag und Nacht an nichts anderes – an *niemand* anders – denken konnte, verbrachte sie im Grunde jeden Abend zu Hause.

»Gut«, fuhr das Mädchen mit den roten Haaren fort. »Dann komme ich später zu dir.«

»Du kommst *zu* mir?«

Moment mal … Erst jetzt dämmerte Pauline, was sie hier eigentlich tat. Sie steigerte sich in etwas hinein. In die Vorstellung, ein Dreikäsehoch könnte ihr sämtliche Antworten auf die Fragen liefern, die in ihr brannten wie ein Höllenfeuer. Wach auf, Pauline!, rief sie sich in Gedanken zur Ordnung.

Schließlich wandte sie sich wieder ihrer Gesprächspartnerin zu.

»Woher weißt du, wo ich wohne?«, erwiderte Pauline mit einem großen, gespielten Fragezeichen auf ihrem Gesicht. Um ein Haar wäre sie tatsächlich auf die Kleine hereingefallen. Bestimmt hatte das Mädchen sie belauscht, als sie mit der Verkäuferin geredet hatte. Die Erklärung war naheliegend. Sie hatte die Frage kaum ausgesprochen, da traf sie bereits der Windstoß des eilig heranrauschenden Angestelltenduos der *Maison Jarry*, das im Begriff war, die Ladentür hinter sich und Pauline abzuschließen.

»Was haben Sie gesagt, Mademoiselle?«, fragte nun die andere Verkäuferin.

Sie war eine schlanke Frau mittleren Alters, offensichtlich die Mutter des kleinen Mädchens. Obwohl sie nicht die geringste Ähnlichkeit mit der Kleinen aufwies. Auch schien sie nicht nach ihr zu suchen, um sie mit in die Pause zu nehmen. Kein Wort, nicht mal ein »Bis gleich« oder etwas in der Art. Pauline wollte die Frau gerade fragen, ob sie etwas vergessen habe, als ihr Blick zurück auf den Tresen fiel. Das Mädchen – war verschwunden.

»Ich habe mich gefragt, ob Sie Ihre Tochter nicht mitnehmen?«, richtete sich Pauline an die beiden, unschlüssig, an wen genau sie die Frage adressieren sollte.

»Unsere Tochter?«, beantworteten die Frauen nahezu unisono. »Wie kommen Sie denn darauf?« Die Verkäuferinnen schauten sie an, als hätte sie soeben etwas ganz und gar Abwegiges von sich gegeben.

»Aber da war eben noch dieses kleine Mädchen, dort, hinter dem Tresen«, insistierte Pauline. So verrückt war sie nun auch wieder nicht, dass sie nicht zwischen einem echten Mädchen und einer Einbildung unterscheiden konnte!

Unruhig wanderte ihr Blick zwischen dem Verkaufstresen und den Verkäuferinnen hin und her.

»Nun ja«, unterbrach schließlich Irène die peinliche Stille. »Ich sehe schon, der junge Mann hat Ihnen ganz schön den Kopf verdreht!« Sie wedelte mit dem Zeigefinger vor Paulines Gesicht herum, als wolle sie sie hypnotisieren. »Alles wird gut, meine Liebe«, fügte sie noch eine aufmunternde Lebensweisheit hinzu, um sogleich mit ihrem Schlüsselbund zu klimpern. Das Signal, dass die Mittagspause keinen weiteren Aufschub duldete.

Als Pauline kaum eine Minute später zusammen mit den Frauen hinaus auf die Straße trat, spähte sie noch einmal durch das Schaufenster. Ihr suchender Blick wanderte durch das scheinbar menschenleere Geschäft. Er glitt zu der Stelle, wo sich eben noch das kleine rothaarige Mädchen versteckt hatte, das sich von einer Sekunde auf die andere in Luft aufgelöst zu haben schien.

Was für eine seltsame Begegnung.

Wollte ihr jemand eine Botschaft überbringen? Mit jedem Tag, jeder Woche und jedem Monat, die verstrichen, ohne dass sie ihn wiedersah, war Pauline ein wenig mehr davon überzeugt, dass ihren geliebten *Dezember* ein mysteriöses Geheimnis umgab. Möglicherweise hinderten ihn dunkle Mächte daran, mit ihr in Kontakt zu treten.

Oft stellte sie sich vor, dass er sie heimlich aus einem sicheren Versteck dabei beobachtete, wie sie jeden Montag um die vereinbarte Zeit mit einer Melone in der Hand bei Madame Pontagnac auf ihn wartete. Doch selbst wenn er wollte, er konnte sich ihr nicht mitteilen. Um keinen Preis der Welt. Um sein Leben nicht zu gefährden. Nein, stopp: Es war *ihr* Leben, das er nicht gefährden wollte. Er tat es allein zu ihrem Schutz. Nur um sie nicht zu gefährden, verzichtete er auf das, was ihm am meisten bedeutete in seinem Leben: sie endlich wiederzusehen. Sie, Pauline Pardieu, deren Namen er nicht mal kannte.

Da! Schon wieder ging ihre Phantasie mit ihr durch!

»Du musst dich ablenken von diesen … verrückten … Gedanken! Das bringt doch nichts!«, rief sie sich selbst zur Vernunft. Mit etwas Musik vielleicht; ein paar ruhige Songs würden ihr und ihrer wunden Seele guttun.

Zu Hause angekommen, legte sie jenes Album ein, das sie seit vergangenem Dezember rauf und runter hörte, von morgens bis abends, mindestens zwölfmal am Tag.

»December won't you come ... don't say that it's done ... take me from the loneliest place I have known«, sang Norah Jones und ließ sie erneut in ihre Träume eintauchen.

Gegen acht Uhr, Pauline hatte gerade das Abendessen beendet und stand in der Küche beim Abwasch, vernahm sie ein merkwürdiges Geräusch. Eine Art Klacken. Einmal. Und noch einmal. Es klang, als würde jemand Kieselsteine gegen die Fensterscheibe werfen. Pauline trocknete sich die Hände ab und ging nach nebenan in das Zimmer, aus dem die Geräuschquelle zu kommen schien. Als sie hinaus in den Abendhimmel sah, wäre sie um ein Haar erstarrt.

In der mächtigen Krone der Platane, die bis hinauf zu ihrem Fenster reichte, saß ein kleines rothaariges Mädchen: Felicity.

Wie der Wind stürmte Pauline zum Fenster und riss es auf.

»Wie in aller Welt bist du da hinaufgekommen?«, rief sie ihr zu. Panik ergriff sie. Was, wenn die Kleine abstürzte! Für einen Augenblick überlegte sie, aus der Wohnung zu rennen und ihr zur Hilfe zu eilen, aber mehr, als unter dem Baum auszuharren, hätte sie nicht tun können.

»Keine Angst, Pauline. Alles ist in Ordnung, mach dir keine Sorgen.«

Woher in aller Welt kannte das Mädchen ihren Namen? Sie konnte ihn nur in dem Geschäft aufgeschnappt haben. Moment mal, hatte sie den Verkäuferinnen ihren Namen überhaupt genannt? Woher wusste die Kleine, wo sie wohnte? Und noch einmal: Wie war sie auf diesen Baum gekommen, dessen mächtiger Stamm zwei Stockwerke hoch in den Himmel ragte, bevor er sich verästelte und in die Krone überging, in der ihre Besucherin es sich dem Anschein nach ohne jede Spur von Höhenangst gemütlich gemacht hatte?

Was tat man in so einer Situation? Richtig: Sie musste das Mädchen beruhigen, um Kurzschlusshandlungen zu vermeiden, die dazu führen konnten, dass es abstürzte.

»Bist du etwa vom Himmel gefallen?«, rief sie der Kleinen mit, wie sie hoffte, beruhigendem Ton in der Stimme durch die frühlingshafte Abendluft zu, während sie sich für einen Moment von ihr wegdrehte. Hastig suchte sie nach ihrem Telefon, das für gewöhnlich auf dem Tisch im Wohnzimmer lag.

»Beweg dich nicht, ja? Ich rufe jetzt die Feuerwehr, die holt dich da sicher runter«, ergänzte sie, um die Notfallkommunikation aufrechtzuerhalten.

»Das wird nicht nötig sein!«

Erschrocken fuhr Pauline herum. Die Stimme kam nun von direkt hinter ihr. Ein zweiter Schreck durchzuckte sie.

Das Mädchen saß unmittelbar vor ihr auf dem Fenstersims und ließ sorglos seine Beinchen in den

Raum baumeln. Pauline wollte die Kleine ergreifen, damit sie nicht in letzter Sekunde hinterrücks auf das kalte Pflaster des Platzes fiel. Doch im selben Moment hielt sie etwas zurück.

Ein Mädchen, das innerhalb eines einzigen Augenblicks lautlos aus der Krone eines gut fünf Meter entfernten Baumes auf ihre Fensterbank schweben konnte, benötigte niemanden, der auf es aufpasste, oder?

Pauline wurde schwindelig bei dem Gedanken, wer oder was hier vor ihr sitzen mochte. Es gab eigentlich nur zwei Möglichkeiten: Entweder die Kleine war ein außerirdisches Wesen von einem fremden Planeten oder ein Gespenst.

»Möchtest du dich setzen?«, bot Felicity ihr einen Platz in ihrer eigenen Wohnung an und deutete auf das Sofa, das nur einen Schritt von Pauline entfernt war.

»Ja, danke, sehr nett … von dir«, erwiderte Pauline mit zitternder Stimme und ließ sich in den weichen schokoladenbraunen Stoff fallen.

Geistesgegenwärtig entschied sie, das Mädchen zunächst in die bestmögliche Kategorie einzuordnen. Falls es nicht in guter Absicht hier sein sollte, konnte ein kleines Lob möglicherweise Wunder wirken.

»Bist du … ein Engel … oder so etwas?«, fragte sie, den Blick auf Felicity geheftet, die noch immer auf der Fensterbank saß und sie freundlich anlächelte.

»*So etwas* ist richtig«, erwiderte ihre kleine Besucherin.

Gott sei Dank. Alles sah nach friedlicher Absicht aus.

»Bist du gekommen, um …« Pauline wagte den Gedanken nicht zu Ende zu denken. All das kam völlig unerwartet, sie war nicht im Geringsten darauf vorbereitet, dass ihre Zeit jetzt schon gekommen war. »… mich abzuholen?«, fuhr sie fort.

»Ach so! Nein, das ist es nicht!«, beruhigte Felicity sie. »Du bist noch nicht an der Reihe. Noch lange nicht. Ich habe dir doch heute Mittag schon gesagt, warum ich dich besuchen werde. Es geht um *Dezember*, wie du ihn nennst.«

»Wie ich … ihn nenne?«

»Sein richtiger Name ist Léonard. Léonard Lune. Und …«

Paulines Herz schlug höher. Er hieß Léonard! Was für ein schöner Name.

»… es war nicht seine Schuld, dass er nicht zu eurem Treffen gekommen ist«, fuhr Felicity fort. »Er wurde auf dem Weg zu dir aufgehalten und ist nun unterwegs zu uns.«

Er wurde aufgehalten! Pauline jubilierte innerlich. Sie hatte es gewusst. Deshalb war er nicht gekommen! Er hatte sie nicht versetzt, sondern äußere Umstände hatten es ihm unmöglich gemacht, sie zu …

Moment mal. »Er ist unterwegs zu uns?« Darauf war sie nicht vorbereitet. Sie musste sich schnell etwas Passendes anziehen.

Das Mädchen schüttelte den Kopf.

»Nein, nicht zu dir und mir, sondern zu *uns*!« Sie deutete mit den Augen nach oben.

»Zu … *euch*? Was soll das heißen?«

Das eben noch so mitreißende Lächeln verschwand im selben Moment aus Felicitys Augen.

»Pauline, ich muss dir leider mitteilen, dass Léonard einen Unfall hatte.«

Einen Unfall? Pauline musste schlucken.

Felicity nickte traurig.

»Und … ist er …?« Pauline wagte es nicht auszusprechen. Sie wagte es nicht einmal zu denken. Aber dass sie hier und jetzt ein Engel aufsuchte, konnte nur eines bedeuten.

Ein erneutes Nicken bestätigte ihr, dass es so war.

»Aber du musst dir keine Sorgen machen. Es geht ihm gut.«

Sie musste sich keine Sorgen machen? Hatte sie richtig gehört?

»Du meinst … er … ist tot, aber es geht ihm gut?« Was für ein Unsinn! Pauline fühlte eine unsagbare Wut über eine derartige … himmelschreiende Ungerechtigkeit in sich aufsteigen, zusammen mit dem salzigen Wasser, das ihre Augen zu füllen begann. Wie konnte er tot sein und es ihm gleichzeitig gut gehen! Es ging einem nicht gut, wenn man tot war!

»Nun ja, den Umständen entsprechend«, wandte Felicity beschwichtigend ein und sprang mit einem weiteren lautlosen Satz von der Fensterbank, um sich neben sie auf das Sofa zu setzen.

»Was soll das heißen, den Umständen entsprechend?«, schluchzte Pauline.

»Zu sterben ist nicht so schlimm, wie du glaubst«, erwiderte der kleine Engel an ihrer Seite. »Man geht nur von einem Leben in das nächste. Es ist genau so, wie es die Menschen berichten, die in letzter Minute noch zurückkommen. Man geht auf ein strahlendes Licht zu. Dieses Licht ist nichts anderes als das nächste Leben, in das man in exakt dem Moment hineingeboren wird, wenn das alte Leben endet. Aus der Sicht eines Babys, das im selben Augenblick zur Welt kommt. Eines Babys mit einer uralten Seele.«

»Du meinst, wir werden wiedergeboren? Genau … so?«

»Genau so.«

»Und *Dezember* … ich meine, Léonard? Was ist mit ihm? Ich kann fühlen, dass er noch da ist«, schniefte Pauline.

»Genau das ist ja das Problem«, erwiderte Felicity. »Er steckt fest zwischen seinem nächsten Leben und seinem alten, vergangenen.«

»Warum steckt er fest?«

»Deinetwegen«, machte Felicity ihr die Sache nicht leichter. »Einzig und allein aus Liebe und Zuneigung zu dir. Weil er dich noch nicht loslassen kann.«

Pauline versuchte nicht länger, ihre Tränen zu verbergen. Sie hatte es gewusst, ganz tief in sich. Er fühlte genau wie sie, so unerklärlich die nahezu magnetische Anziehungskraft war, die sie vom ersten Augenblick an verbunden hatte. Er liebte sie auch!

»Ja, das stimmt«, bestätigte der kleine Engel. »Aber nun ist es an der Zeit, dass ihr euch loslasst. Du ihn – und er dich.«

»Und was passiert, wenn ich ihn nicht loslasse? Er hat mich doch offensichtlich auch nicht losgelassen, oder?«, versuchte Pauline den letzten Joker zu ziehen, der ihr augenscheinlich noch blieb. Sie musste alles versuchen.

»So ist es, und genau deshalb bin ich hier.« Felicity setzte ein überaus betrübtes Gesicht auf. »Wenn du ihn nicht gehen lässt, wird Léonard nicht in sein nächstes Leben gelangen, sondern weiterhin an deiner Seite bleiben. Nichts weiter als ein trauriger, einsamer Gedanke – eine Art Schatten, ein Gespenst.«

»Dann … war *er* also das Licht, das ich hinter mir in dem Spiegel des Schokoladengeschäfts in Paris gesehen habe?«

Felicity nickte stumm.

»Und es gibt keinen Weg, auf dem ich zu ihm gelangen kann? Oder er zu mir?«

Wenn sie die Miene ihrer kleinen Gesprächspartnerin richtig deutete, durfte sie sich keine allzu großen Hoffnungen machen.

»Hast du schon mal davon gehört, dass der Tod eine Einbahnstraße ist?«, erwiderte das Mädchen. »Diese weit verbreitete Annahme ist richtig. Die Reise geht nur in eine Richtung, und zwar vorwärts. Léonard kann nicht zu dir zurückkehren. Und du kannst nur zu ihm, wenn du ebenfalls …«

»… stirbst?«, führte Pauline den Satz zu Ende.

»Ist es das, was du willst – ebenfalls sterben?«

Erst jetzt begriff Pauline die Aussichtslosigkeit ihrer Situation. Ihre Hilflosigkeit in Anbetracht der Schachzüge, die das Schicksal ausgeführt hatte, ohne sie vorher um ihre Zustimmung zu bitten. Das Gefühl einer völligen Ohnmacht dieser Ungerechtigkeit gegenüber ergriff sie und schwappte über ihr zusammen wie eine mächtige Welle.

»Aber was … kann ich dann tun?«

»Lass ihn gehen, Pauline«, sagte Felicity und legte tröstend ihre kleine lilienweiße Hand auf ihre.

Léonard

»Und, was hat sie gesagt?« Léonard hielt die Spannung nicht länger aus.

Das Warten war unerträglich gewesen. Während Felicity aus der dicht belaubten nachtgrünen Krone seines Lieblingsbaums, unter dem er seine schlaflosen Nächte verbrachte, in Paulines Wohnung geschwebt war, um mit ihr über seinen außerordentlich gelagerten »Fall« zu sprechen, hatte er hier unten ausgeharrt. Gewartet. Auf ihre Rückkehr. Auf gute Nachrichten. Erlösende Nachrichten. Dabei ahnte er insgeheim, dass es keine befriedigende, keine erlösende Antwort auf sein Problem geben konnte – jedenfalls nach allem, was Felicity ihm am Tag zuvor mitgeteilt hatte.

»Ach, Léonard!«, seufzte Felicity. »Du bist wirklich ein besonders schwerer Fall. Einer meiner schwersten seit Jahrhunderten, um genau zu sein. Du bist bis über beide Ohren in sie verliebt, oder?«

Er nickte.

»Ist das falsch?«, fragte er leise.

»Nein! Das ist es nicht. Allein der Zeitpunkt ist … nun ja, mehr als ungünstig, um es mal positiv auszudrücken.«

»Es ist also zu spät für uns.«

»Aber es ist nicht zu spät für dich, Léonard. Und auch nicht zu spät für sie.«

»Und wenn sie mich nicht loslässt? Wenn sie genauso empfindet wie ich?«

»Dann wirst du für den Rest ihres Lebens um sie herumgeistern, wie ihr ständiger Schatten, nur ohne Sonnenschein – und trotzdem werdet ihr nie zueinanderfinden. Denn kein Mensch kann sich mit seinem Schatten vereinen.«

Wieso hatte sie keine besseren Nachrichten für ihn, verdammt!

»Auch Pauline wird ihr Glück nicht finden, weil sie zeitlebens ihren Schatten mehr lieben wird als jeden anderen Menschen, der am Leben ist.«

Zugegeben: Es war eine sehr traurige Vorstellung, jedoch auch eine sehr romantische.

»Gibt es denn keine Chance, dass sie und der Schatten zueinanderfinden?«

Felicity schaute ihn besorgt an.

»Sollte es ihr wirklich nicht gelingen, dich loszulassen, gibt es möglicherweise eine letzte Chance.«

Léonards Herz machte einen gewaltigen Satz in Anbetracht dieser vermeintlich hoffnungsfrohen Nachricht.

»Sie müsste dazu nur eines tun«, fuhr Felicity fort. »Im Grunde ist es nur eine winzige Kleinigkeit. Jeder Mensch tut es irgendwann im Laufe seines Lebens.«

»Eine winzige Kleinigkeit?« Das klang gut. »Und … was wäre das?«, fragte Léonard ungeduldig.

»Sterben«, erwiderte der kleine feuerrote Engel vor seinen Augen. »Sie müsste sterben. Das ist die einzige Chance für Pauline und dich, ihren Schatten.«

Augenblicklich fiel Léonards gerade erst aufgeblühte Zuversicht in sich zusammen.

»Willst du das?«, bohrte Felicity nach. »Willst du, dass sie stirbt, damit du sie bekommst?«

Warum war das Leben so hart? Sogar noch nach dem Leben? Léonard wusste nun, dass ihm keine Wahl blieb. Es war zu Ende.

»Nein, das will ich nicht. Ich will, dass sie weiterlebt. Ich will, dass sie glücklich ist. Notfalls mit einem anderen. Sie soll leben, sie hat alles noch vor sich!« Im selben Augenblick erinnerte er sich daran, dass auch er bis vor kurzem noch geglaubt hatte, ebenfalls noch einiges vor sich zu haben.

»Ich habe keine andere Antwort von dir erwartet, Léonard.« Felicity lächelte ihn freundschaftlich an. »Glaub mir, es ist das Beste für euch beide.«

Wenn sie es sagte, was blieb ihm schon anderes übrig, als die einzige Liebe seines Lebens, deren Antlitz für immer in seiner Seele eingebrannt bleiben würde wie ein unauslöschliches Tattoo, ein für alle Mal loszulassen. Damit sie beide weiterreisen konnten, ohne einander, in zwei getrennte Ewigkeiten.

Wenn ihn das alles nur nicht so traurig stimmen würde. So abgrundtief traurig.

»Darf ich noch ein Weilchen an ihrer Seite bleiben, bevor ich ihr für immer Lebewohl sage?«, fragte er. Er wollte jede Sekunde nutzen, jeden noch so winzigen unscheinbaren Augenblick, der ihm noch mit ihr vergönnt war, bevor Pauline den Luftballon loslassen musste, der an dem dünnen Faden zwischen ihren Fingern hing. Damit er hinauffliegen konnte in den Himmel. Allein der Gedanke daran zerbrach ihm das Herz. Was hätte er darum gegeben, gemeinsam mit ihr fliegen zu können, eines fernen Tages, nach einem langen, glücklichen Leben.

»Darf ich?«, fragte er schüchtern.

»Du darfst«, erwiderte Felicity. »Nimm dir die Zeit, die du brauchst. Aber verpasse nicht den richtigen Moment, um dich zu verabschieden. Ich hole dich ab, wenn du so weit bist.«

»Gut! Ich sage dir Bescheid.«

»Das ist nicht nötig«, erwiderte sie. »Ich werde da sein.«

Ach ja, für einen Moment hatte er es tatsächlich vergessen. Sie war ein Engel, konnte seine Gedanken lesen, seine Gefühle spüren und in seinem Herz blättern wie in einem offenen Buch.

»Felicity?«

»Ja?«

»Eines noch: Ich weiß nicht, ob du sie gefragt hast, aber …«

Felicity schaute ihn an, als wäre er ein kleiner, dummer Junge, während er die Buchstaben seiner Frage direkt aus seinem Herzen auf eine riesige Tafel vor ihren Augen schüttete. Sie schüttelte lächelnd den Kopf.

»Ja, Léonard!«, erwiderte sie. »Sie liebt dich auch.«

Mehr musste er nicht wissen. Und doch – es brach ihm das Herz.

Pauline

Ihn loslassen. Wie in aller Welt sollte sie das anstellen? Es hörte sich so einfach an, aber würde sie es wirklich fertigbringen, ihm das anzutun? Ihm, *Dezember* – Léonard, dessen schrecklichen Unfall sie soeben im Archiv der *La Provence* nachgelesen hatte? Alles war so, wie Felicity es ihr geschildert hatte. Aber wenn er noch immer da war, an ihrer Seite, wenn es sogar möglich war, ihn zu sehen – als ein Licht, das sie begleitete –, wollte sie dann, dass dieses Licht für immer erlosch?

»Was soll ich nur tun?«, fragte Pauline sich wieder und wieder.

Die Entscheidung, einen geliebten Menschen loszulassen, traf man nicht einfach so, wie ein Auto zu kaufen. Kaum hatte man sich entschlossen, war man sein Geld los, und das Auto stand auf dem Hof. Nein, loslassen erforderte Zeit.

Hätte Felicity ihr doch bloß nie davon erzählt, dass Léonard noch an ihrer Seite war – wenn auch nur als ein Gedanke, der sie genauso wenig loslassen konnte wie sie ihn. Wobei: Selbst ohne die himmlische Aufklärungsarbeit hätte sie es gespürt. Es war ein gutes

Gefühl, ihn in ihrer Nähe zu wissen. Sie konnte ihn nicht sehen, aber sie konnte ihn fühlen. Er konnte sie nicht fühlen, aber dafür konnte er sie sehen. Oder so ähnlich, hatte Felicity ihr erklärt. Sie waren beide da, ihre Herzen schlugen im selben Takt, doch sie funkten auf verschiedenen Wellenlängen.

»Wenn ich doch nur wüsste, auf welcher Frequenz ich dich finden kann, Léonard«, flüsterte Pauline traurig in die Dunkelheit, als sie in dieser Nacht zu Bett ging, um sich nur einen Moment später in einem beunruhigenden Traum wiederzufinden.

Er begann mit dem glücklichsten Tag ihres Lebens. Zumindest war es jener Tag, den die meisten Mädchen sich als den glücklichsten ihres Lebens erträumten – der Tag ihrer Hochzeit. In einem so elegant wie märchenhaft geschneiderten weißen Kleid, das sämtliche Strahlen der Sonne einfing, stand sie vor einer kleinen Kapelle auf einer blumenbewachsenen Klippe am Meer. An ihrer Seite Léonard, in einem Anzug aus nachtblauem Samt, mit einer Rose am Revers.

Er hatte soeben die entscheidende Frage des Pfarrers beantwortet.

»Ja, ich will!«

»Ja, ich will!«, bestätigte nur Augenblicke später auch Pauline, den bekannten Regeln und dem ungebremsten Ruf ihres Herzens folgend, die Frage des vor ihr stehenden Geistlichen.

»Sie dürfen die Braut nun küssen.«

Überglücklich blickte sie in Léonards Augen. Sie

lachten sie an, ja, sie strahlten mit der Sonne um die Wette. Langsam beugte er sich zu ihr herunter. Ein Knistern lag in der Luft, während sich seine Lippen den ihren näherten. Doch – nein! Im selben Moment, in dem sie einander berührten, geschah etwas Schreckliches: Ihr Bräutigam zerfiel vor ihren Augen zu Staub. Staub, den der Wind mit einer einzigen kräftigen Böe auf das weite Meer hinauswehte. Pauline sah ihm hinterher, seinen leeren Anzug in ihren Händen, das Einzige, was ihr von ihm geblieben war.

Als sie erschrocken erwachte, dämmerte es bereits. An Schlafen war nun nicht mehr zu denken.

Sie schleppte sich aus dem Bett in die weitläufige Küche, wo sich an der Wand über einem kleinen Tischchen eine Tafel befand, auf der sie für gewöhnlich allerlei alltägliche Dinge notierte: Einkäufe, Termine und so weiter und so fort. Mit einem Tuch wischte sie alle ihre Eintragungen weg, um mit einem nagelneuen Stift aus weißer Kreide einen Dreimonatskalender auf die Tafel zu malen. Für jeden Tag ein winziges Feld. Irgendwo musste sie anfangen. Der Traum hatte ihr gezeigt, dass sie so nicht weitermachen konnte. Léonard befand sich nicht mehr unter den Lebenden, und es war an der Zeit, dies zu akzeptieren.

Von nun an würde sie versuchen, von Tag zu Tag, von Woche zu Woche, von Monat zu Monat ein bisschen weniger an ihn zu denken. Sich Schritt für Schritt zu entwöhnen. Ihn loszulassen. Am Ende eines jeden Tages, an dem es ihr gelang, nicht ein einziges Mal an ihn zu denken, würde sie zur Belohnung ein Kreuzchen in den Kalender eintragen. Es war ihr klar, dass im ersten Monat nicht allzu viele Kreuzchen zusammenkommen würden. Aber sie hoffte, dass es im zweiten bereits mehr wären. Und dass der dritte Monat schließlich von Kreuzchen so wimmeln würde. Für jedes einzelne dieser hart erarbeiteten Kreuzchen würde sie sich am Ende der erfolgreich verlaufenen Entwöhnung – obwohl *Entzug* es eigentlich besser traf, so süchtig war sie nach ihm – mit einem kleinen, feinen Geschenk entschädigen.

Das war ihre Motivation durchzuhalten.

Die Zeit ging ins Land. Pauline hielt sich eisern an ihren Plan: für jeden Tag, an dem sie nicht an Léonard dachte, ein Kreuzchen.

Drei Monate später zog sie Resümee, wobei sie nachdenklich auf die Tafel in ihrer Küche starrte.

Nur um festzustellen, dass der Kalender noch immer vollkommen unberührt war.

Auguste

Die Landschaft hatte ihr Gewand gewechselt. Sie hatte das satte Grün des Frühlings und der ersten Sommertage abgelegt und trug nun ein Kleid in einem sandigen Gelbton. Alles in der Natur wusste intuitiv, wann die Zeit gekommen war, um loszulassen. Nur seine Tochter konnte es nicht akzeptieren.

Ihm blieb keine andere Wahl: Im mit der üblichen Bruthitze Südfrankreichs ausklingenden Sommer desselben Jahres berief Auguste Pardieu eine Familiensitzung ein. Er hatte das Gefühl, seine über alles geliebte älteste Tochter verwelken zu sehen. Eine Entwicklung, die er weder ertragen noch länger untätig hinnehmen konnte. Er erkannte Pauline nicht wieder – ihr Leben, das bis zu ihrem sechsunddreißigsten Geburtstag eine einzige Erfolgsgeschichte gewesen war, schien sich auf den Kopf gestellt zu haben. Wo war ihre Lebensfreude geblieben?

Sie wirkte so traurig, so in sich gekehrt, seit das Jahr begonnen hatte – ein Jahr, dessen zweite Hälfte bereits angebrochen war und das nunmehr langsam, aber sicher auf sein Ende zuging. Nichts schien ihr mehr Freude zu bereiten, jeden Tag schien es weiter mit ihr bergab zu gehen. Litt sie unter Depressionen? Die genauen Umstände leuchteten ihm zwar nicht ein – was unter anderem daran liegen mochte, dass er ein Mann war –, aber seine geliebte Ehefrau Hortense hatte ihn eingeweiht. Offenbar war es noch immer jene unglücklich verlaufene Liebesgeschichte mit dem auf mysteriöse Weise verschollenen Pariser Chocolatier, die für ihren Zustand verantwortlich war.

»Ich verstehe das nicht, wieso sucht sie sich nicht einfach einen anderen? Sie ist attraktiv, erfolgreich und hat ein gutes Herz. Unsere Pauline kann *jeden* Mann haben, den sie haben will!«, hatte er wieder und wieder lamentiert.

Doch er war damit bei Hortense und seinen anderen beiden Töchtern auf taube Ohren gestoßen. Anfangs waren sie noch seiner Meinung gewesen, doch mit der Zeit und mit Paulines sich permanent verschlechterndem Zustand hatten sie ihre Einschätzung offenbar geändert – ohne ihm jedoch auch nur den kleinsten Vorschlag zu unterbreiten, wie der Malaise Abhilfe geschaffen werden konnte. Kurz gesagt: Im Hause Pardieu herrschte Ratlosigkeit. Tiefe Ratlosigkeit.

Die Familiensitzung, die ohne Pauline stattfand, war seine Methode, die Dinge wieder in Ordnung zu bringen.

»Pauline braucht einen Mann. Und wir suchen ihr einen«, schlug Auguste vor.

Seine Töchter Lisette und Hélène brachen in Gelächter aus, kaum hatte er den Satz zu Ende gesprochen.

»Wir werden eine Gesellschaft geben – eine Gartenparty. Mit den attraktivsten Junggesellen der Stadt.«

»Oh Papa, du bist so was von gestern …«, kicherte Lisette.

»Und damit Pauline keinen Verdacht schöpft«, fuhr Auguste unbeirrt fort, »taufen wir das Baby auf den Namen ›Melonenparty‹. Damit wären wir in Cavaillon nicht die Ersten. Na, was sagt ihr? Klingt das immer noch altmodisch?«

Seine Töchter nickten.

Hortense schaute ihn skeptisch an.

»Einen Versuch wäre es wert. Stellt sich nur die Frage, wo wir all die charmanten Junggesellen hernehmen sollen«, gab sie zu bedenken.

»Das kann ja wohl nicht das Problem sein, oder? Lisette und Hélène kennen doch ganz bestimmt eine ganze Menge netter junger Männer, nicht wahr? Wir setzen uns jetzt hin und erstellen eine Gästeliste.«

»Also ich weiß nicht, Papa«, erwiderte Hélène.

»Hast du eine bessere Idee, wie wir Pauline wieder glücklich machen können?«

»Nein«, antwortete sie. »Aber ich glaube, sie sucht nicht wirklich einen Mann. Sondern nur einen ganz bestimmten. Ihn.«

»Was soll ich tun? Eine Vermisstenanzeige aufgeben – ohne Foto und ohne Namen? Ihn von der Polizei suchen lassen – ohne Haftbefehl? Das ergibt doch alles keinen Sinn. Es existiert nicht der kleinste Anhaltspunkt, bei dem man ansetzen könnte. Deshalb kommt jetzt Plan B zum Einsatz«, gelangte er zum Ende seines Vortrags. »Anstatt nach etwas Verlorenem zu suchen, das unauffindbar ist, helfen wir eurer Schwester dabei, etwas Nagelneues zu finden, ohne überhaupt danach suchen zu müssen. Sozusagen das Rundumsorglos-Paket.«

»So kann wirklich nur ein Mann denken«, ächzte Lisette.

»Hast du eine bessere Idee?«, erwiderte ihr Vater.

Sie schüttelte den Kopf. Auch sie war ratlos.

Auguste ließ den Blick durch den Raum schweifen. Hortense und Hélène fielen offenbar ebenfalls keine gewichtigen Argumente ein, die gegen sein Vorhaben sprachen.

Damit war die Melonenparty beschlossene Sache.

Pauline

Wenn Pauline sich recht entsann, hatten Auguste und Hortense die letzte Sommerparty veranstaltet, als sie noch ein kleines Kind war. Und nun das: Inmitten des weitläufigen Gartens ihres Elternhauses, das mit einem sagenhaften Blick über den Luberon auf einem Hügel ruhte, thronte eine riesige orangefarbene Melone aus Pappmaschee. So riesig wie jene, die im Schaufenster der Touristeninformation in Cavaillon ausgestellt waren. Ihre Mutter und ihre Schwestern hatten sie originalgetreu nachgebaut.

Ein wenig wunderte Pauline sich schon, dass die drei sie überhaupt nicht in die Vorbereitungen einbezogen, sondern sie eher wie einen Gast behandelt hatten. Sie hatte weder Geburtstag noch gab es sonst irgendetwas zu feiern. Das Merkwürdigste an dieser Party aber waren die Gäste: Es waren nahezu ausschließlich Männer. Unverheiratete Männer. Allesamt in ihrem Alter, also zwischen Mitte dreißig und Mitte vierzig. Pauline kannte die meisten von ihnen. Es war nicht schwer zu erraten, was da im Busch war: Ihre Familie hatte sämtliche noch verfügbaren Angehörigen des männlichen Geschlechts zusammengetrommelt.

Nicht nur in Cavaillon, nein, die Junggesellen der ganzen Dörfer aus der näheren Umgebung waren versammelt, sogar ehemalige Schulkameraden, die nun in Avignon, Aix-en-Provence, Montpellier oder Marseille lebten. Einer war gar aus Lyon angereist. Angeblich zufällig. Es gab Champagnerbowle und Erdbeeren mit Sahne. Die Sonne prangte am wolkenlosen blauen Himmel, und die Vögel zwitscherten fröhlich. Kurz gesagt: Es wäre ein perfekter Sonntagnachmittag gewesen – mit dem richtigen Mann an ihrer Seite.

Als die Veranstaltung am Abend auf ihr Ende zulief, hatte Pauline mit mindestens dreißig Anwärtern geplaudert; aus reiner Höflichkeit hatte sie jedem mindestens zehn Minuten gewidmet. So waren die Stunden ins Land gegangen.

»Na, amüsierst du dich gut?«, hatte ihre Mutter mit einem wissenden Zwinkern im Vorbeigehen gefragt. Ebenfalls ungefähr dreißig Mal.

Ein eigens engagierter professioneller Fotograf hatte die gesamte Feier für die Ewigkeit festgehalten.

Pauline war erschöpft. Nachdem der letzte Gast gegangen war und sie für einen Moment allein im Garten saß, nur begleitet vom nächtlichen Zirpen der Grillen, setzte sie sich auf einen Stuhl, zog ihre Schuhe aus und spürte – welche Erleichterung! – das warme Gras unter ihren nackten Füßen. Sie hatte das Gefühl, einen Marathon gelaufen zu sein. Aus der erleuchteten Küche winkten Auguste und Hortense zu ihr herüber, offenbar noch immer in der Hoffnung, ihre Tochter habe sich für einen der Aspiranten entschieden. Doch was das betraf, musste sie ihre Eltern leider enttäuschen.

Die gute Nachricht kam erst drei Tage später, als der Fotograf die Bilder vorbeibrachte.

Paulines Vater tobte.

»Die Aufnahmen sind allesamt verdorben, was für ein Trottel!«, schimpfte er mit einem Blick auf Hunderte von Fotos, die ausgebreitet auf dem großen hölzernen Küchentisch lagen. »Einfach zu schade!«

»Komm, lass es gut sein«, versuchte ihn Hortense zu beschwichtigen. Ohne Erfolg.

»So ein schöner Nachmittag«, wetterte er und schickte dem in seinem Auto vom Hof fahrenden Fotografen eine geballte Faust durch das Küchenfenster hinterher. »Und so was nennt sich Fotograf!«

Im Grunde interessierten Pauline die Bilder nicht besonders, doch da sie schon mal da war, warf auch sie einen Blick auf das versammelte Desaster, das ihren Vater dermaßen in Rage versetzte.

Für einen Moment schien ihr Herzschlag auszusetzen. Beherrsche dich, befahl sie sich selbst ohne Worte, denn in ihrem Hals hatte sich ein dicker Kloß gebildet.

Auf allen Aufnahmen, auf denen sie abgelichtet war, war auch etwas anderes zu sehen: ein gleißend heller Lichtblitz. Mal an ihrer Seite, mal hinter ihr, mal vor ihr, überall. Er war auf jedem einzelnen Foto. Allerdings nur auf jenen, die *sie* zeigten. Die wenigen Bilder ohne sie waren ohne Fehl und Tadel – absolut einwandfrei. Es sah in der Tat aus wie ein merkwürdiger Belichtungsfehler oder ein Fauxpas beim Entwickeln des Films.

Aber das war es nicht. Den Fotografen traf keine Schuld, das wurde Pauline auf einen Schlag klar. Sie hatte dieses Licht schon einmal gesehen. Dieses Mal jedoch hatte ein Fotograf es auf Fotopapier gebannt. Während sie die Bilder betrachtete, war ihr, als durchströme das Licht sie mit all seiner Kraft und Wärme.

Pauline wusste, dass sie Léonard loslassen musste, aber die Tatsache, dass er noch immer da war, an ihrer Seite, machte es ihr nahezu unmöglich. Sie konnte dieses Licht nicht einfach auslöschen. Es zog sie unwiderstehlich an. Sie konnte den Blick nicht von den Fotos abwenden, die ausgebreitet vor ihr auf dem Küchentisch lagen. Diesen unbestechlichen Zeugen eines Sommernachmittags im Garten ihrer Eltern, der so viel mehr gewesen war als die beiden sich in ihren kühnsten Träumen ausmalen konnten. Es machte sie glücklich, die Aufnahmen zu betrachten. Unfassbar glücklich. So glücklich, dass sie sich eine kleine Träne aus dem Augenwinkel wischen musste.

»Siehst du, jetzt haben wir die Katastrophe«, sagte Auguste. »Das ist alles nur seine Schuld. So schöne Momente, völlig ruiniert.«

»Das ist doch kein Grund zum Weinen, meine Kleine«, tröstete Hortense ihre Tochter und nahm sie in den Arm.

Pauline war noch immer ihre Kleine, obwohl sie zugleich ihre Größte war und schon bald eine alte Schachtel sein würde. Während ihre Mutter dachte, die Tränen seien der ruinierten Erinnerung an einen unvergleichlichen Sommertag und dem Charme eines der lokalen Heiratsanwärter geschuldet, dachte Pauline an das Licht, das partout nicht von ihrer Seite weichen wollte. Vielleicht, weil es so genauso empfand wie sie – weil es sie so sehr mochte, dass es einfach nicht verlöschen konnte. Diese Fotos waren nicht weniger als der Beweis, dass auch er sie noch nicht losgelassen hatte. Dass noch immer ein Engel an ihrer Seite weilte. Ein Engel namens Léonard.

Was hätte Pauline dafür gegeben, darüber mit irgendeiner Menschenseele sprechen zu können. Sie würde noch verrückt werden, wenn sie nicht bald jemanden fand, mit dem sie ihr Geheimnis teilen konnte. Jemanden, den sie ins Vertrauen ziehen konnte.

Ihre Eltern kamen nicht infrage, so viel stand fest. Bei Menschen wie Auguste und Hortense, die mit beiden Beinen fest in der Realität standen wie in einem Bottich Zement, konnten Geschichten von geheimnisvollen Lichtern und Engeln zu den falschen Schlüssen führen. Und ihr Dasein in einer Irrenanstalt zu fristen hatte Pauline bestimmt nicht vor. Hélène kam ganz nach ihrer Mutter, damit blieb auch sie außen vor. Einzig und allein Lisette sollte von den ungewöhnlichen Ereignissen erfahren. Sie war nicht nur die jüngste der drei Schwestern, sondern auch die spirituellste – was für Pauline oft Anlass für Scherze gewesen war. Doch das Leben hatte sie eines Besseren belehrt.

Als Erstes wiederholten sie die Fotosession. Mit Lisettes Digitalkamera. Das Ergebnis war enttäuschend. Nirgendwo war ein Licht zu sehen – auf keiner der Aufnahmen, die Lisette von Pauline gemacht hatte. Daraufhin beschloss Pauline, ihre alte Analogkamera, die ihr viele Jahre treue Dienste geleistet hatte, aus der Rumpelkammer zu holen. Sie kaufte einen handelsüblichen Film im Fotogeschäft und unternahm einen zweiten Anlauf.

Dieses Mal konnten die Bilder sich sehen lassen.

»*Merde!*«, entfleuchte es Lisette, deren Vokabular manchmal ein wenig zu wünschen übrig ließ, vor allem wenn sie mit offenem Mund vor einem stand. »Das glaube ich einfach nicht!«

Da war es wieder – das Licht. Das Merkwürdige allerdings war, dass es nur auf einem Teil der Fotos an ihrer Seite flackerte. Auf anderen wiederum nicht. Auf allen Aufnahmen, die entweder unter freiem Himmel entstanden waren oder aber im Hausflur, in einem Blumenladen oder einer Bäckerei, war das Licht zu sehen. Allein auf den Bildern, die sie in Paulines Wohnung gemacht hatten, fehlte es. Sie wiederholten das Experiment mit einer simplen Einwegkamera. Nur zur Sicherheit. Mit demselben Ergebnis.

»Wenn das wirklich ein Geist ist, dann ist es ein wahrer Gentleman-Geist«, lautete Lisettes Erklärung für das Phänomen, dass die geheimnisvollen Erscheinungen hinter Paulines Wohnungstür aufhörten.

»Er akzeptiert deine Privatsphäre«, lobte sie.

»Glaubst du wirklich?«, fragte Pauline nachdenklich. Einerseits fand sie es rührend, andererseits wollte sie in seiner Nähe sein. Nicht nur draußen und in der Öffentlichkeit, nein, sie schloss Léonard in ihre Privatsphäre ein.

Außerdem wollte sie, dass ihre Beziehung sich weiterentwickelte. Seit sie das Licht zum ersten Mal auf den Fotos wahrgenommen hatte, hatte sich etwas zwischen ihnen verändert. Es war beinahe, als wären sie bereits ein Paar. Ein ziemlich ungewöhnliches, versteht sich. Doch Pauline wollte mehr – kurz gesagt: mehr Nähe, mehr Intimität –, und sie war bereit, bis zum Äußersten zu gehen.

»Vielleicht solltest du ihn in deine Wohnung *einladen*«, schlug Lisette vor. »Musst ihm ja nicht gleich das Schlafzimmer zeigen.« Ein breites Grinsen spannte sich über ihr Gesicht, so als hätte sie Paulines Gedanken erraten.

Ihn einladen? Eine glänzende Idee! Angenommen, er war hier und jetzt und immer an ihrer Seite und hörte alles, was sie sagte. In dem Fall könnte sie auf diese Weise Kontakt mit ihm aufnehmen. Später würde sie dann herausfinden, ob es geklappt hatte. Anhand neuer Fotos würde sie feststellen können, ob er ihrer Einladung gefolgt war.

»Also, ich weiß nicht.«, überlegte sie.

»Komm schon, gib dir einen Ruck. Er hört bestimmt zu.«

Pauline konnte spüren, wie sie rot anlief. Wenn Léonard wirklich da war, wie peinlich! Und wie lud man ein … Licht … zu sich nach Hause ein?

»Lieber … Léonard«, setzte sie an, und ihr Herz begann schneller zu schlagen, während ihre kleine Schwester sich vor Lachen bog. »Leider weiß ich nicht, ob du mich hören kannst. Aber wenn es so ist, dann möchte ich dir mitteilen, dass du mir immer willkommen bist. Auch in meiner Wohnung. Vielleicht zum … Abendessen? Ich … ähm … habe dich gern in meiner Nähe. Okay?«

Sie wandte sich an ihre Schwester.

»Und? Wie war das?«

Lisette bekam vor Lachen kein Wort heraus, streckte aber den rechten Daumen in die Höhe. Das sollte wohl heißen, dass ihre Performance gelungen war.

Léonard

»Das … ähm … ist … sehr … liebenswürdig von dir«, stammelte Léonard, vollkommen perplex und außerstande, etwas Charmanteres zu entgegnen.

Gott sei Dank konnte sie ihn nicht hören. Pauline hatte ihn offiziell eingeladen. Ihr erstes Rendezvous war besiegelt! Sie hatte ihm dabei zwar nicht tief in die Augen geblickt – da sie beim besten Willen nicht ahnen konnte, wo genau sich diese befanden –, aber eines stand fest: Sie wollte ihn bei sich haben. Ihre Beziehung auf die nächste Stufe heben.

»Ich nehme … deine Einladung sehr gerne an«, stotterte er weiter. Nur fürs Protokoll, versteht sich.

Es war fast wie bei einem richtigen Liebespaar. Fast als würde er noch leben.

Bereits am Abend desselben Spätsommertages, die Dämmerung und eine dichte Wolkendecke mit gelegentlich einsetzenden Schauern hatten sich wie ein graues Tuch über die kleine Stadt gelegt, beschloss Léonard, nicht länger auf sein Glück zu warten, sondern die Gelegenheit beim Schopfe zu packen. Die Straßenlaternen waren eben erst angegangen, und aus Paulines Fenstern fiel ein warmes gelbes Licht hinunter auf den sonst so geschäftigen und nun wie leergefegten Markplatz an der *Cathédrale Saint-Veran*.

Léonard beschloss, sich auf dem Fensterbrett zu positionieren. Durch das von einem feinen Schleier winziger Regentropfen verzierte Fenster blickte er in Paulines zauberhaft eingerichtetes Zuhause. Die Küche war ein großer, einladender Raum mit wunderbar altmodischen Küchenmöbeln und Kupfertöpfen, in denen sich das Licht spiegelte, und ging über in das Esszimmer mit einer langen, urigen Holztafel. Um den Tisch waren zahlreiche bunte Stühle gruppiert, von denen keiner dem anderen glich. Pauline stand mit einem hölzernen Kochlöffel in der Hand vor dem massiven Gasherd, rührte um und schmeckte ab, während sie mit der anderen Hand gedankenverloren in einem Rezeptbuch blätterte.

All das strahlte eine so wunderbare und anziehende Wärme aus, dass es auch Léonard draußen vor dem Fenster ganz warm ums Herz wurde. Zwar konnte er den Regen nicht wirklich auf seiner Haut spüren, und auch der für diese Jahreszeit ungewöhnlich steife Wind vermochte ihn nicht umzuwehen, aber die Einsamkeit vermochte es umso mehr. Er malte sich aus, wie schön es wäre, in diesem Moment in die Küche zu kommen, den Duft einzuatmen, der aus den heißen Töpfen strömte, sich sanft an Pauline zu schmiegen, sie mit beiden Armen fest zu umschließen und mit den Lippen langsam und sachte über ihren Hals zu fahren, der süß nach Vanille, Zimt und Apfel roch. So stellte er es sich jedenfalls vor.

Plötzlich blickte sie ihn an. Sein Herz begann zu hämmern, während Pauline mit dem Kochlöffel in der Hand langsam auf das Fenster zuging. *Sein Fenster.*

Sie steuerte direkt auf ihn zu.

Ihn durchströmte dasselbe überaus intensive Gefühl wie damals in dem Schokoladengeschäft in Paris, als sie ihn ganz klar wahrgenommen hatte, in dem Spiegel hinter der Ladentheke. Es war ein unsagbarer Schmerz, vermengt mit unsagbarem Glück. Offenbar war es dieses Gefühl, das ihn sichtbar machte für sie. Das ihn für einige Augenblicke in ein überglückliches gleißendes Licht verwandelte, welches fröhlich vor ihren Augen in der Luft tanzte.

Vorsichtig öffnete Pauline das Fenster.

»Hallo«, flüsterte sie, überaus behutsam und mit sanfter Stimme, so als wäre er ein Vöglein, das sie nicht verschrecken wollte.

»Hallo«, erwiderte er die Begrüßung, obwohl ihm klar war, dass sie ihn nicht hören konnte.

Trotzdem wollte er unbedingt mit ihr sprechen. So wie es zwei Menschen taten, die miteinander das Tischtuch teilten. Denn danach sah es aus. Offensichtlich hatte sie ihn erwartet. Auf dem Tisch standen zwei elegante Weingläser und zwei Teller, dazwischen eine brennende Kerze. Vom Herd wehte der Duft von Coq au Vin herüber. Das französische Nationalgericht passte sehr gut zu dem widerlichen Wetter draußen und machte es drinnen noch gemütlicher, als es ohnehin schon war.

Nachdem Pauline das Fenster ganz geöffnet hatte, trat sie einen Schritt zur Seite – offensichtlich, um ihn einzulassen. Vorsichtig sprang er an ihr vorbei in den Raum, und während er um ein Haar ihr Gesicht streifte, hatte er für einen winzigen Augenblick lang das Gefühl, ihren Atem spüren zu können.

»Du bist es wirklich, oder?« Sie schaute ihn an, als wäre er ein Wunder. Möglicherweise war er das auch. Sehr wahrscheinlich sogar.

»Ja, ich bin es.«

Wenn er jedoch in Paulines Augen blickte, war nicht er das Wunder, sondern sie. Dass er jetzt mit ihr hier sein konnte, das war ohne jede Frage ein Wunder.

»Ich habe Coq au Vin gemacht, dazu ein Glas Rotwein«, sagte sie und lächelte ihn schüchtern an. »Ich hoffe, das ist nach deinem Geschmack.«

Es war nach seinem Geschmack, ohne jede Frage. Nur leider konnte er in seinem Zustand nicht …

»Essen«, setzte Pauline an, als hätte sie seine Gedanken erraten, »wirst du wohl eher nicht, oder? Aber das macht nichts. Setz dich einfach ein bisschen zu mir. Ich bin dir nicht böse, wenn du deinen Teller nicht anrührst.«

Wie gerne hätte Léonard ihr versprochen, dass nichts von ihren eigens für ihn gekochten, wunderbaren Köstlichkeiten übrig bleiben würde, so gut roch es hier. Doch leider lag das außerhalb seiner Möglichkeiten. Er blickte sich um. Auf der kleinen Bar, die Küche und Esszimmer in der Mitte durchschnitt wie ein elegantes Band, mit je einem hölzernen Hocker auf jeder Seite, stand eine geöffnete Flasche Champagner, daneben bemerkte er zwei Gläser.

»Zuerst einen Aperitif«, ordnete sie an und eilte ihm voraus.

»Auf uns«, flüsterte sie schüchtern, nachdem sie beide Gläser eingeschenkt hatte.

Sie hielt ihm seines direkt vor die Nase. Nun ja, ehrlich gesagt vor die Stirn – offensichtlich ließ das Licht ihn größer erscheinen, als er tatsächlich war, und sie vermutete seinen Mund dort, wo sich die ersten Falten auf seiner Denkerstirn befanden. Was wiederum ein durchaus positiver Effekt war. Einer der wenigen. Aber vielleicht kamen ja mit der Zeit noch weitere hinzu? In den Gläsern bemerkte Léonard ein Licht, das ihn beinahe blendete, so hell war es. Das musste *er* sein.

»Auf uns. Und darauf, dass wir uns eines Tages …« Sie hielt inne. »Ach, ist ja auch egal«, sagte sie. Einen Moment lang starrte sie ihm in einer Mischung aus Nachdenklichkeit, Traurigkeit und Faszination in die Augen, um dann ohne jede Vorwarnung loszulachen. »Was machst du hier eigentlich? Pass auf, dass du nicht komplett überschnappst …«

Das war eindeutig an sie selbst adressiert. Offenbar war Pauline sich keinesfalls sicher, was genau sich hier vor ihren Augen abspielte. War es Einbildung? Oder ein Wunder? Die Realität konnte es nicht sein.

Sie wirkte schrecklich aufgeregt. Und im selben

Atemzug so hilflos. So voller Energie. Und gleichzeitig so müde.

»Wollen wir uns setzen?«

Léonard nickte. Was konnte er sonst schon tun?

»Wenigstens kenne ich jetzt deinen richtigen Namen … Vorher habe ich dich immer *Dezember* genannt.«

Sie lächelte, während sie den Blick in die Ferne schweifen ließ.

»Weil wir uns im Dezember getroffen haben. Ich weiß, es ist albern …«

»Nein, ganz bestimmt nicht!«, widersprach er. *Dezember.* Er mochte seinen Spitznamen. Er hatte ihn von Anfang an gemocht. Er klang nach Weihnachten und dem guten Teil des Winters. Nicht nach der unnachgiebigen Härte seiner beiden Brüder, dem Januar und dem Februar. Hätte er sich nicht schon über so viele Jahre an den Namen Léonard gewöhnt, er hätte ihn sofort für Pauline geändert – nur damit sie bei *Dezember* bleiben konnte.

Wortlos schenkte sie den Wein ein und trug das Essen auf. Es duftete köstlich. Wenn er doch nur einen Bissen probieren könnte! Für sich selbst – und für sie.

Schweigend saßen sie einander gegenüber. Zaghaft stocherte Pauline mit ihrer Gabel in dem wunderbaren Gericht auf ihrem Teller. Sie führte die Gabel zum Mund, beladen mit einem winzigen Häppchen. Sie kostete. Und blickte ihn dabei an. Mit nervösen Fingern griff sie nach ihrem Weinglas, um daran zu nippen, ohne dass ein Tropfen des ausgezeichneten Châteauneuf-du-Pape ihre Lippen benetzte.

Sie setzte das Glas wieder ab und presste die Lippen zusammen.

Oh nein! Sie brach in Tränen aus.

»Oh Gott, was soll ich nur machen?«, schluchzte sie. »Kannst du mir nicht ein Zeichen geben?«

Léonard war sich nicht sicher, wer gemeint war: er oder Gott. Aber falls er gemeint war: ein Zeichen? War es nicht Zeichen genug, dass er hier an ihrem Tisch saß und mit sämtlichen Lichtquellen des Zimmers um die Wette leuchtete? Was sonst konnte er tun?

Er legte einen Arm auf die Tischplatte und streckte ihn langsam zu ihr aus. Als könnten seine Finger die ihren berühren.

Keine Reaktion.

Irgendwie war er davon ausgegangen, dass sich das Licht ausbreitete – wie ein Regenwurm, der über den Tisch kroch. Aber offenbar war dem nicht so. Léonard stand auf, ging um den Tisch herum und stellte sich hinter Pauline, die noch immer schluchzend auf ihrem Stuhl saß. Zärtlich legte er ihr die Hände auf die Schultern.

Das wiederum schien sie wahrzunehmen. Sie schob den Stuhl ein wenig zurück, erhob sich, drehte sich um und fuhr langsam mit der Hand über die Stelle, an der sie sein Gesicht vermutete. Diesmal lag sie richtig.

»Komm«, forderte sie ihn auf. Im richtigen Leben

hätte sie jetzt wohl seine Hand genommen. So jedoch schwebte er einfach hinter ihr her. Ins Schlafzimmer.

Darauf war er nicht vorbereitet. Es war wohl das erste Mal in der Geschichte der Menschheit, dass es einem Mann zu schnell ging. Allerdings sollte dieses Gefühl nicht länger währen als ein paar Sekunden.

Ihr Schlafzimmer war ganz in Weiß eingerichtet. Allein die Bettwäsche war mit goldenen Engeln verziert, die fröhlich Trompete spielten. Aber natürlich waren es nicht die Möbel, die Léonards Blicke anzog.

Wie schön sie war. Und wie unartig! Gleich beim ersten Candle-Light-Dinner mit ihm aufs Ganze zu gehen – also das hätte er nun wirklich nicht von ihr erwartet. Vor allem nach ihrer Unterhaltung am Tisch, die sich beinahe so leise abgespielt hatte wie das Fallen von Neuschnee in einer windstillen Nacht. Erst als er den Spiegel hinter ihr wahrnahm, verstand er, warum: Auf der blanken gläsernen Oberfläche spiegelten sich Paulines entzückender nackter Rücken – und ein kleiner Feuerball, der vor ihr in der Luft schwebte. Léonard hatte ganz vergessen, dass er in ihren Augen nicht wirklich ein Mann war. Sondern nur ein kleines Licht. Genau das ließ die ganze Sache in einem ganz *anderen Licht* erscheinen.

Nachdem Pauline sich vor seinen Augen ungeniert bis auf die Unterwäsche ausgezogen hatte, schlüpfte sie unter die Decke und schlug diese auffordernd auf, so als würde sie noch jemanden erwarten. Léonard brauchte ein paar Sekunden, um zu verstehen, dass dies eine Einladung war.

Wie schade, dass er sie nicht wirklich spüren konnte. Dass sie ihn nicht spüren konnte, während er sich an sie schmiegte, sie mit seiner ganzen Energie einhüllte. Etwas, das sie überaus zu genießen schien.

Wenn *sie* schon leuchtete, wie musste *er* dann erst leuchten!

Eines stand fest: In diesem wunderbaren Augenblick, den er auf immer in seinen Erinnerungen bewahren würde wie einen kostbaren Schatz, war Léonard das glücklichste Licht im ganzen Universum.

»Streng dich an!«, spornte er sich an.

Wenn er ein Licht sein konnte, dann vermochte er vielleicht auch mehr zu sein als nur das. Sich für die Dauer eines Augenblicks in Fleisch und Blut zurückverwandeln – was würde er dafür geben! Er wollte sie spüren können. Er wollte, dass sie ihn spüren konnte. Wie warm und weich sie war – auch ohne sie berühren zu können, wusste er es, und es machte ihn fast verrückt, dass seine Lippen und seine Hände dieses Wissen partout nicht nachvollziehen wollten.

Pauline und er waren miteinander verbunden, wenngleich nicht über die simple Leitung, die Liebende für gewöhnlich zu benutzen pflegten: schüchtern oder forsch voranschreitende Berührungen, nackte Haut auf nackter Haut. Nein, es war eher ein Impuls. Ein Impuls, den man sich wie eine E-Mail vorstellen musste. Eine E-Mail, die statt zwischen zwei

Computern zwischen zwei Herzen hin- und hergeschickt wurde. Sender: ihr Herz. Empfänger: sein Herz.

Genau das war es. Ihr Herz kontaktierte sein Herz, es sandte eine Nachricht an ihn. Die Nachricht hieß: »Ich sehne mich nach dir. Ich will dich berühren können. Ich will, dass du mich berührst. Wo bist du?« Léonard konnte es ihr von den Lippen ablesen, im spärlichen Licht ihres Schlafzimmers, das eingehüllt war von der samtigen Nacht. Der Regen draußen war stärker geworden. Unablässig trommelte er gegen das Fenster. Auf einmal überkam Léonard das Gefühl, die Zeit würde stehenbleiben. Sämtliche Zeiger sämtlicher Uhren dieser Welt stoppten. Das Einzige, was sich noch bewegte auf der gesamten weiten Welt, waren er, Pauline und die Regentropfen. Hunderte, tausende, Millionen von Regentropfen, die fordernd an die Fensterscheibe hämmerten, als begehrten sie Einlass, als wollten auch sie mehr erfahren über diese unglaubliche Sache, die Liebe hieß.

Pauline

»Stopp!«

»Stopp?«

Müde schlug Pauline die Augen auf. Es war … Wie spät war es? Sie hatte keine Ahnung. Aber die Sonne schien bereits hoch am Himmel zu stehen und blinzelte vorsichtig durch die noch immer dichte Wolkendecke. Allein der heftige Regen, der die Nacht über gegen die Fensterscheiben getrommelt hatte, schien sich gelegt zu haben.

Sie hatte eine Nacht hinter sich, die sie nie vergessen würde. Komme, was wolle. Bevor das geschah, würde sie ihren eigenen Namen vergessen, ihre Vorliebe für Schokolade und Melonen – und wie das Land hieß, in dem sie lebte. Sie hatte mit einem Licht geschlafen. Mit einem Licht, das sie auf eine so einzigartige, wunderbare, beglückende Weise erfüllt hatte, dass es ihr jetzt umso schwerer fiel, den sie liebevoll und seidig warm einhüllenden Federn ihres Bettes Adieu zu sagen und aufzustehen. Das Tageslicht hineinzulassen. Und mit ihm die fade, graue Realität.

»Das meinte ich nicht, als ich gesagt habe, du sollst ihn loslassen!« Die Stimme kam Pauline nur zu bekannt vor. »Du musst damit aufhören!«, befahl sie. »Am besten noch heute, sonst kommst du nie von ihm los!«

»Felicity?«

Der kleine Engel hatte sich vor ihrem Bett aufgebaut, die Arme empört in die Hüften gestemmt. Offenbar ist Léonard nicht mehr hier, sonst würde sie ihre Strafpredigt sicher an uns beide adressieren, dachte Pauline. Sie war ein wenig enttäuscht, aber so waren Männer nun einmal. Vor Tagesanbruch, noch ehe man zu zweit aus seinen süßen Träumen erwachen konnte, stahlen sie sich einfach aus dem Bett.

»Das warst nicht du«, klärte Felicity sie auf, und in ihre Stimme mischte sich ein milderer Ton. »Léonard habe ich verscheucht, wie es aussieht.«

Pauline setzte sich im Bett auf.

»Wieso hast du das getan?«, fragte sie niedergeschlagen. »Er ist doch nur ein kleines Licht. Wieso darf er nicht noch ein Weilchen bei mir bleiben?«

Felicity seufzte.

»Weil das, was zwischen dem kleinen Licht und dir passiert«, erwiderte sie, »für mich langsam, aber sicher nicht mehr nach Abschied nehmen aussieht.«

»Wonach sieht es deiner Meinung nach denn dann aus?« Pauline konnte den trotzigen Unterton in ihrer Stimme nicht verbergen. Es war, als wäre sie das Kind und der kleine himmlische Rotschopf vor ihr die erwachsene Autoritätsperson.

»Letzteres liegt daran, dass ich ungefähr achthundert Jahre älter bin als du«, klärte Felicity sie auf. »Und um deine Frage zu beantworten: Es sieht aus, als würde das Band zwischen euch immer stärker.«

»Und wenn schon …«

»Pauline, wenn du Léonard nicht loslässt und er dich nicht, wirst du in diesem Leben nicht mehr glücklich«, wiederholte Felicity ihre Warnung vom letzten Mal.

Doch wozu? Pauline konnte sich beim besten Willen nicht vorstellen, wie sie ohne Léonard in diesem Leben glücklich sein sollte – von Kopf bis Fuß, vom kleinen Zeh bis hinauf in die Haarspitzen. Wie konnte man glücklich sein, wenn man nach einem halben Leben sehnsüchtigen Wartens und Suchens endlich seine wahre Liebe gefunden hatte – nur um sie im Handumdrehen wieder zu verlieren? Wie sollte sie diesen Verlust verkraften, ohne den Rest ihres Lebens den Kopf in den Sand zu stecken, weil sie niemals wieder jemanden finden würde wie Léonard? Sie würde verbittern, wie so viele Menschen im Laufe ihres Lebens verbitterten, weil sie den falschen Weg eingeschlagen hatten oder weil das Leben selbst ihnen keine Chance gab, den richtigen Weg zu beschreiten. Man kam an eine Kreuzung und wusste: Keine der Richtungen ist korrekt, weder links noch rechts, noch geradeaus. Und von wo man kam, dahin wollte man auf keinen Fall zurück.

»Aber wenn ich dort hingehe, wo er ist?«, schlug sie vor.

Diesmal war der Seufzer, der Felicity entfuhr, deutlich tiefer. Und deutlich besorgter.

»Das ist nicht so einfach, wie du vielleicht denkst«, bekräftigte sie.

»Aber es ist möglich?«

Felicity schüttelte abwiegelnd den Kopf.

»Bevor du daran denkst, solltest du etwas tun, das du bisher nicht getan hast.«

Pauline schaute sie fragend an.

»Du solltest dich richtig von ihm verabschieden. So wie es momentan aussieht, akzeptierst du seinen Tod noch nicht.«

»Natürlich akzeptiere ich ihn nicht!«, echauffierte sich Pauline. »Weil er nicht tot ist!«

»Genau deshalb möchte ich, dass du dir und mir einen letzten großen Gefallen tust.« Felicitys Gesicht nahm einen überaus ernsthaften Ausdruck an.

»Und der … wäre?«

»Fahre nach Paris, am besten noch heute.«

»Nach Paris? Wozu?«

Felicity schüttelte beinahe fassungslos den Kopf, so als könne sie Paulines Widerstand beim besten Willen nicht nachvollziehen. »Damit du siehst, dass du dich irrst«, sagte sie. »Und um dich von ihm zu verabschieden.«

Nun ja, wenn sie ihr damit einen letzten großen Gefallen tat – dann sollte es eben so sein.

Das Taxi, das Pauline nach ihrer Ankunft am Bahnhof bestiegen hatte, hielt vor den altehrwürdigen Toren des im Osten von Paris gelegenen weltberühmten Parkfriedhofs *Père Lachaise*, wo Léonard seine letzte Ruhestätte gefunden hatte. Die Musik vergangener Epochen lag in der milden Nachmittagsluft, Frédéric Chopin war hier beerdigt, außerdem Jim Morrison und Édith Piaf.

Über das jahrhundertealte Kopfsteinpflaster der kleinen Friedhofsstraßen, die zu beiden Seiten gesäumt waren von hoch in den Himmel schießenden Bäumen, stakste Pauline in Richtung der *division*, in der sich sein Grab befinden musste. In einem kleinen Blumengeschäft am Rande des Friedhofs hatte sie einen Strauß aus vierundzwanzig roten Rosen erworben, zusammen mit einem kleinen Kärtchen, das sie mit ihrem Abschiedsgruß für ihn versehen wollte, sobald sie vor ihm stand. Nicht vor ihm selbst, verstand sich, sondern vor der Marmorplatte, unter der er begraben lag. Vierundzwanzig rote Rosen, denn am vierundzwanzigsten Dezember hatten sie sich zum ersten und einzigen Mal in der realen Welt getroffen.

Sie war ein wenig nervös, obwohl es dafür eigentlich keinen Grund gab.

Es war merkwürdig, aber als sie vor dem kleinen Grabmal stand, in dessen kahle graue Haut nichts weiter eingraviert war als sein Name und die Jahre, die ihm vergönnt gewesen waren, wurde ihr eine Sache ganz klar. Eine Sache, die ihr schon vorher klar gewesen war. Deshalb schrieb sie es auf das kleine cremefarbene Kärtchen, das an einer roten Kordel an den Rosen hing. So wie sie es Felicity versprochen hatte. Ihren letzten Gruß an Léonard Lune, der hier begraben lag, unter der schattigen Krone einer Eiche auf dem Pariser Friedhof *Père Lachaise*.

Der Schnellzug, der aus der französischen Hauptstadt zurück in die Hauptstadt der Melonen fuhr, hatte Paris eben erst hinter sich gelassen, als ein kleines Mädchen Paulines Abteil betrat. Gott sei Dank war sie momentan die Einzige hier. Das ältere Ehepaar, das mit ihr reiste, hatte sich zu einem kleinen Imbiss in das Bordrestaurant begeben.

»Ich weiß, dass du nicht hier bist.«

»Was hast du gesagt?«, fragte Pauline irritiert.

»Ich habe nur wiederholt, was du auf die Karte für Léonard geschrieben hast.«

»Du hast mir nachspioniert?« Nun ja, im Grunde war es keine allzu große Überraschung für Pauline. Es war klar: Engel mussten nicht spionieren, sie wussten auch so alles.

»Was nun, Felicity? Ich habe dir versprochen, mich von ihm zu verabschieden, und das habe ich getan. Nur leider war er nicht da.«

»Ich bin nicht Felicity«, entgegnete das Mädchen, das Felicity wie aus dem Gesicht geschnitten war.

»Ach nein? Wer, bitte schön, bist du dann?«

»Ich bin Patience«, stellte sie sich vor. »Darf ich mich setzen?«

»Patience?«

»Richtig«, erwiderte die Kleine, und schon saß sie Pauline gegenüber auf dem Platz am Fenster. Dort, wo sich eine Minute zuvor noch die überaus neugierigen Augen einer rüstigen Seniorin aus dem Elsass befunden hatten.

»Ich bin Felicitys Schwester«, erklärte Rotschopf Nummer zwei. »Wir haben über dich gesprochen.« Sie sagte es, als wäre es etwas ganz Dramatisches.

»Aha, ihr habt also über mich gesprochen? Schön für euch!« Langsam wurde es Pauline zu dumm, diesen nervigen, kleinen Rauschgoldengeln für jede ihrer Handlungen Rede und Antwort stehen zu müssen.

»Ja«, erwiderte ihre neue Mitreisende unbeeindruckt von Paulines sicher gotteslästerlichen Gedanken. »Wie es aussieht, hast du dich entschlossen, einen bestimmten Weg einzuschlagen. Um die Sache kurz zu machen: Was willst du *nicht* aufgeben: das Leben oder ihn?«

Was für eine Frage! Sie wollte weder das Leben aufgeben noch Léonard!

»Das habe ich mir schon gedacht«, sagte Felicitys geheimnisvolle Zwillingsschwester. »Wahrscheinlich hat meine Schwester sich nicht klar genug ausgedrückt. Es geht nur eins von beidem. Du musst dich entscheiden. Also: entweder er – *oder* das Leben.«

Wie ein unerwartet auffrischender eisiger Wind, der durch ein aufgestoßenes Fenster wehte, schlich sich eine unheimliche Stille zu ihnen herein und erfüllte in Sekundenschnelle das ganze Abteil.

»Wenn das so ist, dann entscheide ich mich für ihn.«

Das Mädchen blickte sie kopfschüttelnd an. Genau so, wie sie es von ihrer Zwillingsschwester kannte.

»Du bist wirklich eine harte Nuss«, stellte sie fest.

Pauline beschloss, es als Lob aufzufassen.

»Nachdem das geklärt ist… siehst du vielleicht irgendeine Möglichkeit, einer harten, verliebten, armen Nuss wie mir zu helfen?«, fragte sie ihr Gegenüber, sehnlichst auf ein *Ja* oder zumindest ein *Vielleicht* hoffend.

Gott sei Dank: Das Engelchen nickte.

»Ich werde dir jemanden vorstellen«, sagte sie und blickte sie geheimnisvoll an. »Sein Name ist Jean-Baptiste Lumière.«

Schlagartig hellte sich Paulines Gemüt auf.

»Jean-Baptiste Lumière? Wer ist das?«, rief sie hocherfreut aus.

Im selben Augenblick wurde die Abteiltür aufgezogen. Die rüstige Seniorin stürmte mit ihrem Ehemann im Schlepptau herein, und für einen Augenblick legte sich eine peinliche Stille über die Szenerie.

»Jean-Baptiste Wer?«, fragte sie irritiert, nachdem sie ihre Lesebrille auf- und wieder abgesetzt und sich mehrfach vergewissert hatte, dass außer Pauline niemand im Abteil war. Ihr Mann hingegen benötigte keine Worte. Sein Kopfschütteln sprach Bände.

Léonard

Dieser Tag hatte ihm ganz sicher das beschert, was man als ein Wechselbad der Gefühle bezeichnete. Heiß, kalt und dann wieder heiß.

Am frühen Morgen noch, kurz vor Sonnenaufgang, war Léonard der glücklichste Mann der Welt gewesen. Er hatte mit Pauline geschlafen. Natürlich hatte er sich die erste zärtliche Kontaktaufnahme ihrer Körper ursprünglich ein wenig anders vorgestellt, aber im Leben – und manchmal offenbar auch danach – lief eben nicht immer alles nach Plan. Nicht mal die Engel hatten den Kosmos und die darin umherirrenden Seelen vollständig im Griff, jedenfalls schien es ihm so.

Fest stand: Er hatte im siebten Himmel schweben dürfen – dem Himmel, in dem die Menschen seit dem Altertum die Phantasie, die Wünsche und die Träume vermuteten. Dem obersten aller Himmel. In den ihn eine unvergessliche Nacht unversehens hineinkatapultiert hatte. Für einen befreienden Moment lang, während das Echo dieser Nacht zärtlich in ihm nachhallte, war er tatsächlich wunschlos glücklich gewesen. So lange, bis ihn Felicity in aller Hergottsfrühe rüde aus Paulines Bett geworfen hatte, um ihr nur wenig später vorzuschlagen, dass sie sich auf dem Friedhof in Paris für immer von ihm verabschieden solle.

»Bitte gib uns nicht auf!«, hatte er gebetet, obwohl er wusste, wie aussichtslos ihre Situation – ihre und seine – war. Dass sie einander sehr wahrscheinlich nie würden in die Arme schließen können.

Trotzdem: In der vergangenen Nacht hatte er sich ein zweites Mal in Pauline verliebt, so süß, tief und schmerzhaft, wie er es nicht für möglich gehalten hätte – während er jeden Winkel ihres Körpers und ihrer Seele ausgeleuchtet hatte. Mit jeder Sekunde, die er an ihrer Seite verbrachte, wurde es schlimmer. Tat es mehr weh.

Stunde um Stunde hatte er mit ihr gezittert, während sie im Zug in die Hauptstadt saß, in der Hoffnung, dass sie zu einem solchen Schritt nicht in der Lage wäre. Dass sie es nicht übers Herz brachte, ihn allein in einem kalten Grab zurückzulassen, in dem er überhaupt nicht war. Und – sie hatte es nicht fertiggebracht!

Doch was sich nun hier abspielte, war selbst ihm ein Rätsel: Wer war Felicitys geheimnisvolle Zwillingsschwester, die ihr glich wie ein Ei dem anderen? Und wer zum Teufel war dieser Jean-Baptiste Lumière? Léonard hatte keine Ahnung gehabt, dass die Welt nach dem Tod, oder besser gesagt, das Leben *nach* dem Leben, dermaßen bevölkert war und es darin von mysteriösen Gestalten nur so wimmelte. Er lebte nun schon so lange in dieser Welt, und noch immer kannte er sich nicht aus. Das Ganze kam ihm vor wie ein Spiegel der realen Welt, nur mit einigen Zusatzfunktionen, die ihm noch nicht recht einleuchten wollten.

»So ähnlich ist es auch!«

Léonard wäre fast aus den Schuhen gekippt, hätte er diese noch an seinen Füßen verspürt. Doch wenn man seine Füße nicht mehr wahrnahm, weil man seit einiger Zeit im wahrsten Sinne des Wortes über den Dingen schwebte, erübrigte sich der Gedanke an das Schuhwerk von ganz alleine.

»Keine Angst, ich bin's nur, Patience.«

Da war sie also, die geheimnisvolle Unbekannte.

»Wir kennen uns aus dem Zug. Bitte entschuldige, dass ich dich dort nicht begrüßt habe. Ich wollte dich in dem Abteil nicht vor Paulines Augen ansprechen, erst recht nicht vor den anderen Mitreisenden. Du weißt ja, wie sie auf dich reagiert. Das sieht immer so verrückt aus.«

»Ach ja, findest du?«, fragte er mit einem übertriebenen Augenzwinkern und hoffte, dass sie die Ironie bemerkte.

Sie tat es. Sie erwiderte sein Zwinkern und streckte ihm an diesem herbstlichen Abend auf der Bank unterhalb von Paulines Wohnung ihr zartgliedriges Händchen entgegen. Léonard ergriff es vorsichtig, um ja nichts zu zerbrechen, und stellte sich daraufhin ebenfalls vor. Reine Höflichkeit – natürlich wusste sie, wer er war. Seinetwegen war sie schließlich hier.

»Nicht *nur* deinetwegen«, erklärte sie. »Deinet- und Paulines wegen. Wir sind ein wenig in Sorge, wie sich der Vorgang entwickelt.«

»Der Vorgang?« Es klang, als wären sie nur ein Aktenzeichen, eine Nummer in einem riesigen Apparat.

»Ja, so ähnlich ist es auch«, seufzte Patience. »Du kannst mir glauben: Das ist ein schöner Berg Arbeit. Gott sei Dank«, für eine Sekunde erhob sie ihren Kopf zum Himmel, »sind Zwischenfälle wie dieser nicht an der Tagesordnung.«

Léonard schüttelte den Kopf. Das kleine, faule Mädchen konnte ruhig mal etwas für sein ... Geld? ... tun! Wie konnte man nur so jung sein und bereits eine solche Beamtenmentalität entwickelt haben?

»Es tut mir leid, dass wir dir – oder *euch*, wer auch immer ihr seid – so viele Überstunden bescheren«, entschuldigte er sich in übertriebener Demut bei ihr. Langsam, aber sicher sah er nicht mehr ein, warum die da oben nicht auch mal *für* ihn arbeiten konnten. Bis jetzt hatten sie schließlich nur *gegen* ihn gearbeitet. Sie hatten ihm sein Leben gestohlen!

»Ist ja gut, Beschwerde akzeptiert!«, beschwichtigte die Amtsleiterin ihn. »Wenn es für einen guten Zweck ist, helfen wir gerne ... Im Übrigen bin ich nicht die Amtsleiterin, sondern nur eine ganz gewöhnliche Mitarbeiterin.«

Léonard nickte. *Selbstverständlich* war sie das. Im Ernst: Er kaufte ihr die Nummer von der kleinen Angestellten nicht ab, aber was sollte er tun?

»Und Jean-Baptiste Lumière? Ist er der Chef von eurem Laden?«

Patience schüttelte den Kopf.

»Der Chef? Nein!«, sagte sie und brach unvermittelt in Gelächter aus. Sie brauchte eine Weile, um wieder auf den Boden zu kommen. »Nein, Jean-Baptiste ist keiner von uns. Er ist ein Mensch. Und ein ziemlich komischer Kauz dazu ...«

»Ihr arbeitet mit Menschen zusammen?« Allmählich wurde es interessant. Hatte der Himmel tatsächlich Verbindungsleute auf der Erde?

»Ganz richtig«, bestätigte seine nächtliche Besucherin. »Allerdings nur mit sehr, sehr wenigen, sehr sorgfältig ausgewählten Menschen«, erklärte sie. »Wir unterhalten unsere Außenstellen hier.«

»Und diese Menschen ...«

»... haben außergewöhnliche Fähigkeiten, sind ungewöhnlich sensitiv und zutiefst emotional. Ihr nennt sie Wunderkinder oder Verrückte – je nachdem. Nicht wir suchen sie aus, sondern sie uns.«

»Sie suchen euch aus, wie soll das funktionieren?«, fragte Léonard. Es fiel ihm schwer, daran zu glauben, dass man sich einfach für eine derartige Position bewerben konnte.

»Ganz einfach: Sie besitzen von Kindesbeinen an eine Gabe, die andere Menschen nicht haben.«

»Und welche Gabe ist das, wenn ich fragen darf?«

»Sie sehen uns.«

»Was tun sie?«

»Genau so, wie du mich jetzt siehst. Aber im Gegensatz zu dir sind sie noch vollkommen lebendig. Außerdem können sie unterscheiden – zwischen normalen Menschen und …«

»… Engeln?«

Patience nickte. »So ist es«, sagte sie. »Deshalb engagieren wir sie auch als Agenten, sozusagen als Verbindungsleute zwischen den Welten. Natürlich statten wir sie dafür mit der notwendigen Ausrüstung aus.«

»Welcher Ausrüstung?«

»Nun ja«, sagte Patience. »Nehmen wir mal dich und Pauline. Wir haben den Eindruck, dass wir mit euch nicht weiterkommen. Allerdings glauben wir mittlerweile ebenfalls, dass zwischen euch eine ganz besondere Anziehungskraft existiert, ein unsichtbares Band, das euch zusammenhält.«

Endlich! Endlich hatten sie es kapiert! Léonard jubilierte innerlich.

»Deshalb haben wir eine Entscheidung getroffen«, fuhr Patience fort. »Nämlich, dass ihr die Sache unter euch ausmachen müsst – nur du und Pauline. Ihr allein sollt bestimmen, wie es weitergeht. Ob ihr zusammenkommt oder nicht, das liegt nun in eurer Macht.«

Léonard klatschte in die Hände. Ach, könnte er doch nur hören, wie sie aneinanderschlugen! Könnte er doch nur fühlen, wie seine Handinnenflächen vor Leidenschaft brannten!

»Freu dich nicht zu früh, Léonard«, warnte ihn das Mädchen aus dem Himmel.

»Die Sache ist nicht so einfach, wie du sie dir vielleicht vorstellst. Denn unsere Entscheidung ändert nichts an der Tatsache, dass Pauline ihr Leben aufgeben müsste, um bei dir sein zu können.«

Sofort verstummte die Freude, die Léonard eben noch erfüllt hatte.

»Aber dank Jean-Baptiste werdet ihr zumindest miteinander sprechen können. Und wenn es nur ist, um euch Lebewohl sagen zu können. Er hat alles, was ihr dazu benötigt. Na, wie klingt das?«

»Du meinst, Pauline wird mich hören können?« Es war unglaublich! Er würde alles dafür geben, sich nur ein einziges Mal richtig mit ihr unterhalten zu können!

»Das wird sie«, bestätigte Patience.

Die Hoffnung kehrte in sein Herz zurück.

»Aber … wie ist das möglich?«, fragte er.

»Das wird euch unser Agent erklären«, sagte sie. »Jean-Baptiste Lumière. Er wird Pauline demnächst aufsuchen. Allerdings ist er ein bisschen schusselig und meistens ziemlich unpünktlich, es kann daher ein paar Tage oder Wochen dauern. Ihr müsst euch einfach gedulden. Ich hoffe nur, dass sein Anblick Pauline nicht in die Flucht schlägt.

»Wieso?«

»Wie ich schon sagte«, wiederholte Patience. »Er ist ein komischer Kauz.«

Pauline

Die Zeitschrift *Molécules* rief an. Die Redaktion wünschte sich einen Artikel von Pauline zum Thema »Die Chemie der Liebe«. Mit der Auflage ging es seit Jahren stetig bergab, und man hoffte, mit einem etwas populäreren wissenschaftlichen Thema neue Leser gewinnen zu können. Dass die Wahl auf Pauline fiel, war nur logisch: Wer könnte besser über die chemischen Aspekte von Liebe und Anziehungskraft schreiben als jemand, der ein erfolgreiches Frauenparfüm kreiert hatte, das als besonders verführerisch galt?

»Schaffen Sie es in drei Wochen?«, fragte die Redakteurin am Telefon.

Pauline sagte spontan zu.

Die Liebe – ein Gefühl zwischen zwei Menschen, zerlegt in Bausteine, Moleküle und chemische Verbindungen. Ein Klacks für eine studierte Chemikerin und erfolgreiche Parfümeurin wie sie! Nun ja, jedenfalls bevor Léonard in ihr Leben getreten war. Doch nun? Tag um Tag verbrachte Pauline an ihren Schreibtisch gefesselt, doch die Worte wollten den Weg auf das Papier nicht finden.

Wie die meisten ihrer Kollegen aus der Wissenschaft hatte sie ein Leben lang Ursache und Wirkung verwechselt, wenn es um die Anziehungskraft zwischen zwei Menschen ging, die im Begriff waren, sich ineinander zu verlieben. Mensch A sendete chemische Botenstoffe aus, die Mensch B daraufhin als unwiderstehlichen Duft wahrnahm, woraufhin er sich in Mensch A verliebte. Aber war es nicht in Wahrheit genau umgekehrt? Verliebten wir uns nicht zuerst? Und ließ dieses Gefühl unseren Körper nicht Botenstoffe produzieren, aussenden und empfangen – sozusagen den allerersten Liebesbrief zwischen Mensch A und Mensch B, chemische Botschaften, die zwei Menschen einander schickten, nachdem der Blitz sie getroffen hatte.

Es dauerte drei Wochen und keinen Tag weniger, bis Pauline endlich in der Lage war, diese Einsicht in Worte zu fassen und an die Chemiezeitschrift zu senden.

Tags darauf meldete sich die Redakteurin zurück.

»Ein schöner Artikel, Pauline«, lobte sie. Allerdings klang sie ein wenig schmallippig. »Nur leider nicht für uns. Viel zu romantisch und überhaupt nicht wissenschaftlich. Den Text sollten Sie besser an eine Frauenzeitschrift schicken.«

Genauso hatte Pauline früher auch gedacht. Aber da war sie auch noch nie bis über beide Ohren verliebt gewesen. Möglicherweise ist genau das der Grund, warum so viele Wissenschaftler bis heute beharrlich Ursache und Wirkung verwechseln, wenn es um das

Thema Liebe geht, dachte Pauline. Weil sie noch nie in ihrem Leben richtig verliebt waren.

Abgesehen davon lag die Redakteurin mit ihrer Einschätzung, was die potenzielle Leserschaft von *Molécules* betraf, wahrscheinlich sogar richtig. Möglicherweise sollte Pauline eine Fortsetzungskolumne für eine Frauenzeitschrift daraus machen, und zwar mit den Teilen »Die Chemie der Einsamkeit« und »Die Chemie des Wartens«. Unterschrieben mit *Mademoiselle Melon*, jenem zweifelhaften Pseudonym, unter dem sie in ihrer Heimatstadt vermutlich mittlerweile bekannter war als unter ihrem Geburtsnamen – Madame Pontagnac und ihrer Vorliebe für Klatsch und Tratsch sei Dank.

Im Grunde hatte Pauline sich bereits damit abgefunden. So war es eben: Die Zeit heilte alle Wunden. Nun ja, fast alle – abgesehen von jenen, die eine unerfüllte Liebe einem ins Herz ritzen konnte. So viele Wochen lang hatte Léonard ihr über die Schulter geblickt, an ihrem Schreibtisch. Sie wusste, dass er bei ihr war. Sie spürte es. Dennoch trat ihre Beziehung auf der Stelle. Denn es war ein Monolog. Sie sprach mit ihm, mittlerweile beinahe ununterbrochen, jedoch ohne die kleinste Hoffnung, jemals eine Antwort von ihm zu erhalten. Die einzige Person, die diesen Monolog in einen Dialog verwandeln konnte – jene geheimnisvolle Person, die ihr der kleine Engel namens Patience vor geraumer Zeit während einer Bahnfahrt angekündigt hatte –, hatte sich bis zum heutigen Tag nicht blicken lassen. Der Herbst hatte endgültig Einzug gehalten. Gestern erst hatte sie draußen Kinder gesehen, die Drachen steigen ließen.

»Nimmt das Warten denn gar kein Ende?«, seufzte sie verzweifelt.

Klack, klack! Verwundert wanderte Paulines Blick zum Fenster hinüber, gegen das soeben jemand zwei Kieselsteine geworfen zu haben schien. Erst jetzt nahm sie die Gestalt wahr, die unten auf dem Platz vor der Kathedrale stand und ihr zuwinkte.

»Pauline? Pauline Pardieu?«

Angespannt starrte sie hinunter auf den Marktplatz. Es war bereits später Nachmittag, und die Farbe des Himmels war kaum mehr als eine Stunde davon entfernt, in tiefes nächtliches Schwarz überzugehen. Auf dem Pflaster des Platzes unter ihren Augen jagte ein stürmischer Wind das Laub mal hierhin, mal dorthin, immer schön im Kreis herum.

»Mademoiselle, hier unten!«

Natürlich hatte Pauline längst entdeckt, wer ihr an diesem verschlafenen Sonntagnachmittag von dem menschenleeren Platz zurief und theatralisch winkte, als wolle er sie zu einer Theateraufführung einladen.

»Kommen Sie!«, rief der Mann, der in einer Art Kostüm steckte und dessen Gestalt sich fast gänzlich unter einem leuchtend roten Umhang verbarg.

Aus der Entfernung sah er ein wenig aus wie Cyrano de Bergerac. Er stand nicht weit von dem Eingang der *Cathedrale Saint-Veran*.

Sie riss das Fenster auf.

»Ja?«, piepste sie in Ermangelung einer besseren Frage.

»Jemand hat mir mitgeteilt, dass Sie sich für das Leben nach dem Tod interessieren. Ist das richtig?«, rief er zu ihr hinauf.

»Ja… das ist… richtig«, erwiderte sie, während ihr schlagartig klar wurde, um wen es sich bei dieser merkwürdigen Gestalt handeln musste.

Sie war gerade dabei gewesen, das Abendessen vorzubereiten, daher waren ihre Gedanken auf derart ungewöhnlichen Besuch nicht eingestellt.

»Genauer gesagt war es ein kleiner Rotschopf, etwa so groß!« Mit der Hand deutete er die Größe an, die ziemlich genau auf Felicity zutraf. Oder Patience. Oder wie auch immer sie heißen mochte.

Paulines Herz machte einen Sprung. Er war es!

»Warten Sie«, rief sie zu ihm hinunter. »Ich komme.«

Sie war seit Jahren nicht mehr in der Kirche gewesen, obwohl sie jeden Tag von sämtlichen Fenstern ihrer Wohnung aus direkt auf das prachtvolle alte Gemäuer blickte und es verdiente, mit einem schlechten Gewissen bestraft zu werden, zumindest wenn es nach der Ansicht ihrer Mutter ging. Trotz dieser Expertenmeinung war das schlechte Gewissen bislang ausgeblieben. In gewissen Situationen jedoch, etwa wenn sie Luft zum Atmen brauchte, verweilte Pauline gerne in dem schattigen, auf moosbewachsenen Säulen ruhenden Innenhof, der so viele Jahrhunderte hatte kommen und gehen sehen, so viele Seelen, so viele Hirten Gottes mitsamt ihren Schäfchen, gläubige und weniger gläubige.

»Hier drüben, Mademoiselle!«

Die Stimme, die von der anderen Seite des Säulengangs zu ihr herüberwehte, klang nach Whiskey und Weihrauch. Er schien sich zu verstecken, ein Spielchen mit ihr zu treiben, hinter einer der Säulen. So sehr Pauline sich auch bemühte, ihre Augen konnten niemanden erkennen. Das wenige verbliebene Tageslicht drang nur spärlich in die Säulengänge, die sich um ein rechteckiges Beet wanden, gesäumt von sorgfältig gestutzten Buchsbaumhecken und bepflanzt mit einem Meer aus bunten Blumen.

Da! Auf der gegenüberliegenden Seite des Säulengangs meinte sie eine Gestalt wahrzunehmen.

»Tataaa!«

Um ein Haar wäre ihr das Herz stehengeblieben. Was für eine einfältige Idee, einer ominösen Gestalt mit einem roten Umhang in eine leere Kirche zu folgen, nur weil sie ihren Namen rief! Sie wollte losrennen, um den rettenden Ausgang zu erreichen, doch ihre Beine waren wie festgewachsen, während die Gestalt langsam auf sie zu steuerte.

»Hohohoho. Sie müssen keine Angst haben, Mademoiselle«, beschwichtigte sie der Mann, der nun direkt vor ihr stand. »Das war bloß ein kleiner Spaß!«

Pauline war sich nicht hundertprozentig sicher, ob sie seinen Worten Glauben schenken durfte.

Drohend wie ein Monster aus den dunkelsten Winkeln ihrer Träume hatte er sich vor ihr aufgebaut, eine Statur wie eine knorrige Eiche. Eine Eiche aus einer anderen, längst vergangenen Zeit – so schien es ihr. Eine Eiche in den Kleidern eines Adeligen aus dem siebzehnten Jahrhundert; genauso alt und abgerissen sahen sie jedenfalls aus. Seine kräftigen Schultern waren bedeckt von einem abgewetzten samtroten Umhang. Sein Haar ein Wald, nein, ein undurchdringbares Gestrüpp, das seit Jahrzehnten keinen Kamm mehr gesehen haben konnte. Dazu ein verfilzter Bart, der wie ein schäbiger Putzlappen an seinem markanten Kinn spross. Furchen, wie von einem Traktor auf einen Acker gemalt, durchzogen sein kalkweißes Gesicht, aus dem sie winzige silberne Augen feurig anblinzelten. Waren es gutmütige Augen? Es war schwer zu beurteilen.

»Sie gestatten, Mademoiselle? Jean-Baptiste Lumière – stets zu Ihren Diensten.«

»Sie … sind … es tatsächlich?« Ein Gefühl unendlicher Erleichterung erfasste Pauline. Nach endlos langen Wochen völliger, ermüdender Ereignislosigkeit hatte sie die Hoffnung schon fast aufgegeben.

»Sehr wohl, meine Liebe, den ganzen Tag lang und abends mit Beleuchtung!«

Er schaute sie erwartungsvoll an. Um im nächsten Moment kritisch die Augenbrauen hochzuziehen, einen schweren Seufzer auszustoßen und besorgt an sich herabzublicken, seinen ungewöhnlichen Aufzug musternd.

»Ach, das …« Er deutete auf seinen in das Gewand einer längst vergangenen Zeit gehüllten Körper. »Sie müssen entschuldigen. Ich bin Antiquar und habe berufsmäßig Zugriff auf alte Dinge. Wissen Sie, Mademoiselle, das Leben ist so kurz und kann so eintönig sein – wieso soll man sich da nicht hin und wieder eine Freude gönnen und in ein nettes Kostüm schlüpfen?« Er räusperte sich übertrieben.

Langsam ließ der Schock nach. Seine warme Stimme und sein zwar ungewöhnliches, aber freundliches Auftreten beruhigten Pauline. Trotzdem konnte sie verständlicherweise nicht anders, als ihn weiterhin gebannt anzustarren.

»Außerdem erfahre ich auf diese Weise, ob ich es mit Menschen zu tun habe, die zumindest ein Quäntchen Mumm in den Knochen haben und nicht gleich beim kleinsten Schreck davonrennen. Denn nur denen kann ich helfen.«

»Sind … Sie … auch … ein …?«, fragte Pauline mit leiser Stimme, noch immer wie festgewachsen.

»… Gespenst?« Offenbar führte Jean-Baptiste Lumière diese Unterhaltung nicht zum ersten Mal. »Nein, Mademoiselle«, erklärte er geduldig. »Ich bin aus Fleisch und Blut, genau wie Sie.«

»Da bin ich aber beruhigt«, erwiderte Pauline.

»Ich weiß«, erwiderte er. »Die drei Schwestern können einem schon ganz schön auf die Nerven gehen.«

Pauline stutzte.

Drei Schwestern?

Jean-Baptiste biss sich auf die Lippen.

»Oh, oh, da hab ich mich wohl mal wieder verplappert. Nun, da es mal gesagt ist: Es sind drei, wobei ...«

»Was?«

»Die dritte Schwester werden Sie sehr wahrscheinlich gar nicht zu Gesicht bekommen«, versuchte er sich herauszureden. »Sie müssen eines wissen: Jeder Engel hat seine ureigene, ganz spezielle Funktion. Einige von ihnen arbeiten mehr hier unten bei uns, andere eher da oben.« Er deutete mit dem Finger hinauf zum Himmel. »Wobei da oben nicht wirklich da oben ist«, ergänzte er. »Das ist nur so ein Bild. Wie auch immer: Die dritte Schwester – in gewissen Kreisen auch als die *unbekannte Dritte* bekannt – ist sozusagen das Empfangskomitee. Sie tritt erst ganz am Schluss auf den Plan, im dritten Akt, wenn die beiden anderen sich die Zähne ausgebissen haben ... hahaha!« Jean-Baptiste schloss seinen Vortrag mit einem polternden Lachen.

»Wie auch immer«, fuhr er nach einer kleinen Pause zum Atemholen fort. »Was führt Sie zu mir, Mademoiselle?«

Pauline schaute ihn fragend an.

»*Sie* haben Steinchen gegen mein Fenster geworfen«, erinnerte sie ihn daran, dass *er* es war, der *sie* aufgesucht hatte.

Dabei hatte sie seinen Besuch erwartet, ja, ihn erhofft, ihm entgegengefiebert – nicht damit er ihr Fragen stellte, sondern damit er ihr Antworten gab. Antworten, die sie ein Stück weiterbringen würden, einen Schritt näher zu ihrer Liebe, die ihr in den vergangenen Wochen mehr und mehr aus den Händen zu gleiten drohte.

»Ach ja, entschuldigen Sie bitte – ich bin heute ein wenig schusselig. Das bringt es einfach mit sich, wenn man schon so lange zwei Berufe gleichzeitig ausübt. Wobei ich annehme, dass Sie nicht in erster Linie daran interessiert sind, Antiquitäten von mir zu erwerben, richtig?«

Pauline nickte stumm, während sie seiner Stimme lauschte, die von den kahlen Wänden der Kirchenmauer widerhallte. Außer ihnen war niemand hier, sie konnten also frei sprechen.

»Sie möchten vielmehr eine Verbindung herstellen«, fuhr Jean-Baptiste fort, »zu einem Menschen, der Ihnen viel bedeutet. Das ist es, oder?«

»Patience hat mir gesagt, dass ich direkt mit ihm sprechen kann. Ist das wahr?«, bestätigte Pauline. Allein bei dem Gedanken schlug ihr Herz schneller.

»Nun, wenn Patience es gesagt hat, dann wird es wohl stimmen. Oder trauen Sie einem Engel zu, dass er lügt?«, schmunzelte Jean-Baptiste.

Ehrlich gesagt, momentan traute Pauline jedem alles zu. Sie war sich keinesfalls sicher, was all diese Erscheinungen zu bedeuten hatten, die in ihr Leben getreten waren, nachdem Léonard es auf so tragische Weise verlassen hatte. Aber blieb ihr eine andere Wahl, als der Sache auf den Grund zu gehen? Wenn es nur einen einzigen Weg gab, der sie möglicherweise ans Ziel führte, obwohl er mit riesigen Fragezeichen gepflastert war, musste sie diesen Weg einschlagen, wenn sie eines Tages dort ankommen wollte.

»Wie … ist das möglich?«, versuchte sie, mehr aus Jean-Baptiste herauszubekommen. »Ich meine, spricht er … durch Sie, durch Ihren Mund, wie bei einer … Séance?«

Eigentlich glaubte sie nicht an derartige Sitzungen, bei denen man angeblich mit den Toten in Kontakt treten konnte. Aber … hatte sie etwa vorher an kleine rothaarige Engel geglaubt?

Erneut brach ihr Gegenüber in herzhaftes Lachen aus. So als hätte sie irgendeinen Unsinn von sich gegeben.

»Nein, Mademoiselle, natürlich nicht! Ich arbeite nicht mit Hokuspokus.«

Seine Reaktion verwirrte Pauline nur noch mehr. Wenn er nicht mit Zauberei arbeitete, womit sonst, um Himmels willen?

»Womit … arbeiten Sie dann, wenn ich fragen darf?«

»Mit Technik, meine Liebe. Mit Technik.«

Umständlich fingerte er an seinem Kostüm herum, um schließlich ein Bündel fein gestanzter, altmodischer Visitenkarten hervorzuholen.

Das letzte Licht war nahezu aus dem Tag gewichen; die Dämmerung hatte ihr Werk vollbracht und ihn fast vollständig schwarz angestrichen. Mühevoll starrte Monsieur Lumière auf die kleinen, kostbar gearbeiteten Karten in seiner Hand, ehe er ihr eine davon feierlich überreichte.

»Hier, nehmen Sie!«

»Jean-Baptiste Lumière – Antiquitäten und Kurioses aus aller Welt«, las sie laut vor.

»Oh, Entschuldigung. Das war die falsche«, korrigierte er schnell und überreichte ihr eine zweite Karte.

Jean-Baptiste Lumière – Sterntelefonate.

Darunter stand die Adresse. Das Geschäft befand sich in Avignon, etwa eine halbe Stunde von Cavaillon entfernt.

»Können Sie morgen früh in meinen Laden kommen, so gegen zehn?«, bat er Pauline höflich. »Dann zeige ich Ihnen, wie es geht.«

Léonard

Konnte ein Gedanke träumen? Léonard jedenfalls träumte. Pauline hatte angenommen, dass außer ihr und Jean-Baptiste Lumière keine Menschenseele ihr Gespräch im Innenhof der *Cathedrale Saint-Veran* verfolgt hatte. Jean-Baptiste dagegen hatte ihn natürlich bereits von der ersten Sekunde an bemerkt. Aber anscheinend war es ein festes Ritual, dass sich sämtliche Mitglieder der spirituellen Welt, ob es sich nun um Engel handelte oder um ihre Agenten aus Fleisch und Blut, einander vor den Menschen nur in Ausnahmesituationen offenbarten. So hatte es auch Jean-Baptiste gehalten.

Hatte er richtig verstanden? Pauline und er sollten eine Unterhaltung führen? Bereits morgen? Léonard war außer sich gewesen vor Glück und Begeisterung, als er hörte, welche Nachrichten der himmlische Außenposten auf Erden im Gepäck hatte. Er durfte mit ihr sprechen! Die Aussicht darauf kam der Aussicht gleich, sie zu umarmen. Es war dasselbe, nur auf einer anderen Ebene. Er würde sie mit Worten umarmen, sie zärtlich darin baden.

Es war so unendlich einsam, Tag für Tag, Nacht für

Nacht an Paulines Seite zu verbringen und doch nicht wirklich bei ihr sein zu können.

Unentwegt mit seiner Liebe zu reden, ohne auch nur ein einziges Mal von ihr gehört zu werden, kostet eine Menge Energie. Es tut weh. Und, ja, es raubt einem nicht selten den Schlaf, selbst wenn man ihn sich abgewöhnt hat – und manchmal darüber hinaus auch alle Hoffnung.

Doch nun – bald, endlich! –, würde Pauline seine Stimme hören können! Es gab so vieles, über das er mit ihr reden wollte. Reden musste! Er konnte es kaum abwarten, bis es so weit war. Es wäre fast wie ein richtiges Date.

Erst jetzt bemerkte Léonard die in einen blutroten Umhang gehüllte Gestalt, die im Dunkel an einer der Säulen des Innenhofs der Kathedrale lehnte. Er hatte eigentlich angenommen, dass sich Jean-Baptiste Lumière zusammen mit Pauline fürs Erste von diesem heiligen Ort verabschiedet hatte. Doch anscheinend war er noch einmal zu ihm zurückgekehrt. So war es, wenn Gedanken von der Liebe träumten. Sie vergaßen alles um sich herum.

»Ja, die Liebe kann einem ganz schön zusetzen«, vernahm Léonard die Stimme, der er bereits kurz zuvor andächtig gelauscht hatte, als Jean-Baptiste sich mit Pauline unterhalten hatte. »Aber dir ist schon klar, dass wahre Liebe nicht nimmt, sondern gibt?«

»Ich weiß …«, seufzte Léonard.

»Genau da liegt das Problem, mein Freund: Pauline ist auf dem besten Weg, sich unsterblich zu verlieben – wenn es nicht bereits passiert ist. Und zwar in dich. Aufgrund deiner beharrlichen Weigerung, dich aus ihrem Leben zu verabschieden. Offenbar ist es genau diese Hartnäckigkeit, die sie sogar noch mehr anzieht.«

Er warf Léonard einen vielsagenden Blick zu, so als wäre er, der letztlich nur ein kleines Licht war, Casanova höchstpersönlich. Dabei wollte er doch nur …

»Wie dem auch sei: Wenn sich die Sache in diesem Tempo weiterentwickelt, wirst du am Ende nicht darum herumkommen, etwas von ihr zu nehmen. Sie wird dich sogar selbst darum bitten. Es ist etwas sehr Kostbares, also gehe behutsam damit um.«

Léonard blickte auf. Er verstand nicht recht.

»… Was nehme ich denn von ihr?«, fragte er.

»Ihr Leben«, erwiderte Jean-Baptiste Lumière kurz und knapp. »Die technische Vorrichtung, die ich euch beiden morgen zeigen werde, ist kein Spielzeug, sondern eine Apparatur des Himmels. Alles, was du Pauline auf diesem Weg mitteilst, hat Auswirkungen. Mächtige Auswirkungen. Am besten wäre es, wenn du mit ihr Schluss machen würdest.«

»Am … Telefon?«

Mit einem weit ausladenden Schritt trat Jean-Baptiste Lumière aus dem Dunkel. Sein Gesichtsausdruck signalisierte Léonard, dass er keinesfalls scherzte.

»Mit SMS kann ich leider nicht dienen«, fügte er hinzu. Als hielte er Léonard für einen Teenager!

»Wenn sich eure Verbindung weiter verstärkt, wenn ihr weiter so flirtet wie momentan, wird sie bald versuchen, einen Weg zu dir zu finden. Also beende die Geschichte besser, bevor es zu spät ist. Und ja, *am Telefon.*«

Nun wusste Léonard, wie Adam und Eva sich gefühlt haben mussten, als sie vor dem Baum der Verführung standen, die verbotenen Früchte zum Greifen nah. Was Jean-Baptiste da von ihm erwartete, war nicht weniger als ein neuer, besserer Adam zu sein als jener, aus dem das gesamte Menschengeschlecht hervorgegangen war.

»Das ist … ganz schön viel verlangt«, stotterte Léonard, der ahnte, dass er, der träumende Gedanke, erneut in der grausamen Wirklichkeit angekommen war.

Pauline

Über dem bezaubernden, im lichten Schatten prächtiger Bäume ruhenden Laden in der kopfsteingepflasterten Gasse am Rande der alten Stadtmauer von Avignon prangte ein handgefertigtes Schild: *Antiquitäten*. Pauline war angekommen.

Voller froher Erwartung sog sie die frische Morgenluft ein. Es war noch früh. Sie war mit dem Zug aus Cavaillon eingetroffen, der in knapp einer halben Stunde den Hauptbahnhof von Avignon erreicht hatte, jener hübschen französischen Stadt im Herzen der Provence, die in aller Welt hauptsächlich aufgrund eines Kinderlieds bekannt war. Ein Glöckchen bimmelte leise über ihrem Kopf, als sie das Antiquitätengeschäft durch die schwere hölzerne Tür betrat.

Bis unter die Decke bestückt mit Zeugnissen aus lange vergangener Zeit lag sie vor ihr: eine stille Oase aus Farbtönen, die allesamt aus derselben, dunklen und warmen Palette eines Tuschkastens gemalt zu sein schienen. Goldtöne wechselten sich ab mit Brauntönen, und alles, was es sonst noch zu sehen gab, lag irgendwo dazwischen. Zusätzlich angemalt vom Licht der Sonne, das in zarten Strahlen durch das vom Staub der Zeit lange nicht befreite Schaufenster in den weitläufigen Raum fiel. Ein Raum, in dem sich, je weiter man nach hinten gelangte, mehr und mehr zu stapeln schien; übereinander, nebeneinander, aufeinander. Allein ein schmaler Gang war geblieben, über den man offenbar in den hinteren Teil des uralten Stadthauses gelangte.

»Hallo? Ist da jemand?« Pauline rief es zaghaft in genau diese Richtung.

Sofort vernahm sie ein Rumpeln.

Nur einen Atemzug später tauchte schließlich jemand aus dem Dunkel auf. Um ein Haar hätte sie ihn nicht erkannt. Genau genommen waren es viele Haare, unzählige silberne, wild wuchernde Haare, aber etwas war anders. An diesem Morgen steckte Jean-Baptiste Lumière in einem fein gewebten, wenn auch ein wenig aus der Mode gekommenen goldbraunen Anzug. Dazu trug er dunkelbraune Lederschuhe, elegante Budapester. Alles, was Pauline auf den ersten Blick an ihm erschreckt hatte – sein grelles Kostüm, sein schrilles Auftreten gestern Abend in der Kathedrale –, schien von ihm abgefallen zu sein. Hier und heute war er einfach nur ein Antiquar, wie man ihn sich mit ein wenig Phantasie leicht ausmalen konnte. Ein Antiquar mit ziemlich vielen Haaren, die wie wirr gesponnene Silberfäden sein Haupt bedeckten und seinen Mund einrahmten, weshalb seine Lippen beinahe nicht mehr zu erkennen waren.

»Guten Morgen, Pauline!«, begrüßte er sie. »Schön, dass Sie es einrichten konnten. Ich danke Ihnen!«

»Ich danke *Ihnen*!«, erwiderte Pauline, immerhin war er es, der ihr einen Gefallen tat.

»Ob es wirklich ein Gefallen ist, wird sich noch herausstellen«, murmelte er leise vor sich hin.

Pauline tat, als hätte sie es nicht gehört. In ihren Augen war alles gut, was ihre momentane Situation veränderte. Was sie ihrem Ziel näher brachte: Léonards Stimme wiederzuhören.

»Wie auch immer«, fuhr der Antiquar mit leicht abwesendem Blick fort. »Willkommen in meinem kleinen Reich. Darf ich Ihnen etwas anbieten, während ich Ihnen alles erkläre?«

Ihr alles erklärte. Pauline fragte sich, was in aller Welt er damit meinte. Was in aller Welt in der Lage war, eine Verbindung herzustellen zu den… Allein der Gedanke an das Wort holte sie wieder zurück auf den Boden.

»Sie meinen, zu den Toten?«, beendete Jean-Baptiste ihren unausgesprochenen Satz. Offenbar konnte er nicht nur Kontakte herstellen, sondern auch alles lesen, was in ihr vor sich ging.

»Bitte zerbrechen Sie sich nicht den Kopf über den schlechten Klang dieses Wortes«, fuhr er fort. »Es klingt deshalb so schlecht, weil es falsch gewählt ist. Oder, anders ausgedrückt, weil die Menschen damit etwas Falsches verbinden.« Er lächelte sie tröstend an. »Sie wissen schon: leblose Körper, Beerdigungen, ein Ende, tief in schwarzer Erde… Aber Sie, Mademoiselle, haben das erste Semester bereits selbst absolviert und wissen, dass es weit mehr gibt. Viel mehr … Tatsache ist: Menschen sterben, aber das heißt noch lange nicht, dass sie tot sind.«

»Wir sterben und sind doch nicht tot?« Es klang paradox.

»Einen Moment«, bat Jean-Baptiste sie um ein wenig Geduld, während er nach hinten lief. »Ich habe Tee aufgebrüht, Sie möchten bestimmt auch einen.«

Er wartete ihre Reaktion nicht ab, sondern eilte davon, um einen Augenblick später mit einer altmodischen silbernen Teekanne wiederzukehren.

»Schauen Sie!«, sagte Jean-Baptiste und wies auf ein kleines, antikes Tischchen direkt vor ihren Augen, auf dem sich ein Set fein gearbeiteter Porzellantassen befand. Er goss den goldgelben, dampfenden Tee in eine davon, um ihn jedoch nicht etwa zu trinken, sondern ihn aus dieser Tasse in eine zweite laufen zu lassen – so lange, bis die erste völlig geleert war.

»So ähnlich, Mademoiselle, verhält es sich auch mit unserem Leben. Stellen Sie sich vor: Der Tee ist unsere Seele. Und sie wandert von einer Tasse zur nächsten. Das ist der Augenblick, den wir sterben nennen. Aber wir sind nicht wirklich tot, denn im selben Moment sitzen wir bereits in einer vollen anderen Tasse. *Voila, weiter geht die Reise!*«

Er schaute sie enthusiastisch an.

»Milch und Zucker?«, fragte er.

»Kommen wir nun zum Zweck Ihres Besuchs«, sagte Jean-Baptiste, nachdem sie ausgetrunken hatten. Er rieb sich tatkräftig die Hände, so als könne er es kaum erwarten, sie in das Geheimnis einzuweihen, das es ihr ermöglichte, mit Léonard in Kontakt zu treten.

Mit ihm zu sprechen. Wie lange hatte sie auf eine solche Gelegenheit gewartet!

»Wenn Sie mir bitte folgen wollen?«

Durch ein Sammelsurium aus Schallplatten, alten Büchern, vergilbten Zeitschriften, Biedermeiermöbeln, Kronleuchtern, Goldmünzen aus den verschiedensten Epochen, Puppen und allerhand anderem antiken Zeug begaben sie sich in den hinteren Teil des Hauses. Nachdem sie einen Flur durchwandert hatten, von dem links und rechts weitere, ebenfalls bis zum Bersten mit Antiquitäten gefüllte Zimmer abgingen, gelangten sie schließlich in einen großen, weit ausladenden Raum. Eine Front mächtiger Fenster, von deren Rahmen der Lack fast vollständig abgeblättert war, führte hinaus in den kleinen, von einer Backsteinmauer umfassten Garten hinter dem Haus, der in eine Art Dornröschenschlaf gefallen zu sein schien. Der Raum selbst war vom Boden bis zur Decke voller Bücher. Sie waren alle in denselben, prächtigen goldenen Einband gewoben.

»*Voilà* – die Bibliothek der Sterne!«, präsentierte Jean-Baptiste sein Allerheiligstes.

In der Mitte der Bibliothek mit dem wohl einzigen unverstellten Blick des Zimmers hinaus in den Garten, befand sich ein kleiner Lesetisch. Jedenfalls sah es aus wie ein Lesetisch, doch auf der Tischplatte, dort, wo eigentlich Bücher liegen sollten, thronte ein großer, rechteckiger Kasten, bezogen mit nachtblauem Samt.

»Hier haben wir das Schätzchen«, sagte Jean-Baptiste, und seine Augen begannen zu leuchten. »Das Sterntelefon.«

Pauline hatte gerätselt und gerätselt, die ganze Nacht über, was es damit wohl auf sich hatte. Die Aufschrift *Sterntelefonate* auf der Visitenkarte hatte ihr keine Ruhe gelassen. Aber sie war auf keine Idee gekommen, wie auch? Die ganze Sache war nicht von dieser Welt, da konnte sich der menschliche Verstand noch so sehr bemühen, er würde es dennoch nicht begreifen.

»So kompliziert ist es nun auch wieder nicht«, beruhigte Jean-Baptiste sie, der offensichtlich Spaß daran gefunden hatte, ihre Gedanken zu beantworten, bevor sie sie ausgesprochen hatte.

»Nicht?«, fragte Pauline zaghaft.

»Ich werde versuchen, es Ihnen zu erklären«, erwiderte er, »auch wenn es nicht ganz so simpel ist wie die Sache mit den Teetassen …«

Léonard

»Jeder Mensch hat einen Stern«, fuhr Jean-Baptiste fort. Léonard hatte sich, von Pauline unbemerkt, zu ihnen gesellt und lauschte den Worten des Antiquars. So wie ihn Jean-Baptiste darum gebeten hatte. Er erkläre ungern alles zweimal, hatte er gesagt und sich deshalb für den Gruppenunterricht entschieden.

Léonard konnte sich selbst sehen, denn seitlich des kleinen Tisches befand sich ein Spiegel. Er leuchtete schon wieder. Als kleines Licht tanzte er an Paulines Seite in der Luft. So aufgeregt war er, in Anbetracht der Dinge, die nun auf den Tisch kommen sollten, und zwar im wahrsten Sinne des Wortes. Pauline war dermaßen auf Jean-Baptiste konzentriert, dass sie das Licht an ihrer Seite gar nicht wahrzunehmen schien. Nun denn, heute ging es um mehr als um das Sehen. Es ging darum, Sprechkontakt aufzunehmen.

»Einen Stern, der ihm auf seinem Lebensweg leuchtet – nicht nur in diesem Leben, sondern auch in allen davor und allen, die noch kommen«, erzählte Monsieur Lumière mit einem geheimnisvollen Unterton in der Stimme. »Solange wir von Leben zu Leben gehen, ist unser Stern am Himmel und passt auf uns auf. Er ist unsere ständige Verbindung zu der Welt dort oben. Es gibt helle Sterne und weniger helle. Weit entfernte und weniger weit entfernte. Das, was wir mit bloßem Auge erkennen können, ist nur eine kleine Auswahl. Die meisten Sterne sind nur schwer sichtbar, dennoch sind sie da. Andere wiederum sind nicht zu übersehen …«

»Wie der Polarstern?«, hakte Pauline ein.

»*Eta Ursae Minoris* – richtig!«, bestätigte Jean-Baptiste. »Aber auch wenn er uns als der hellste Stern von allen erscheint, liegt er doch tatsächlich nur auf Platz siebenundvierzig auf der Liste der hellsten Sterne. Dabei ist er fünfzigmal größer als die Sonne – aber eben auch vierhundertdreißig Lichtjahre entfernt. Was ihn so hell erscheinen lässt, ist seine scheinbare Einsamkeit da draußen. Tatsächlich jedoch ist er umgeben von unzähligen anderen Sternen, die nur nicht so hell strahlen wie er und für das menschliche Auge deshalb mehr oder weniger unsichtbar sind.«

Jeder Mensch hatte einen Stern? Léonard staunte.

»Nun, manche Menschen teilen sich einen Stern, auch das kommt vor. So ähnlich wie in einem Haus mit mehreren Parteien, in dem jeder seinen eigenen Briefkasten hat. Aber der Clou kommt erst noch«, drehte Jean-Baptiste kräftig an der Spannungsschraube. »Jeder Stern besitzt eine eigene Nummer, über die er erreichbar ist. Und diese Nummern stehen hier drin.« Mit einem Handgriff zog er einen der unzähligen goldgelben Wälzer aus der raumhohen Bücherwand neben sich und klopfte darauf, als wäre alle Weisheit des Universums darin enthalten. »Im Sterntelefonbuch.«

Léonards Blick wanderte von Jean-Baptiste zu Pauline und wieder zurück. Er wusste nicht, wem er mehr Aufmerksamkeit schenken sollte in diesem Augenblick. Hätte er – der Gedanke – doch nur *zwei* Paar Augen in diesem Moment!

»Über diese Nummer wiederum erreicht man nicht nur den Stern, sondern auch den dazugehörigen Menschen – wo auch immer er sich gerade aufhält. Ob er gerade tot oder lebendig ist oder irgendetwas dazwischen …«

Während er das letzte Wort aussprach, widmete Jean-Baptiste Léonard ein kaum merkliches Augenzwinkern.

»Aber wie? Wie erreicht man ihn?« Pauline konnte sich vor Aufregung kaum noch halten.

»Hiermit!«, erwiderte Jean-Baptiste und lenkte die Blicke aller auf den merkwürdigen, in dunklen Samt gehüllten Kasten auf dem Lesetisch. »Mademoiselle, wenn Sie sich bitte setzen möchten?«, lud er Pauline ein und zog ihr einen Stuhl heran.

Nervös in die Hände klatschend folgte sie seiner Einladung. Léonard postierte sich direkt hinter ihr. Er hätte den Duft ihres Parfüms in ihrem Nacken riechen können, hätte er riechen *können*.

»Tataaa!« Mit einem kräftigen Ruck an dem oberhalb des Kastens angebrachten kupferfarbenen Griff zog Jean-Baptiste den Kasten hoch. Es war nur ein Deckel. Ein Deckel, der etwas anderes unter sich verbarg.

Sowohl Pauline als auch Léonard zuckten zusammen.

Was sich hier vor ihren Augen auftat, hatten weder sie noch andere Normalsterbliche je zuvor gesehen. Und wenn, dann ganz bestimmt nicht allzu viele.

Das also war es: Jean-Baptiste Lumières Sterntelefon.

Léonard holte tief Luft. Jetzt, da er ihn mit seinen eigenen Augen sah, begriff er, wenn auch möglicherweise nur ansatzweise, was dieser Apparat bedeuten mochte. Das Gebilde vor ihm auf dem kleinen Tischchen sah beinahe aus wie ein Grammophon, nur mit zwei Trichtern statt einem. Elegant wie Tulpen wuchsen sie aus dem Rumpf. Aber etwas anderes war noch weit spektakulärer: Der Apparat war vollkommen durchsichtig. Er war aus Glas. Und in seinem Inneren blickte man – auf das Weltall.

Erhaben und mächtig lag das Universum vor einem, in dem alles in ständiger Bewegung war. Es war kaum möglich, den Blick von dem unendlich weiten Meer aus Sternen abzuwenden, die in dem nachtschwarzen Gerät aufblitzten, so strahlend und anziehend hell, als hätten sich alle Liebe und alles Glück dort versammelt.

Und über dieses … *Telefon* … konnte er, Léonard, in wenigen Momenten mit Pauline sprechen?

Léonard brauchte nicht in den Spiegel neben ihm zu blicken, um zu fühlen, dass das kleine Licht hinter Paulines Rücken allein bei dem Gedanken daran mit dem Meer aus Sternen vor ihren und seinen Augen um die Wette funkelte.

Pauline

»Da staunen Sie, was?« Jean-Baptiste Lumière war in seinem Element. »Dabei ist das nur der Buchstabe L, Sektion drei, einer von diesen Bänden dort.«

Mit der ausgestreckten Hand wies er auf ein ganzes Regal, in dem sich die gewaltigen Wälzer nur so stapelten.

Das Telefonbuch der Sterne. Die Seiten waren dünn wie Pergament, kurz davor, durchsichtig zu sein, so dass jeder Band abertausende davon enthalten mochte, bedruckt mit winzigen Buchstaben und Zahlen.

»Und in diesem Buch steht Léonards Nummer?«, fragte Pauline ihn, ein wenig eingeschüchtert von der mächtigen Bibliothek des Himmels, die sich hier vor ihren Augen auftürmte.

»Das möchte ich meinen!«, entgegnete ihr Gegenüber in voller Überzeugung, während er den in Blattgold eingeschlagenen Wälzer auf dem Lesetisch neben dem unverhüllt leuchtenden Sterntelefon ausbreitete und ihn aufschlug.

»So, schauen wir mal«, murmelte er leise vor sich hin, während er den Zeigefinger befeuchtete, um die hauchdünnen Seiten umzuschlagen.

Ein Weilchen blätterte er gedankenverloren vor sich hin. Dann hellte sich plötzlich seine eben noch angestrengte Miene auf.

»Hier, Lune, Ludwig. Nein, falsch, Lune, Léonard, Paris, geboren am … Wunderbar, hier haben wir ihn!« Er fuhr mit dem Finger über die Linie aus winzigen Buchstaben. »*Voilà*, und hier ist auch schon der dazugehörige Stern – es ist nicht etwa der Mond, wie man annehmen könnte, doch Planeten haben in diesem Verzeichnis leider nichts zu suchen, sondern ein Stern namens Lunatio37.«

»Lunatio37?« Pauline schaute ihn fragend an.

»Zerbrechen Sie sich nicht den Kopf darüber. Ich habe auch noch nie von einem Stern mit einem solchen Namen gehört, und es spielt auch nicht wirklich eine Rolle. Er bedeutet ungefähr so viel wie die Hausnummer in der Adresse eines Menschen, und der messen wir ja auch keine übertriebene Bedeutung bei, habe ich recht?«

Angestrengt kniff er die Augen zusammen, um die folgende Zahlenreihe besser lesen zu können.

»Und damit lautet seine Nummer: *L 37571112 und … dreimal die Eins.«

Pauline deutete schüchtern auf die Wählscheibe des Telefons, auf der sowohl Zahlen als auch Buchstaben in einem ebenso gleißenden Licht aufblitzten wie die Sterne selbst.

»Das bedeutet, wenn ich diese Nummer hiermit wähle, dann … erreiche ich ihn?«

Jean-Baptiste Lumière nahm seinen Blick von dem goldenen Telefonbuch und schaute sie zuversichtlich an.

»Genauso ist es, Mademoiselle. Natürlich nur, wenn er da ist, um das Gespräch anzunehmen, versteht sich.«

»Wie? Was soll das heißen?«

»Das soll heißen, dass er sich ebenfalls hier in diesem Raum befinden muss. Schauen Sie mal: Er spricht hier rein, und Sie hören dort.« Jean-Baptiste deutete auf die beiden Grammophontrichter, die genauso leuchteten wie der Rest des Telefons und die wie das Geweih eines Widders nach links und rechts aus dem Apparat ragten.

»Also, heute Nacht kann es losgehen!«, kündigte er an.

»Wieso nicht jetzt gleich?«, fragte Pauline enttäuscht.

»Die Verbindung zu den Sternen ist in der Nacht deutlich besser. Tagsüber ist sie oftmals gestört, und wir wollen doch, dass Ihr erstes Rendezvous mit Ihrem Liebsten ungestört verläuft, nicht wahr?«

Pauline nickte. Sie war ein wenig traurig, dass es nicht hier und jetzt geschehen sollte. Anderseits konnte sie die Stunden, die bis zu ihrem Gespräch vergehen würden, bereits an zwei Händen abzählen. Die Vorfreude war jetzt schon dabei, sie verrückt zu machen.

»Wie wird es ablaufen?«, fragte sie.

»Es ist weniger spektakulär, als Sie vielleicht denken, Mademoiselle. Er steht auf einer Seite des Tischchens, und Sie auf der anderen. Sie wählen seine Nummer. Das Telefon klingelt. Die Lautsprecher schalten sich ein. Und dann sprechen Sie miteinander. Alles Weitere machen Sie unter sich aus.«

Aha. So also würde die Sache sich abspielen. Erst jetzt bemerkte Pauline den gleißenden Lichtball im Spiegel an der Wand. Er war da! Für einen Moment war sie versucht, Jean-Baptiste umzustimmen, damit sie sofort mit Léonard telefonieren konnte. Hier und jetzt. Aber er war der Fachmann. Wenn er sagte, dass die Verbindung zu den Sternen nachts besser war, musste sie es akzeptieren. Freundlich lächelte sie dem Licht zu. Sie stellte sich vor, wie es wäre, Léonards Stimme hören zu können. Mit ihm sprechen zu können.

Über die Zukunft? Eine gemeinsame Zukunft? War das möglich? Hätte Jean-Baptiste Lumière doch auch diesen Gedanken mit einem klaren Ja beantworten können – sie wäre ihm glatt um den Hals gefallen. Aber diesmal blieb er still.

Léonard

Léonard stand am Fenster und blickte hinaus in den Garten, wo sich ein großer, zotteliger, Jean-Baptiste nicht ganz unähnlicher Hund, ein Briard, auf dem verwilderten Rasen wälzte. Es schien dem Tier nichts auszumachen, dass es zu regnen begonnen hatte. Das Wasser fiel in feinen Strichen vom Himmel, der sich zugezogen hatte, kurz nachdem der Hausherr Pauline zur Tür geleitet und sie verabschiedet hatte.

»Bis heute Abend!«

Noch immer hallte ihre klare und freundliche Stimme in Léonard nach. Das machte es keineswegs leichter. Eine tiefe Traurigkeit hatte ihn erfasst. Ein fürchterlicher Gedanke, der ihn nicht mehr loslassen wollte.

»Was ist, mein Junge?«, fragte Jean-Baptiste. Er hatte sich ihm unbemerkt von hinten genähert. »Warum so betrübt?«

Léonard drehte sich zu ihm um.

»Jean-Baptiste? Bin ich …« Er wagte kaum, es auszusprechen.

»Was?«

»Ein … *böser* Geist?«, fasste er den Gedanken in Worte, der dabei war, ihn von innen aufzufressen.

Sein Gegenüber schaute ihn ungläubig an.

»Wie kommst du denn *darauf*?«

»Weil ich mir, wenn ich ganz ehrlich bin, nichts sehnlicher wünsche, als dass Pauline bei mir ist. Dass sie zu mir kommt, wenn ich schon nicht zu ihr kommen kann. Weil ich sie am liebsten zu mir ins Jenseits ziehen möchte – und so etwas tun doch nur böse Geister, oder nicht?«

Jean-Baptiste schüttelte den Kopf. Seine silbernen Augen blinzelten Léonard gütig aus seinem zerfurchten Gesicht an, während ein mitfühlendes Lächeln um den von seinem mächtigen Bart fast gänzlich verborgenen Mund spielte.

»Nein, mein Junge, du bist kein böser Geist. Du bist nur verliebt.«

»Nur verliebt?«

»Und einsam«, ergänzte Jean-Baptiste.

Ja, das war er. Einsam. Er war dabei zu zerbrechen. Was war das für ein Schicksal, unentwegt an der Seite seiner Liebe ausharren zu müssen, ohne von ihr wirklich wahrgenommen zu werden? Langsam fragte er sich, ob es besser wäre, wenn er Pauline endgültig losließ. Vielleicht hatte Jean-Baptiste recht, und es war genau das, was er ihr heute Abend mitteilen musste, wenn sie telefonierten. Dass sie einander vergessen mussten. Dass sie seine Stimme heute zum letzten Mal hören würde – und er ihre. Ein letzter, zärtlich in einen gläsernen Trichter gehauchter Abschiedskuss, und das war es.

Denn ein böser Geist wollte er nicht sein. Er war nicht hier, weil er Pauline wehtun wollte. Um sie mit Gewalt dorthin zu entführen, wo er sich befand. In diese trostlose Welt, in der einen nichts und niemand bemerkte.

»Jean-Baptiste?«

»Hm?«

»Was genau passiert, wenn sie zu mir kommt?« Da war er wieder, der böse, egoistische Geist, die Überlegung, sie zu kidnappen.

»Soweit man mir erzählt hat, werdet ihr euch für einen kurzen Augenblick der Erlösung in die Arme schließen können. Danach werdet ihr euch auflösen, da ihr beide nur noch Gedanken seid – Gedanken, die ihr Ziel erreicht haben. Danach reist ihr dann beide weiter, in euer nächstes Leben.«

»Gemeinsam?«

Jean-Baptiste schüttelte den Kopf.

»Nein, so funktioniert es leider nicht. Es sei denn als Zwillinge, falls es das ist, was das Schicksal mit euch vorhat.« Ein verschmitztes Lächeln zeichnete sich um seinen Mund ab. »Aber möglicherweise trefft ihr euch eines Tages wieder, irgendwo auf der Welt.«

Das hieß, dass die Suche von vorne beginnen würde. Und mit ihr die Sehnsucht. Das Leiden.

»Gibt es denn gar keinen Weg, wie wir zusammen sein können?«, fragte Léonard schwermütig. Das letzte noch in ihm lodernde Flämmchen der Hoffnung war im Begriff für immer zu verlöschen.

»Doch, einen gibt es – aber ich weiß nicht, ob ihr beide schon so weit seid.«

Sofort entzündete sich die Hoffnung wieder, wie ein Streichholz in dunkler Nacht.

»Ihr müsstet beide eurem irdischen Leben für immer Lebewohl sagen«, fuhr Jean-Baptiste fort. »Eure Eintragung im Telefonbuch der Sterne für immer löschen.«

»Was … bedeutet das?«, stotterte Léonard.

»Es bedeutet, dass eure beiden Sterne dort oben am Himmel verlöschen.«

Das klang nicht sehr verheißungsvoll. Im Gegenteil, Léonard bekam es mit der Angst zu tun.

»Keine Sorge, Léonard«, beruhigte ihn Jean-Baptiste. »Das ist nur der letzte Schritt, den unsere Seele eines Tages ohnehin macht, bevor sie sich aus dem irdischen Leben zurückzieht. Sozusagen ihre Pensionierung. Er kommt ganz am Ende unserer Reise.«

»Und danach fallen unsere Sterne vom Himmel?«

Jean-Baptiste nickte.

»Was glaubst du, warum die Menschen so berührt sind, so ergriffen, wenn sie eine Sternschnuppe sehen, hm?«, fragte ihn der Agent des Himmels. »Weil sie tief in ihrem Inneren wissen, dass in diesem Augenblick ein Engel geboren wird.«

Das wiederum klang schon viel besser! So war das also: Wenn ein Stern vom Himmel fiel, wurde ein Engel geboren.

»Genau deshalb wünschen wir uns in diesem Augenblick oft etwas – weil wir sehnlichst hoffen, dass dieser Engel uns in der Sekunde seiner Geburt sieht. Dass er unser Schutzengel wird, uns unter seine Fittiche nimmt, uns beschützt und uns hilft zu leben.«

»Du meinst, Pauline und ich… Wir könnten… gemeinsam Engel sein?« Léonard wagte es kaum auszusprechen.

»Das musst du sie schon selbst fragen!«, schlug Jean-Baptiste vor. »Aber du weißt: Bevor sie ein Engel werden kann, muss sie ihr Leben aufgeben.«

Léonard wusste nicht ein noch aus. Das Ziel war beglückend, der Weg dorthin bedrückend. Ach, könnte er sie doch an der Hand nehmen und mit einem einzigen kräftigen Ruck zu sich herüberreißen. In der Hoffnung, dass ihre Zuneigung zu ihm so stark war, dass ihr und ihm Flügel wachsen würden.

Sollte er Pauline um ihre Hand bitten?

Diese Frage vermochte nur er allein zu beantworten, weder der Himmel noch sonst jemand würde ihm dabei helfen.

Der Regen draußen war stärker geworden. Jean-Baptiste öffnete das Fenster.

»Cyrano!«, rief er den Hund auf dem Rasen, um ihm zu signalisieren, dass es an der Zeit war, nach Hause zu kommen – in trockene Tücher.

Pauline

Den Rest des Tages verbrachte Pauline still und in sich gekehrt in ihrem Schlafzimmer. Sie lag auf dem Bett und dachte darüber nach, wie sehr das Jahr, das inzwischen beinahe ins Land gegangen war, sie verändert hatte. Die Begegnung mit Léonard hatte sie zu einem anderen Menschen gemacht, zu einem neuen Menschen. Tag für Tag, Nacht für Nacht sehnte sie sich nach ihm, in dem Wissen, dass er sie nicht im Stich lassen würde, dass er noch immer bei ihr war. Nahezu unsichtbar für ihre Sinne, sichtbar nur für ihr Herz.

Bis zu ihrem sechsunddreißigsten Geburtstag, jenem Tag im vergangenen Dezember, an dem sie ihn getroffen hatte, hatte sie geglaubt, so gut wie alles im Leben erreicht zu haben. Jene Dinge jedenfalls, wovon die Menschen glaubten, dass man sie erreichen müsse: materielle Werte. Wohlstand, Karriere, sich einen Namen machen. Selbstbewusstsein aufbauen. All das war gut, denn Menschen waren auf der Welt, um zu wachsen, und dieses Wachstum schloss all das mit ein.

Doch in all den Monaten, die seit dem letzten Heiligabend vergangen waren, als sie Léonard am Stand von Madame Pontagnac getroffen hatte und ihr Herz für einen Moment stehengeblieben war, hatte sie sich verändert. Nicht nur, dass sie sich in *Mademoiselle Melon* verwandelt hatte – das war die kleinste Veränderung. Nein, ihr war klar geworden, dass sie auf alles, worauf sie bis zu ihrem sechsunddreißigsten Geburtstag mit aller Kraft hingearbeitet hatte, verzichten konnte. Und zwar ohne zweimal darüber nachdenken zu müssen. Wenn sie nur eines dafür bekäme: mit dem Menschen zusammen sein zu dürfen, den sie liebte. Denn das war es, worum es ging im Leben: zu lieben und geliebt zu werden. Aus ganzem Herzen.

Alles andere war Nebensache. Eine Nebensache, welche die meisten Menschen in der heutigen Zeit zur Hauptsache gekürt hatten, weil richtig zu lieben und richtig zu leben ihnen zu anstrengend geworden war. Und zu gefährlich. Träumte nicht jeder insgeheim von einer Liebe wie bei Romeo und Julia? Aber bitte mit Happy End! Niemand war bereit, das füreinander in Kauf zu nehmen, was sie füreinander in Kauf genommen hatten: lieber im Tod vereint zu sein, als auf ewig einsam und ohneeinander, dafür aber vermeintlich am Leben.

Wenn man jedoch richtig liebte, wirklich und bis auf den Grund seines Herzens, würde man dann nicht alles für diese Liebe opfern – *sogar sein Herz*? Würde die Mutter ihrem Kind, dessen krankes Herz bald aufhören würde zu schlagen, nicht ihr eigenes Herz opfern, damit es weiterleben konnte? Doch die Menschen hatten heutzutage so viel um die Ohren, dass sie alles nur noch halbherzig machten, statt eine Sache richtig. Sich ihr mit Leib und Seele zu verschreiben, mit Haut und Haar. Egal, was es war. Diese eine Sache richtig zu machen, diesen einen Menschen wirklich zu lieben. Und wenn das bedeutete, dass man sich selbst in dieser Liebe auflöste wie Brausepulver in einem Glas Wasser.

So wollte sie sein, das beschloss Pauline in diesen Stunden, bevor sie mit Léonard telefonierte. Wie Brause in einem Glas, die danach dürstete mit ihrer großen Liebe, dem Wasser, zu verschmelzen, eins zu werden und sich darin aufzulösen.

Für immer und ewig.

Léonard

»Willst du mich heiraten, Pauline?«

Es war Abend geworden, und Léonard hatte sich vor dem Spiegel in Jean-Baptiste Lumières Bibliothek der Sterne aufgebaut, um zu proben. Nur für den Fall der Fälle. Vielleicht war es auch nur, um zu träumen. Ein letztes Mal, bevor er ihr Adieu sagte. Er wusste es nicht.

»Ich meine … nun … du weißt schon: in guten wie in schlechten Tagen …«

Nein, nein, und nochmals nein! Es klang einfach nicht richtig. Weil es nicht richtig *war*! In weniger als zwanzig Minuten würde Pauline hier eintreffen und seine Nummer wählen – und was sollte er dann tun?

Wenn es stimmte, was der griechische Philosoph Platon gesagt hatte, dass wir alle vor langer, langer Zeit Kugelmenschen waren, mit zwei Gesichtern und zwei Herzen, zwei Menschen in einem, und erst durch Zeus' göttliche Blitze in zwei Hälften geteilt wurden, was uns nun ein Leben lang nach unserer verlorenen zweiten Hälfte suchen ließ – wie konnte er, Léonard, dann allen Ernstes mit dem Gedanken spielen, dieser so sehnsuchtsvoll geliebten zweiten Hälfte nach dem

Leben zu trachten? Denn ein anderer Weg, der sie in seine Arme führen würde, existierte nicht.

»Bis dass der Tod uns scheidet…« Léonard schüttelte den Kopf. Auch das war es nicht. In ihrem, seinem und Paulines Fall, müsste es heißen: Bis dass der Tod uns *wiedervereint*.

Das Ganze war ein Widerspruch in sich.

»Noch mal: Es ist nicht richtig, Léonard!«, rief er laut aus. Er schrie es seinem Spiegelbild regelrecht ins Gesicht. »Wovon du träumst, ist nicht richtig – nicht, wenn du sie wirklich liebst! Wahre Liebe nimmt nicht, sie gibt.«

Es war genauso, wie Jean-Baptiste Lumière es bereits bei ihrem ersten Zusammentreffen festgestellt hatte. Léonard fühlte sich schäbig. Nicht wie jemand, der gab, sondern wie jemand, der im Begriff war zu nehmen. Was war er denn schon? Ein einsamer, verliebter Gedanke, der nicht mehr einsam sein wollte. Der geliebt werden wollte. Und der nunmehr drauf und dran war, sich diese Liebe einfach zu nehmen – ohne Rücksicht auf Verluste.

»Es ist nicht richtig«, seufzte er erschöpft.

»Was ist nicht richtig?«

Hinter sich vernahm er die Stimme von Jean-Baptiste. Offenbar hatte die lautstarke Auseinandersetzung mit seinem Spiegelbild den Antiquar veranlasst, in den rückwärtigen Trakt des Hauses zu kommen, um dort nach dem Rechten zu sehen.

»Ich kann es nicht«, sagte Léonard leise.

»Was?« Sein Gastgeber setzte sich auf die Tischkante vor ihm.

»Pauline umbringen«, erwiderte Léonard und erschrak im selben Augenblick über sich selbst.

»*Umbringen*? Das ist ein starkes Wort.« Anscheinend so stark, dass es Jean-Baptiste zu einem Kopfschütteln veranlasste. »Übertrieben wie ich finde. Du kennst meine Meinung: Es wäre die bessere Lösung, wenn sie zurück in ihr Leben fände. Wenn du meinem Vorschlag und dem der Schwestern nachkommen und die Sache beenden würdest. Auf der anderen Seite muss ich Pauline nur ansehen und ahne schon, dass daraus wohl nichts werden wird. Trotzdem ist es kein Mord, wenn du dir wünschst, dass sie zu dir kommt …«

»Aber es ist … eine Vorstufe davon, oder?«, fragte Léonard. »Was, wenn sie sich meinetwegen … *das Leben nimmt*?« Allein den Gedanken auszusprechen jagte ihm einen eiskalten Schauer über den Rücken.

»Léonard, du triffst diese Entscheidung nicht allein«, erwiderte Jean-Baptiste. »Pauline kann nur zu dir gelangen, wenn sie es aus ganzem Herzen will. Wenn sie tief in ihrem Inneren bereit ist zu diesem Schritt.«

Seine Worte vermochten Léonard nicht wirklich zu überzeugen. Ihn zu beruhigen, dass er das Richtige tat. Er wollte Pauline auf keinen Fall zu einer Verzweiflungstat animieren, die sie später bereuen würde. Möglicherweise reichte es dazu schon aus, wenn sie nur seine Stimme am Sterntelefon vernahm und erkannte, dass auf der anderen Seite so viel mehr auf sie wartete als nur ein sprachloses, gleißendes Licht. Andererseits konnte er seine zweite Hälfte, nach der er sein Leben lang gesucht hatte, auch nicht einfach so loslassen. Es war zum Verrücktwerden – so als stünde er vor zwei verschlossenen Türen, von denen er sich für eine entscheiden musste. Doch es war nicht so, wie sonst üblich, dass sich nur eine der beiden Türen als die richtige herausstellen würde. Nein – beide Türen waren falsch! Hinter beiden lauerte der Abgrund.

»Léonard, das ist nur die Angst zu springen«, beschwichtigte Jean-Baptiste ihn.

Ja, das mochte sein. Allerdings hatte er keine Angst vor *seinem* Absprung, sondern vor *ihrem*. Er fühlte sich, als wäre er im Begriff, Pauline von hinten einen Schubs zu versetzen, während sie beide nebeneinander am Rand einer Klippe standen, nur Zentimeter vom freien Fall entfernt.

»Du triffst deine Entscheidung. Und Pauline ihre«, sagte Jean-Baptiste. »Letzten Endes wird sie auf ihr Herz hören, denn das Herz sagt einem immer die Wahrheit. Du kannst ihre Entscheidung also gar nicht beeinflussen.«

Léonard schüttelte den Kopf. Er hatte *seine* Entscheidung bereits gefällt.

»Oh doch, das kann ich«, widersprach er. »Das kann ich.«

Pauline

Noch eine Stunde! Paulines Puls näherte sich der kritischen Grenze von einhundertachtzig. Vorsichtshalber hatte sie einen Zug früher genommen, mögliche Verspätungen einplanend – denn zu diesem Rendezvous musste sie unter allen Umständen pünktlich sein. Mit vor Aufregung wackeligen Beinen stakste sie in dem nachtblauen Kleid unter ihrem Wollmantel, das sie sich eigens für diesen Abend gekauft hatte, über die regenfeuchten, im fahlen Licht der Straßenlaternen liegenden Pflaster Avignons. Sie lief von der Rue de la Republique bis hinauf zur Place de L'Horloge und von dort aus weiter durch die Fußgängerzone zur Place Pie. Ihr Weg führte sie zu ihrem Stammcafé, der *Brasserie du Conservatoire* am Konservatorium für Musik, Tanz und Theater, wo sie im Sommer so gerne an einem der weißen Tischchen nahe des Eingangs saß, die Augen schloss und die warme Mittagssonne einatmete. Heute jedoch, in dieser nasskalten Winternacht, zog sie das warme, gemütlich geheizte Café vor. Drinnen setzte sie sich an ein Tischchen und starrte hinaus in den Nachthimmel, an dem dunkle Wolken vorüberzogen.

»Hallo, ihr da, gleich telefonieren wir«, flüsterte sie in Gedanken dem nahezu verborgenen Sternenmeer am Firmament zu, und sofort machte ihr Herz erneut einen kräftigen Sprung. »Ruhig atmen, ein und aus, und noch einmal … ein und aus«, befahl sie sich. Diese Prozedur wiederholte sie ein paar Mal. So lange, bis sie sich ein wenig beruhigt hatte. So lange, bis sie eine vertraute Stimme vernahm.

»*Ça va*, Pauline? Wie geht's?« Vor ihr stand Jean-Luc, der Oberkellner.

»Ach, ganz gut«, schwindelte sie und tat, als wäre dieser Tag nichts weiter als ein ganz gewöhnlicher Tag – in einem Leben, das ein langer, ruhiger Fluss war. Pauline war froh, ein bisschen Normalität heucheln zu können. Hier in Avignon ahnte niemand etwas von ihrer ebenso tragischen wie herzergreifenden Liebesgeschichte. Hier war sie noch Pauline Pardieu – und nicht *Mademoiselle Melon*.

»Einen *Café crème*, wie immer?«

Pauline nickte, doch bevor Jean-Luc abrauschen konnte, überlegte sie es sich anders.

»Nein, warte, ich nehme lieber ein Gläschen *Pauline*.«

Jean-Luc hielt inne und zwinkerte ihr zu.

»Kommt sofort!«

Natürlich wusste er, was gemeint war. Es war eine glückliche Fügung des Schicksals, aber ein Weingut in der Provence produzierte einen Rotwein, der ihren Namen trug: *Domaine de Pauline*.

Es war Jean-Luc gewesen, der sie vor einiger Zeit darauf aufmerksam gemacht hatte. Seitdem trank Pauline keinen anderen Rotwein als diesen – sofern sie Rotwein trank. Heute war ein besonderer Tag, ein besonderer Abend, also warum nicht? Ein Glas *Pauline* beruhigte sie möglicherweise eher als ein Milchkaffee, der sie vermutlich nur unnötig weiter aufputschte. Sich ein bisschen Mut anzutrinken konnte ihr nicht schaden.

Es verging gut eine halbe Stunde, in deren Verlauf Pauline alle fünf Minuten auf ihre Armbanduhr starrte, um dann wieder unentschlossen an ihrem Glas zu nippen.

»Viel Glück«, wünschte ihr Jean-Luc, als sie schließlich aufstand und bezahlte.

Sie nickte nur und konnte nicht verhindern, dass sie rot anlief. Sie spürte es – ein Spiegel zur Bestätigung war vollkommen unnötig.

Woher wusste er …? Hatte sie derart nervös gewirkt? Aufgeregt wie eine Studentin vor ihrem Abschlussexamen? Nur weil sie in gut zwanzig Minuten mit der Liebe ihres Lebens telefonieren sollte – mit einem Mann, der … na ja … nicht von dieser Welt war, nicht mehr jedenfalls, und mithilfe eines Telefons, das ebenfalls nicht von dieser Welt war?

Sei's drum, sagte sie sich. Das Unfassbare an der ganzen Sache war doch, dass es sich im Grunde nicht anders anfühlte. Dieses Rendezvous mochte sich von außen betrachtet erheblich von einem gewöhnlichen Rendezvous unterscheiden – von innen betrachtet, tat es das jedoch nicht. Ihr Herz pochte genauso wild, als wäre Léonard noch am Leben und sie würden gleich über ein ganz normales Telefon miteinander sprechen. Pauline war nicht aufgeregt, weil sie mit einem Geist sprechen würde, sondern weil sie mit *ihm* sprechen würde. Zum ersten Mal seit fast einem Jahr. Zum zweiten Mal in ihrem Leben.

Eine merkwürdige, geradezu unheimliche Stimmung lag in der Luft, als Pauline hinaus auf die Straße trat, um sich auf den Weg zu Jean-Baptiste Lumières Antiquitätengeschäft in die Rue des Teinturiers zu machen, ihrer Verbindung zu den Sternen. Ihre Aufregung war einem Gefühl der Sorge gewichen. Irgendetwas stimmte nicht. Manchmal spürte man die Dinge, die Katastrophen und Bedrohungen der Zukunft, denn eine innere Stimme kündigte sie an.

Wilde Wolkenformationen zogen über den schwarzen Nachthimmel über ihrem Kopf. Pauline steigerte ihr Tempo, während sie durch die kleinen, gewundenen Straßen auf ihr Ziel zumarschierte.

Da schwebte vor ihren Augen ein roter Luftballon um eine Häuserecke.

»Warte …«

Sie versuchte ihn zu fangen, während der Wind ihn hakenschlagend vor sich hertrieb. Einmal, zweimal, dreimal – vergeblich. So sehr sie sich auch nach dem Ballon streckte, ihm nachlief, um ihn in die Finger zu bekommen – jedes Mal flog er im letzten Augenblick davon, wirbelte mal hier- und mal dorthin. War ihr immer einen Schritt voraus. Er schien dasselbe Ziel zu haben wie sie, bemerkte Pauline, als sie schließlich vor dem Antiquitätengeschäft angekommen war. Sie war außer Atem, die Jagd nach dem Luftballon forderte ihren Tribut. Direkt vor der Türschwelle hatte er sich erneut herabgesenkt, war zum Greifen nah. Vorsichtig, als könne sie so den Wind überlisten, näherte sie sich dem Ballon. Und packte zu!

Sie spürte noch seine glatte, regennasse Haut auf den Fingerkuppen, da stob er erneut empor, zu einer der Straßenlaternen, welche die kleine, kopfsteingepflasterte Gasse säumten. Dort zerplatzte er mit einem fast unhörbaren, vom Wind davongetragenen Knall. Der Schreck fuhr ihr durch sämtliche Glieder.

»Pauline, es war nur ein Luftballon«, beruhigte sie sich, während sie noch immer hinauf zu der Laterne starrte.

Irgendetwas sagte ihr, dass dies ein Omen war. Eine Botschaft, ein Zeichen dafür, dass etwas anderes gerade ebenfalls im Begriff war zu zerplatzen. Eine Hoffnung, ein Traum, irgendetwas, das von höchster Bedeutung für sie war, plante, für immer aus ihrem Leben zu verschwinden.

Ein Glöckchen bimmelte leise, als sie über die Türschwelle von Jean-Baptiste Lumières Laden trat. Ein gedämpftes Licht erhellte den Raum nur so weit, dass man das Nötigste erkennen konnte. Es wirkte fast wie eine Art Trauerbeleuchtung.

Erst jetzt nahm Pauline die Gestalt wahr, die aus dem hinteren Trakt des Ladens auf sie zueilte.

»Jean-Baptiste!«, rief sie ihm entgegen. »Ist alles in Ordnung? Ich … weiß auch nicht warum, aber ich mache mir plötzlich Sorgen.« Sehnlich hoffend, dass ihre Intuition nichts weiter war als eine Überreaktion. Eine Einbildung, eine Fata Morgana, in Anbetracht des bevorstehenden Gesprächs mit Léonard, das sie über die Maßen aufregte, weshalb sie keinen klaren Gedanken mehr fassen konnte. So sehr, dass ihre Gefühle ihr einen bösen Streich spielten.

In dem Augenblick, als Jean-Baptiste sie erreicht hatte, drohte sich ihre düstere Vorahnung zu bestätigen. Seine Miene sprach Bände. Er wirkte zutiefst betrübt.

»Es tut mir leid. Unendlich leid, Pauline«, bedauerte er. »Aber Sie können nicht mit Léonard sprechen.«

Sie hatte es gewusst. Trotzdem fühlte es sich an, als grübe sich eine stählerne Faust in ihren Magen.

»Aber … wie … wie-so?«, geriet sie ins Stottern. »Ist … das Telefon kaputt?«

Jean-Baptiste schüttelte den Kopf.

»Nein, das ist es nicht«, erwiderte er leise.

»Was ist es dann?«

Sie hatte dieser Verbindung von ganzem Herzen entgegengefiebert, und nun stürzte alles vor ihren Augen in sich zusammen. Sie spürte, dass sich ein Kloß in ihrem Hals bildete. Dass ihre Augen feucht wurden.

»Es ist Léonard«, gab Jean-Baptiste ihr zu verstehen. »Er hat das Gespräch abgesagt.«

»Er … hat … *was*?« Pauline konnte es nicht fassen. Ihr wurde schwarz vor Augen.

»Mademoiselle!« Bevor sie umkippen konnte, packte Jean-Baptiste sie am Arm und führte sie zu einem nur zwei Schritte entfernten Sessel. »Setzen Sie sich. So, jetzt schön ruhig ein- und wieder ausatmen.«

»Wieso … hat er das getan?«, stammelte sie, außer sich vor Enttäuschung.

Jean-Baptiste ging neben dem Sessel in die Knie und sah ihr in die Augen.

»Um Sie zu retten, Pauline«, erwiderte er. »Er hat es getan, um Sie zu retten.«

»Das … kann ich nicht glauben.«

Jean-Baptiste stieß einen tiefen Seufzer aus.

»Sie müssen eines verstehen: Léonard liebt Sie über alles, Mademoiselle. Und er wünscht sich über alles, bei Ihnen zu sein. Genau deshalb, weil er Sie so sehr liebt, verzichtet er darauf. Damit Sie ihr Leben weiterleben können. Sie sind noch zu jung, um dorthin zu gehen, wo er ist.«

»Nein, das bin ich nicht!«, widersprach Pauline trotzig. »Oder war *er* etwa zu jung, um dorthin zu gehen, wo er jetzt ist?« Wut mischte sich in ihre Stimme. Wut über die Ungerechtigkeit des Schicksals.

»Ich kann Sie gut verstehen, Pauline«, versuchte Jean-Baptiste sie zu beschwichtigen. »Aber auch Sie müssen einsehen …«

»Unsinn!«, unterbrach sie ihn. »Daran gibt es nichts einzusehen. Ich möchte mit Léonard sprechen, und zwar sofort!«

Der alte Herr schüttelte den Kopf.

»Das ist leider nicht möglich«, sagte er.

»Léonard!«, rief sie in den Raum hinein. »Ich muss mit dir reden, ja? Auch wenn ich dich nicht hören kann, *du* kannst *mich* hören!« Sie blickte sich um. Panisch. In der Hoffnung, irgendwo ein kleines, helles Licht in der Luft tanzen zu sehen. Doch Fehlanzeige.

»Er ist nicht hier«, schwor Jean-Baptiste.

»Er ist nicht hier?« Pauline wollte nicht glauben, was sie soeben gehört hatte. Léonard würde sie unter keinen Umständen versetzen. Niemals!

»Es entspricht der Wahrheit, so leid es mir tut.«

Nein, das durfte nicht sein! Das war sicher nur ein böser Traum, aus dem sie gleich erwachte.

»Léonard, bitte … tu mir das nicht an«, schluchzte sie und vergrub das Gesicht in den Händen, während sie ihren Tränen freien Lauf ließ.

»Wo … bist … du?«

»Er ist irgendwo dort draußen«, erwiderte Jean-Baptiste. »Sie müssen mir glauben. Er wollte sich von Ihnen verabschieden, bevor er Sie loslässt, damit Sie weiterleben können. Aber er hat es nicht übers Herz gebracht, noch einmal mit Ihnen zu sprechen. Noch einmal Ihre Stimme zu hören.«

Oh Gott! Nein, das durfte nicht sein!

»Aber er hat mir gesagt, dass ich Ihnen etwas ausrichten soll.«

»Was denn?«

»Er möchte sich bei Ihnen bedanken«, erwiderte er.

Wofür wollte Léonard sich bei ihr bedanken? Sie hatte nichts für ihn getan!

»Das stimmt nicht ganz«, wandte Jean-Baptiste ein. »Sie haben das Wichtigste für ihn getan, was ein Mensch für einen anderen Menschen tun kann – Sie haben ihn geliebt. Und das über seinen Tod hinaus. Dafür möchte er Ihnen danken.«

»Aber …«

»Er wird Sie nie vergessen, Pauline«, endete er. »Doch nun ist es an der Zeit, ihn loszulassen.«

Urplötzlich musste Pauline an den roten Luftballon denken, der ihr entwischt war, um in den Himmel aufzusteigen, auf halbem Wege hängen zu bleiben und dort fast ungehört zu enden.

»Das … kann ich nicht«, sagte sie mit fester Stimme und erhob sich aus dem antiken Sessel, in dem sie saß.

Wo auch immer Léonard war – hier war er nicht. Also musste sie ihn suchen. Bevor es zu spät war. Bevor auch er für immer davonflog und ihr Traum, ihn wiederzusehen, für immer zerplatzte. Jetzt, da sie so weit gekommen war, durfte sie nicht einfach aufgeben. Sie musste kämpfen.

Léonard

Es war eine Schande: In seinem ganzen Leben hatte er noch nie eine Frau versetzt. Ausgerechnet jetzt jedoch, da er nicht mehr am Leben war, tat er es. Und zwar nicht irgendeine Frau, nein – seine einzige große Liebe. Blieb ihm ein anderer Ausweg? Was hätte er dafür gegeben, noch einmal mit ihr sprechen zu können! Ein allerletztes Mal, bevor er sie für immer losließ, damit sie nicht auch noch ihr Leben verlor.

Léonard war klar geworden, dass das Band zwischen Pauline und ihm sehr wahrscheinlich nur noch stärker werden würde, wenn sie miteinander telefonierten. Wenn sie ihn hören konnte so wie er sie, auf ihn eingehen, wenn sie schließlich gemeinsam ins Träumen kamen – fast so, als säßen sie einander gegenüber. Fast wie im richtigen Leben. Dennoch wäre es eine Illusion.

Nachdem er das Antiquariat verlassen hatte, nur wenige Minuten vor ihrer Verabredung, war er ihr begegnet. Er hatte beobachtet, wie sie verzweifelt versuchte, einen roten Luftballon zu fangen. Im Vorbeigehen hatte er sie gestreift. Er hatte sie spüren können. Nun ja, zumindest war es ihm so vorgekommen. Es war ihre letzte Berührung, selbst wenn er sie sich nur ausgedacht hatte, weil er es so sehr wollte, es sich so sehr wünschte. Zwei, drei Sekunden – dann war es auch schon vorüber gewesen. Und doch war sein Herz kurz davor gewesen zu zerspringen.

In diesem Augenblick musste er ein gleißend strahlendes Licht gewesen sein. Ein Licht, mit dem sich die Straßenlaternen ganz sicher nicht messen konnten. Ein Licht, das bis hinauf in die vom stärker werdenden Wind durchgeschüttelten Kronen der Bäume in der Gasse reichen musste.

Pauline hatte ihn dennoch nicht bemerkt. Ihre ganze Energie hatte dem Luftballon gegolten, der ihr wieder und wieder entwischt war. Ein letztes Mal noch hatte er sich nach ihr umgedreht, auf der kleinen Straße.

»Adieu, Pauline.«

Er hatte es nicht fertiggebracht, es auszusprechen. Der Gedanke brach ihm das Herz, aber so funktionierte Loslassen nun einmal. So – und nur so.

Dann hatte sie das Geschäft betreten, den Kopf umwölkt von drohenden Gedanken und bösen Vorahnungen. So stark waren sie bereits miteinander verbunden, dass sie intuitiv fühlte, wenn sich etwas zwischen sie drängte.

Trotzdem: Es war die einzige Möglichkeit. Er musste ihr aus dem Weg gehen. Wäre er in dem Laden geblieben und hätte sie weinen sehen, er hätte nicht anders gekonnt, als Jean-Baptiste zu bitten, die Verbindung zwischen ihnen herzustellen.

Er war in ein Café geeilt, ein kleines, gut besuchtes Restaurant an einem belebten Platz, nicht weit von Jean-Baptistes Ladengeschäft, um sich dort unter die Menschen zu mischen. Zwar war er unsichtbar, aber Einsamkeit hätte er in diesem Moment nicht ertragen. Nun saß er hier, zwischen all diesen Menschen, die aßen, tranken, lachten, weinten, sich vergnügten, sich grämten, *lebten* – und las ihre Gedanken.

»Noch ein Bier. Warum zum Teufel sieht der Kellner mich nicht?«

»Ein bisschen salzig, die Suppe, nicht zum ersten Mal.«

»Hey, du, ja, du! Mit dir würde ich gerne etwas anfangen.«

»Nette Uhr. Er sieht aus, als würde er gut verdienen.«

»Der Film war witzig. Wirklich witzig!«

»Ob ich in diesem Leben wohl noch mal eine Gehaltserhöhung bekomme?«

Es war völlig egal, ob sie es aussprachen oder nur dachten. Für Léonard war es dasselbe. Letztlich war dies das einzig Gute an seiner Situation: Niemand konnte ihn belügen. Nur was nützte es ihm? Es war ein wertloses Gut. Das Einzige von Wert, was er noch besaß, sollte er nun auch noch verlieren: Pauline.

Wahre Liebe nimmt nicht, sie gibt.

Es war richtig, was er tat. Nichtsdestotrotz tat es schrecklich weh.

Ein halbes Stündchen, vielleicht auch ein Stündchen, mochte er einfach nur so dagesessen haben, während er traurig den Blick umherschweifen ließ, als sich plötzlich die Tür des Cafés öffnete. Herein trat … Nein, es durfte nicht wahr sein: *sie.*

Ihr Gesicht sah verheult aus.

Léonard sprang auf und eilte ihr entgegen.

»Pauline!« In seiner Aufregung vergaß er glatt, dass sie ihn nicht sehen konnte. Blind lief sie durch ihn hindurch, um sich an den einzigen noch freien Tisch zu setzen.

Der Kellner eilte zu ihr.

»Pauline – alles in Ordnung? Ist …«

»Nein, es ist nicht gut gelaufen, Jean-Luc«, schniefte sie.

Jean-Luc stemmte die Hände in die Hüften.

»Ich bringe dir ein Gläschen, ja? Zur Beruhigung. Geht aufs Haus«, bot er ihr an, sichtlich um ihr Wohlergehen besorgt.

Pauline nickte nur. Sie schien nicht in der Lage, auch nur noch ein einziges weiteres Wort herauszubringen.

Was um Himmels willen sollte er jetzt tun? Léonard durchströmte ein Gefühl, das zwei Geschmäcker hatte: zum einen das Gefühl unendlichen Glücks, sie unverhofft noch einmal wiederzusehen. Und zum anderen das Gefühl tiefer Trauer, sie trotz allem gehen lassen zu müssen.

Er hatte sich direkt vor sie gesetzt und blickte ihr in die Augen.

»Pauline!«, rief er. »Ich bin's – Léonard!«

Auf einmal nahm sie den Kopf hoch, als hätte sie etwas bemerkt. Wie gebannt starrte sie auf den Spiegel hinter seinem Rücken. Den Spiegel der Bar.

Nun drehte auch er sich um.

»Du … bist hier!« Paulines Gesicht hellte sich auf. »Léonard!«

Sie hatte ihn entdeckt. Offenbar hatten seine Gefühle ihn verraten. Ihn wieder leuchten lassen für ihre Augen.

»Bitte, geh nicht, Léonard«, flehte sie ihn an. »Bitte lass uns miteinander sprechen.«

»So versteh doch«, erwiderte er, unhörbar für ihre Ohren. »Es gibt nur einen Weg, wie wir zusammenkommen können. Und der kostet dich dein Leben!« All das war einfach zu viel für ihn. Sie war so jung. So wunderschön. Nicht nur von außen, nein: Was er sah, war ihr Inneres. Er las in ihr wie in einem Buch. Das, was er las, war ein Gedicht. Shakespeare hätte es nicht schöner in Worte fassen können.

Abgesehen davon: Fast alles lag noch vor ihr. Was würde die Welt verlieren, wenn sie diesen Schatz verlor!

»Hier, ein Gläschen, Pauline. Nichts hilft besser gegen Herzschmerz!« Jean-Luc, der Kellner, stellte das Glas vor ihr auf den Tisch.

»Bitte geh nicht, hörst du mich? Du kannst mich nicht einfach so verlassen, ich kann nicht ohne dich leben!«, flehte Pauline. Sie hatte Tränen in den Augen.

»Oh … das ist … ich meine, das kommt überraschend.« Jean-Luc, der noch immer neben ihr am Tisch stand, erstarrte zur Salzsäule.

»Ich kann auch nicht ohne dich leben«, erwiderte Léonard. »Aber wie soll ich *mit* dir leben, ohne dass du dafür bezahlen musst?« Es war schrecklich, sich ihr nicht mitteilen zu können. Vielleicht war es ein Fehler gewesen, die einmalige Chance auf ein echtes Gespräch mit ihr auszuschlagen.

»Wir müssen reden, bitte! Aber hier geht es nicht – hier kann ich dich nicht hören.«

Jean-Luc wusste nicht, wie ihm geschah. Er fasste sich ans Ohr, entweder aus Verlegenheit oder um nachzuprüfen, ob der Geräuschpegel im Raum wirklich so hoch war, dass sie ihn nicht verstehen konnte.

»Wenn du willst, können wir kurz rausgehen und uns unterhalten. Um zwölf hab ich Feierabend, dann können wir hingehen, wo wir wollen … Nur so als Vorschlag«, bot Jean-Luc an.

Pauline beachtete ihn gar nicht, sondern starrte nur vor sich hin. Dorthin, wo *er* saß – Léonard.

»Begleitest du mich zu Jean-Baptiste? Bitte!«

Léonard rang mit sich. Wenn er diesen Schritt tat, gab es kein Zurück.

»Wer … ist Jean-Baptiste?«, stotterte der Kellner. Mittlerweile verfolgten auch die Gäste am Nachbartisch die Szenerie mit einer Mischung aus Neugierde und Amüsement.

»Ich liebe dich! Bitte tu es für mich – für uns!«

»Oh Gott, Pauline – wieso hast du nicht früher etwas gesagt!«

Jean-Luc zog sich einen Stuhl heran und setzte sich zu ihr.

»Ach, ts!« Für eine Sekunde löste sich Paulines Blick von dem Licht vor ihren Augen und wandte sich Jean-Luc zu. Sie starrte ihn an, als faselte nicht sie, sondern er wirres Zeug – jedenfalls, was die reale Welt um sie herum betraf. Sofort wandte sie sich wieder ihm zu, Léonard. »Wir müssen hier raus. Jetzt!«, untermauerte sie, mit einem Ton in der Stimme, der keinen Widerspruch duldete.

»Pauline, die feuern mich, wenn ich hier einfach so abhaue! Schau mal, wie voll der Laden ist – außer mir und Pascale ist niemand hier, um die Gäste zu bedienen!« In Jean-Lucs Gesicht spiegelte sich die Verzweiflung aus Paulines Augen.

»Mach es – das Mädchen ist es wert! Du findest überall einen Job, aber keine wie die!« Lautstark wehte die fröhliche Empfehlung vom Nachbartisch zu ihnen herüber.

»Gut.« Léonard nahm sich ein Herz. Pauline und er hatten diese Chance verdient. Und wenn es ihre letzte war.

Er erhob sich von seinem Stuhl, in der Hoffnung, dass sie es bemerkte. Dass sie wahrnahm, wie er sich von ihrem Tisch entfernte. Dass sie ein Licht erblickte, welches in Richtung des Ausgangs schwebte.

Sie tat es! Sie nahm ihn wahr! Auch sie stand auf.

»In Ordnung, gib mir zehn Minuten, um für Ersatz zu sorgen. Ich treffe dich dann draußen!« Jean-Luc begann zu glühen vor Aufregung.

»Dem Himmel sei Dank!«, rief Pauline aus, während sie ihren Mantel anzog.

»Danke, Jean-Luc!«, sagte sie nun auch an ihn gewandt.

Damit rauschte sie aus dem Laden, hinaus auf die regenfeuchte Straße. Ohne im Geringsten auf die faszinierten Blicke zu achten, die ihr folgten. Es war sogar ein ganzes Meer aus Blicken. Mittlerweile waren nicht mehr nur die Augen von Jean-Luc und die der Gäste des Nachbartisches auf sie gerichtet, sondern vermutlich die des ganzen Cafés.

»Ich liebe dich auch, Pauline!«, rief der Kellner ihr hinterher, doch es war zu spät.

Sie war bereits draußen. Auf den Spuren jener Lichtgestalt, die er, Léonard, nun einmal war – und zwar im wahrsten Sinne des Wortes.

Pauline

Bravo! Nun also war ihr Fall auch in Avignon bekannt. Sie hatte eine bühnenreife Vorstellung hingelegt. Aber es war ihr egal. Hauptsache, sie hatte Léonard zurück. Fürs Erste jedenfalls.

»Das Schicksal hat euch beide also wieder zusammengeführt«, stellte Jean-Baptiste Lumière wenig überrascht fest, als er seine beiden Pappenheimer zu später Stunde erneut an der Tür seines Antiquariats begrüßen durfte. Offensichtlich verbrachte er nicht nur seine Tage, sondern auch die Nächte dort.

»Wäre es auch jetzt noch möglich, dass wir telefonieren?«, fragte Pauline, bereits auf den nächsten Schock gefasst. Durchaus denkbar, dass Telefongespräche ab zehn Uhr abends im Himmel verboten waren.

Doch Gott sei Dank, nichts dergleichen.

»Ja, es ist möglich, meine Liebe«, erwiderte Jean-Baptiste und lächelte leise in sich hinein. »Und ich sehe mittlerweile ein: Jeder Widerstand ist zwecklos. Sämtliche Männer in diesem Haus werden sich von nun an ergeben in ihr Schicksal fügen.« Mit einem fast unmerklichen Augenzwinkern versicherte er ihr seine treue Ergebenheit.

»Gut, können wir dann mit der Prozedur beginnen?«

Dieses Gefühl, dass es nicht schnell genug gehen konnte – wer kannte es nicht?

»Mit der Prozedur?« Jean-Baptiste runzelte die Stirn und sah sie fragend an.

»Na ja, es sieht alles ziemlich kompliziert aus.«

»Ach das! Nein, keine Sorge, nur der Anblick ist ungewöhnlich.«

Das war er in der Tat. In welchem Telefon leuchteten schon sämtliche Sterne des Weltalls? Alle Galaxien waren hier versammelt, an einem einzigen Ort.

»Das Telefonieren selbst ist ganz einfach, wenn auch ein wenig umständlich«, fuhr Jean-Baptiste fort. »Es ist ungefähr so schwer, wie mit einem ganz normalen Telefon ein Ferngespräch zu führen. Lediglich die Handhabung ist ein bisschen altmodisch ...«

Sie hatten sich durch den schwach beleuchteten und mit allerhand Krimskrams vollgestellten Flur mehr oder weniger in das Gartenzimmer vorgetastet, in dem sich das Sterntelefon befand. Die beiden Trichter des Apparats sahen aus wie gläserne Tulpen oder Callas.

»Léonard spricht hier hinein«, erklärte Jean-Baptiste. »Wenn Sie Ihr Ohr an den anderen Trichter halten, können Sie ihn hören. Die Trichter sind sozusagen himmlische Verstärker, um es mal einfach auszudrücken. Léonards Stimme ist so leise, dass sie für Menschen nicht hörbar ist. Stellen Sie es sich vor wie den berühmten Regenbogen, den Hunde nicht sehen können, weil sie farbenblind sind. Trotzdem ist er da. Genauso verhält es sich mit Léonards Stimme. Sie ist da, wenn auch für Menschen ohne Hilfsmittel nicht wahrnehmbar. Indem er in den Trichter auf seiner Seite spricht, verstärkt sich das Signal.«

»Und der andere Trichter?«

»Der fungiert sozusagen als Hörgerät. Als ein weiterer Verstärker, um das Signal für menschliche Ohren wahrnehmbar zu machen.«

»Und wenn ich selbst sprechen will?«

»Das machen Sie wie gewohnt – er kann Sie ja hören.«

Ach ja, das hätte sie vor Aufregung um ein Haar vergessen …

»Was ist mit der Verbindung?«

»Die stellen wir mit der Wählscheibe in der Mitte des Apparats her.« Er deutete auf die runde Scheibe, die sich in nichts von der eines gewöhnlichen vorzeitlichen Telefons unterschied, wie man sie in jedem Antiquitätengeschäft finden konnte. Abgesehen davon vielleicht, dass die Wählscheibe sehr viel größer war und auch Buchstaben sowie ein Zusatzfeld mit einem kleinen goldenen Stern umfasste.

»Das ist sozusagen die Vorwahl«, klärte Jean-Baptiste sie auf.

Aha. Nun wusste sie Bescheid.

»Dann kann es also losgehen?«, fragte sie.

Jean-Baptiste Lumière nickte.

»Das heißt, wenn Ihr beide es wirklich wollt.«

Er ließ seinen Blick an ihr vorbei in das Dunkel schweifen. Dort, wo noch immer ein kleines Licht neben ihr in der Luft schwebte.

Ein Weilchen sah er das Licht nur an.

Pauline betete, dass Léonard es sich nicht doch noch anders überlegte.

Schließlich wandte Jean-Baptiste sich erneut ihr zu.

»In Ordnung«, bestätigte er. »Es kann losgehen.«

Mit einem Schritt war er an der Regalwand und holte das Telefonbuch hervor, aus dem ein Lesezeichen auf der entsprechenden Seite hervorlugte.

»Ich lese – Sie wählen«, ordnete er an.

»Ich wähle?« Langsam wurde Pauline nervös.

»Wie gesagt: Alles ist ganz genauso wie bei Opa und Omas Telefon. Also, Sternchen ...«

Paulines Finger waren feucht vor Aufregung. Sie wischte sich die Hand an ihrem Mantel ab, den sie vor lauter Nervosität noch gar nicht ausgezogen hatte, um dann den Zeigefinger auf das winzige goldene Sternsymbol zu legen und die Scheibe einmal zu drehen. Ein sanftes Rrrrr ertönte.

»Haben Sie das?«

Sie nickte.

»Gut, und nun der Buchstabe L, dann 37-57-111-2 und ... sind Sie mitgekommen? ... dreimal die Eins.«

Pauline tat, wie ihr befohlen. Ihr Herz flatterte. Sie war nervös wie noch nie zuvor in ihrem Leben. Léonard stand direkt neben ihr im Halbdunkel des Zimmers. Sie konnte ihn spüren. Und in wenigen Sekunden würde sie ihn auch hören können.

»Hal-lo?« Vorsichtig legte sie das Ohr an den rechten Trichter.

Léonard

Nachdem Pauline gewählt hatte, ertönte ein sirrender, glockenklarer Ton – so als hätte jemand sanft mit einem winzigen Silberlöffelchen an den Rand eines dünnwandigen Glases geschlagen.

Léonard beugte sich vorsichtig über den Trichter auf seiner Seite.

»Pauline?«

Er flüsterte ihren Namen fast hinein, um ihr nicht versehentlich wehzutun, schließlich hatte er keine Ahnung, in welcher Lautstärke seine Stimme aus dem Trichter auf der anderen Seite tönte. Auf *ihrer* Seite.

»Hal-lo?«

Pauline trat einen Schritt zurück und fasste sich ans Herz. Dabei schaute sie Jean-Baptiste erschrocken ins Gesicht.

»O Gott, ich glaube ich habe ihn gehört! Ganz leise …«

»Dann verlieren Sie keine Zeit, Mademoiselle! Sprechen Sie mit ihm!«

Hatte sie wirklich seine Stimme vernommen? Offensichtlich ja, wie es aussah, musste er nur etwas lauter sprechen. Es war ein aufregendes Gefühl. Ein atemberaubender Moment – wie lange hatte er darauf gewartet!

»Pauline – hörst du mich?«

»Léonard – bist du das?«

Erleichterung erfüllte sein Herz. Es war phantastisch, ja unglaublich, direkt neben ihr zu stehen – und von ihr gehört zu werden! Über all die Zeit, die ins Land gegangen war, hatte er sich schon dermaßen an das Gegenteil gewöhnt, weshalb er völlig vergessen hatte, dass diese Art der Kommunikation eigentlich der Normalfall war.

»Ja, ich bin es. Wie … wie geht es dir?«

»Es geht mir gut, Léonard!«, erwiderte sie. »Jetzt, wo ich deine Stimme hören kann, geht es mir gut!«

Er sah sie neben sich. Er konnte erkennen, dass sie mit den Tränen kämpfte.

»O Gott, es ist unfassbar … Es ist so schön, mit dir zu sprechen.«

Das war es! In diesem Augenblick schnürte sich alles in ihm zusammen.

»Alles wird gut, Pauline«, beeilte er sich ihr zu versichern, bevor sie vollends in Tränen ausbrach.

»Wird es das?«, schluchzte sie. »Aber wo bist du, Léonard? Wie ist es dort, wo du bist?«

»Es … ist einsam«, erwiderte er. »Ohne dich. Ich habe das Gefühl zu erfrieren.«

»Dann lass mich deine Decke sein, ja? So wie in jener Nacht, in der du mich zum ersten Mal besucht hast.«

»Du meinst: So wie ich dein Licht bin?«

»Ja«, schniefte sie. »So wie du mein Licht bist.«

»Und du wirst meine Nächte wärmen, bis wir uns eines Tages wiedersehen? Vielleicht?«

»Das werde ich«, versprach sie.

Es klang wie Musik in seinen Ohren. Für einen Moment konnte er einfach nicht anders, als zu schweigen und sie voller Zuneigung zu betrachten, so als wäre *sie* ein Geschöpf des Himmels und nicht er.

»Weißt du, was ich jetzt gerne tun würde?«, fragte er sie.

»Was?«

»Dich umarmen. Dich küssen. Es ist so unfair: Ich stehe hier neben dir und dennoch sind wir eine Million Meilen voneinander entfernt.«

Diesmal war sie es, die verstummte. Wie jemand, der kurz davor war, eine überaus wichtige Entscheidung zu treffen. Eine unumstößliche Entscheidung.

»Léonard, ich … will dort sein, wo du bist. Ich will zu dir kommen.«

»Nein!«, widersprach er vehement. Das durfte nicht sein. »Das … ist nicht möglich, Pauline, verstehst du? Ich meine, ich wünsche es mir – über alles! Aber ich will nicht, dass du dein Leben für mich aufgibst. Bitte versprich mir das. Wir müssen einen anderen Weg finden, und ich werde alles versuch…«

»Was hast du gesagt, Léonard?«

Pauline beugte sich ganz nah an das gläserne Hörgerät, um seine leise Stimme besser vernehmen zu können. Offensichtlich war die Verbindung für einen Augenblick unterbrochen worden.

Er schaute aus dem Fenster. Das Wetter hatte sich weiter verschlechtert. Ein plötzlich einsetzender Regen hämmerte gegen die Fensterscheiben. Der eben noch kräftige Wind ging mehr und mehr in einen wilden Sturm über.

»Léonard, bist du noch da?«

»Pauline? Hallo?«

»Léonard?«

Pauline

Es gab nur diese eine Leitung, die Himmel und Erde miteinander verband, aber die Verbindung war alles andere als himmlisch.

»Kannst du mich hören, Pauline?«

Von einer Sekunde auf die nächste erlöschten die Lichter in der Rue des Teinturiers, in der sich das Antiquitätengeschäft von Jean-Baptiste Lumière befand. Draußen vor dem Fenster braute sich ein mächtiges Unwetter zusammen.

»Ja, ich kann dich hören. Du bist wieder da«, erwiderte Pauline und schöpfte frische Hoffnung, während sie das Ohr an den Trichter presste, der ihr wie eine prächtig leuchtende, frisch aufgeblühte Tulpe entgegenwuchs.

Für einen Augenblick vernahm sie Léonards Stimme, so als säße er direkt neben ihr. Und doch war er himmelweit von ihr entfernt.

Erneut ein Knistern in der Leitung. Er sagte etwas, das sie nicht verstand.

Es war aussichtslos. Ein Wintersturm, wie es ihn nur alle hundert Jahre geben mochte, fegte über das Land – und er nahm mit jeder Minute an Kraft und

Stärke zu. So als wolle jemand dort oben um jeden Preis verhindern, dass sie mit ihm redete. Dass sie einander näher kamen – und möglicherweise doch noch einen Weg fanden, zusammen sein zu können.

Rüde zerrte der Wind an den Fensterläden, während ein sintflutartiger Regen niederging. Regentropfen so groß wie Taubeneier trommelten gegen das Fenster, das hinaus in den kleinen, verwunschenen Garten mit den knorrigen, moosbewachsenen Bäumen ging.

»Ich möchte dir nur eines sagen«, vernahm sie von der anderen Seite. »Pauline, falls du mich hören kannst: Alles, was ich bin, alles, was noch von mir übrig ist, bist du. Bitte gib uns nicht auf – irgendwo existiert eine Tür für uns. Wir müssen sie nur finden.«

Seine Worte waren kaum verklungen, als das Zimmer binnen eines Atemzugs in gleißendes Licht getaucht wurde.

Ein Blitz, wie ihn noch keine Menschenseele gesehen hatte, krachte vom Himmel. Mitten hinein in ihr Gespräch. Für einen Augenblick erhellte er den ganzen Raum: die Wand mit den unzähligen Telefonbüchern, den schweren handgewebten Teppich unter Paulines Füßen, das erschrockene aschfahle Gesicht von Jean-Baptiste Lumière. In seinen sonst so ruhigen Augen las sie wilde Panik.

Sein Blick war starr auf das Telefon gerichtet. Alles Licht darin, das Meer aus Sternen, die es auf eine phantastische, überirdische Weise zum Leuchten gebracht hatten, erlosch auf einen einzigen Schlag.

Auch alle anderen Lichter im Haus erloschen. Begleitet von einem mächtigen Donnergrollen.

Die Verbindung brach zusammen.

Und mit ihm jener klirrende, leise Sinuston, der ihre Unterhaltung die ganze Zeit über begleitet hatte.

Pauline sackte erschrocken auf den kleinen, wackligen Stuhl neben dem Tisch, auf dem das gläserne Telefon stand. Jener magische Apparat, der es ermöglichte, Signale aus einer anderen Welt zu empfangen. Mit einem Fingerschnippen des wütenden Himmels war sein Innenleben innerhalb eines Augenblicks verglüht, wie eine Sternschnuppe. Schwarz wie die Nacht thronte er neben ihr auf dem Tisch. Ohne das geringste Lebenszeichen.

»Was … *zur Hölle* … ist das?«

Zum ersten Mal erlebte Pauline Jean-Baptiste derart außer Fassung. Mit einem Vokabular, das einem Mitarbeiter des Himmels ganz gewiss nicht gut zu Gesicht stand.

»Alles, was noch von *mir* übrig ist, bist *du*«, flüsterte sie mit brüchiger Stimme hinüber auf die gegenüberliegende Seite des Tischchens. Hinüber zu Léonard. Was auch immer gerade geschah, sie wollte, dass er es wusste. »Und ich werde nicht zulassen, dass alles, was noch von *uns* übrig ist, sich in Luft auflöst. Auch wenn es bedeutet, dass ich dort hingehen muss, wo du bist.«

Jean-Baptiste war kreideweiß.

»Ich muss zugeben: So etwas habe ich noch nicht erlebt. Es tut mir schrecklich leid«, bedauerte er. »Aber wie es aussieht, hat dort oben irgendjemand schlechte Laune – *ziemlich* schlechte Laune.«

»Können wir die Verbindung wiederherstellen?«

Vorsichtig spähte der himmlische Telefonmann durch das Fenster nach draußen, wo sich weitere Blitze aus dem wilden Gewitterhimmel entluden, um seinen Blick dann auf den toten Apparat zu richten.

Langsam schüttelte er den Kopf.

»So wie es momentan aussieht, nicht. Ich bedaure.«

»Können wir es reparieren?«, fragte Pauline.

Sein Blick sprach Bände.

»Nein, bitte nicht!« Das durfte nicht wahr sein. Jemand schien ihr den Boden unter den Füßen wegziehen zu wollen. »Bitte sagen Sie mir nicht, dass soeben meine einzige Kontaktmöglichkeit mit Léonard zerstört wurde!«

»Mademoiselle – ich würde Ihnen gerne etwas Erfreulicheres mitteilen, aber leider sieht es ganz danach aus.« Betroffen wie jemand, der gerade etwas verloren hatte, das ihm sehr viel bedeutete, strich er mit den Fingern über das Gehäuse des gläsernen Apparats, dessen Licht erloschen war.

»Sie meinen: Dieses … *Telefon* … ist soeben für immer zerstört worden?«

Ein schwerer Seufzer beantwortete ihre Frage.

»Möglicherweise nicht für immer. Aber es wird Jahre dauern, um es zu reparieren. Sie können sich gewiss vorstellen, dass Ersatzteile für ein derartiges Gerät nicht an jeder Ecke zu bekommen sind.«

»Aber dann …«

»Immerhin haben Sie mit Léonard gesprochen, wenn auch nur kurz«, sagte er.

Sie hatte fast den Eindruck, als bedauere er es, seinen wertvollsten Schatz dafür geopfert zu haben.

»Was … soll ich nun machen?«, fragte sie und schaute ihn ratlos an.

Jean-Baptiste zuckte mit den Schultern.

»Bitte sagen Sie es mir! Es muss eine Möglichkeit geben. Das kann es noch nicht gewesen sein.«

Väterlich legte er ihr die Hand auf die Schulter.

»Nach allem, was hier soeben passiert ist, bin ich mir nicht sicher, ob Sie den Himmel weiter herausfordern sollten. Lassen Sie es gut sein, Pauline, ja?« Er wandte sich an die unsichtbare Gestalt an ihrer Seite. Es war das einzige Licht, das jetzt noch in diesem Zimmer leuchtete, leise und traurig. Das nicht von ihr weichen wollte. »Und du auch«, empfahl Jean-Baptiste.

Das also sollte es gewesen sein? Es hatte mit einem Blitz begonnen, und es endete damit. Blitze aus heiterem Himmel waren selten. Aber vor fast genau einem Jahr hatte sie ein solcher getroffen – mitten auf dem Melonenmarkt von Cavaillon. Nun war der Blitz erneut in ihr Herz eingeschlagen.

Wie viele Blitzschläge kann ein Mensch überleben?, fragte Pauline sich, während sie erschöpft und enttäuscht abwechselnd auf das tote Telefon neben sich starrte und auf das kleine Licht, das neben ihr im Dunkel in der Luft tanzte. Das einzige Licht in diesem Haus, das weder Blitz noch Donner auslöschen konnte. So sehr sie es auch versuchten.

Es war stärker als sie.

Léonard

Jeden Tag schlagen durchschnittlich zehn bis dreißig Millionen Blitze auf der Erde ein. Der amerikanische Staatsmann Benjamin Franklin, Erfinder des Blitzableiters, bewies im Jahre 1752, dass sich bei Gewittern eine Spannung zwischen dem Himmel und der Erde aufbaut, indem er einen Drachen in die Wolken aufsteigen ließ. Obwohl Blitze zu den am längsten untersuchten Naturphänomenen gehören, sind die genauen Ursachen und physikalischen Gesetzmäßigkeiten bis heute nicht zweifelsfrei erforscht. Meteorologen unterscheiden verschiedene Formen von Blitzen: Linienblitze, Flächenblitze, Kugelblitze, Perlschnurblitze, positive und negative Blitze, Wetterleuchten und sogar Blitze, die Elfen und Kobolde genannt werden.

Natürlich! Wieso war er nicht früher darauf gekommen? Léonard hatte diese Passage vor Jahren in einem Buch gelesen, und nun fiel sie ihm wieder ein.

Nach dem so tragisch mit einem einzigen Donnerschlag beendeten Telefonat hatte er Pauline zum nächsten Taxistand begleitet, denn um diese Zeit fuhr kein Zug mehr zurück nach Cavaillon. Sie war todtraurig gewesen, und eigentlich hatte er vorgehabt, sie bis nach Hause zu begleiten und sie in dieser Nacht nicht alleine zu lassen.

Doch jetzt fiel es ihm wie Schuppen von den Augen: Möglicherweise waren das Unwetter und der fürchterliche Blitz, der ihr Gespräch unterbrochen und das Sterntelefon außer Betrieb gesetzt hatte, doch noch nicht das Ende ihrer Liebesgeschichte. Er musste zurück zu Jean-Baptiste und mit ihm darüber reden. Sofort! Er erinnerte sich noch ganz genau an die Worte des Antiquars:

»*Ich muss zugeben: So etwas habe ich noch nicht erlebt. Es tut mir schrecklich leid. Aber wie es aussieht, hat dort oben irgendjemand schlechte Laune.*«

Schlechte Laune. Spannungen. Das alles kam nicht nur tagtäglich zwischen Himmel und Erde vor, sondern auch zwischen den Menschen selbst. Obwohl der kauzige Antiquitätenhändler ein Verbindungsmann zwischen Himmel und Erde war, wusste auch er nicht sämtliche Signale zu deuten, die seine Chefetage aussandte. Am Ende war auch er nur ein Mensch – wenngleich einer mit besonders feinen Antennen für all jene Dinge, die sich außerhalb der irdischen Welt abspielten.

»Pauline, fahr ruhig schon vor«, sagte er zu ihr, als sie in das Taxi stieg. »Ich muss noch einmal zurück zu Jean-Baptiste.« Natürlich war ihm klar, dass sie ihn nicht hören konnte, aber durfte er deshalb nicht zu ihr sprechen? Oder zumindest von einem kleinen bisschen Normalität träumen?

Das Unwetter hatte sich wie auf Befehl gelegt. Die Straßen lagen ruhig da, als wäre nichts geschehen. Wäre der Asphalt nicht mit herabgefallenen Ästen und einer Unmenge von Laub bedeckt, man hätte glatt glauben können, sich alles nur eingebildet zu haben. All das bestätigte seine Theorie nur noch.

Léonard fand Jean-Baptiste dort vor, wo er und Pauline ihn zurückgelassen hatten: in der ganz im Dunkel liegenden Bibliothek der Sterne. In sich und seine Tätigkeit versunken, saß er an dem kleinen Tischchen und fingerte an dem gläsernen Telefon herum, das in dieser denkwürdigen Nacht seinen Dienst quittiert hatte.

»So ein Mist«, fluchte er leise vor sich hin.

Erst jetzt bemerkte er, dass Léonard neben ihm stand.

»Was machst du denn schon wieder hier?«, stöhnte er, offensichtlich nicht gerade erfreut über die Rückkehr des eben erst verabschiedeten Besuchers.

»Jean-Baptiste, ich … habe eine Theorie!«, sagte er.

»Und die wäre?« Der Antiquar klang nicht, als wolle er dieser Theorie übergroße Bedeutung zumessen.

»Bei einem Gewitter kommt es zu einer starken Spannung zwischen Himmel und Erde, richtig? Einer Spannung, die auf irgendeine Art und Weise abgebaut werden muss.«

»Bis hierhin stimme ich dir voll und ganz zu.«

»Es mag ja sein, dass ich, oder besser gesagt Pauline und ich, die da oben ein bisschen zu sehr gereizt haben …«

»Darauf kannst du Gift nehmen!«, zischte Jean-Baptiste. Er schien noch immer äußerst aufgebracht über den plötzlichen Tod, der seinem kostbarsten Schatz widerfahren war. »Der Himmel mag es nicht, wenn man seine Entscheidungen anzweifelt oder gar dagegen angeht. Und es war nun mal beschlossene Sache, dass du die Welt vorzeitig verlässt – und mit ihr die Menschen. Also auch Pauline.«

»In Ordnung, akzeptiert!«, erwiderte Léonard. »Stattdessen haben Pauline und ich uns wie unartige Kinder aufgeführt, die gegen den Willen ihrer Eltern in Kontakt bleiben, sich heimlich treffen und miteinander telefonieren, richtig?«

Endlich! Mit seiner Bemerkung entlockte er Jean-Baptiste ein kleines, versöhnliches Lächeln.

»Ja, ein bisschen erinnert ihr zwei mich an Romeo und Julia und ihre Elternhäuser, die Montagues und die Capulets«, bestätigte er. »Deshalb habe ich euch auch geholfen, weil ihr mir imponiert habt. Nur dass die Montagues und die Capulets bei weitem nicht so mächtig waren wie die Instanz, mit der *ihr* euch angelegt habt. Das Schicksal, das Romeo und Julia ereilt hat, kennst du ja.«

Für einen Moment musste Léonard schlucken. Erneut wurde ihm schmerzlich bewusst, mit wem er es zu tun hatte. Wenn der Himmel wollte, konnte er ihn zerdrücken wie einen winzigen Wurm.

Aber – offensichtlich wollte er nicht. Genau das ließ ihn hoffen.

Im Grunde liebte der Himmel ihn nämlich. Ihn und alle anderen Menschen. Genauso wie Eltern ihre Kinder liebten.

»Mit einem Blitz baut sich die aufgestaute Spannung zwischen Himmel und Erde ab, nicht wahr?«, fragte er weiter.

»Das wird wohl so sein, zumindest lauten die Naturgesetze so.«

»Vielleicht war ja dieser Blitz, der heute Abend in das Telefon eingeschlagen ist, nur der Gipfel der Auseinandersetzung, der höchste Grad der Spannung zwischen dem Himmel auf der einen Seite – und mir und Pauline auf der anderen«, erklärte Léonard seine Theorie. »Der Moment, in dem der Himmel mit der Faust auf den Tisch schlagen musste – so wie es auch die Eltern von Kindern, die partout nicht hören wollen, manchmal tun müssen.«

»Das kann schon sein… Worauf willst du hinaus?« Jean-Baptiste schien noch immer nicht zu verstehen.

»Darauf, dass die Spannung jetzt abgebaut ist«, sagte Léonard. »Schau doch mal aus dem Fenster: alles ruhig. Kein Regen, kein Sturm, kein Blitz, kein Donner. Das Gewitter hat sich gelegt. Der Himmel hat sich abreagiert!«

»Und was folgerst du daraus?«

»Wie ich schon sagte: Die Spannung ist abgebaut!

Es ist an der Zeit, dass sich alle versöhnen und die Eltern sich wieder mit ihren Kindern vertragen.«

»Aber das tun sie doch nur, wenn die Kinder von nun an besser auf sie hören, oder?«

»Wenn die Kinder jedoch nicht von ihren Vorstellungen abzubringen sind, wenn sie ihren eigenen Kopf haben – was machen die Eltern dann?«

»Sie … sperren sie in ihr Zimmer?«, mutmaßte Jean-Baptiste.

»Was wenn sie dann noch immer nicht hören?«

»Na ja, eines Tages werden die Eltern vermutlich erschöpft aufgeben und ihnen ihren Willen lassen. Nach einem letzten kräftigen Donnerwetter.«

»Tataaa!«, posaunte Léonard. »Genau dieses Donnerwetter haben wir vielleicht gerade erlebt!«

Jean-Baptiste schüttelte den Kopf. Mit einem Lächeln.

»Du meinst, nun, da das Donnerwetter vorbei ist, könnt ihr einfach machen, was ihr wollt?«

»Ja«, erwiderte Léonard. »Zumindest hoffe ich es …«

Er seufzte. »Es gibt nur ein Problem: Jetzt, da das Sterntelefon nicht mehr funktioniert, weiß ich nicht, wie ich Pauline erreichen kann!«

»Ich sehe schon: Ihr wollt einfach nicht aufgeben«, stöhnte Jean-Baptiste. »Ihr werdet so lange weitermachen, bis ihr alle Hürden überwunden habt, die der Himmel euch in den Weg stellt. Gehe ich recht in dieser Annahme?«

»Ich kann hier nur für mich sprechen, aber ich glaube schon.«

»Gut, dann will ich dir jetzt etwas verraten.«

»Ein Geheimnis?«

»Ja. Allerdings haben mich die Schwestern angewiesen, damit bis zum allerletzten Augenblick zu warten.« Er betrachtete sein zerstörtes Telefon. »Aber wenn ich mir den Schlamassel hier so ansehe, dürfte der Moment gekommen sein – der Moment, um das Geheimnis zu lüften.«

»Und?« Den Blitzen der Götter war es nicht gelungen, aber die Spannung hätte Léonard fast in zwei Hälften zerrissen.

»Vielleicht gibt es doch noch einen Weg für euch Turteltauben.«

»Es … gibt einen Weg?« Ich will alles darüber wissen, erzähl es mir, flehte Léonard in Gedanken.

»Ja … das heißt möglicherweise, wenn der Himmel tatsächlich fertig mit euch ist, wie es deine originelle Blitztheorie zu belegen scheint. Aber freu dich nicht zu früh, *Romeo*: Nicht du entscheidest darüber, sondern ganz allein deine geliebte *Julia*. Es ist ein Entschluss, den sie nicht mit dem Kopf treffen kann, sondern nur mit dem Herzen. Denn sie ist es, die das Wegegeld bezahlen wird.«

Pauline

Schließlich war auch das letzte Licht an ihrer Seite erloschen. Irgendwo im Taxi hatte sie Léonard aus den Augen verloren. Es tat weh, ihn jetzt nicht an ihrer Seite zu wissen. In dieser so einsamen, rabenschwarzen Nacht ohne jede Hoffnung.

Wo war dieses wunderbare Licht, ohne das sie nicht mehr leben mochte? Das sie seit beinahe einem Jahr treu begleitete, ohne von ihrer Seite zu weichen? War es möglicherweise bereits für immer verglüht? Nach dem, was an diesem Abend geschehen war, im Haus des himmlischen Boten Jean-Baptiste Lumière, rechnete Pauline mit dem Schlimmsten.

»Pauline, falls du mich hören kannst: Alles, was ich bin, alles, was noch von mir übrig ist, bist du. Bitte gib uns nicht auf – irgendwo existiert eine Tür für uns. Wir müssen sie nur finden.« Nie würde sie seine letzten Worte vergessen. Jene Worte, die er inmitten des wütenden Unwetters an sie gerichtet hatte.

Pauline wagte kaum daran zu denken, aber: Würde sie je wieder seine Stimme hören?

Es war bereits weit nach Mitternacht. Sie wusste nicht, wie lange sie schon aus dem Fenster starrte, hinunter auf den verwaisten Markplatz. Bereits morgen, am Montag, würde sie in aller Frühe die üblichen Stände erblicken, an denen Obst, Gemüse und allerhand andere Waren feilgeboten wurden – so als wäre nichts geschehen. Das Leben ging weiter wie eh und je. Nun ja, für alle anderen – für sie nicht. Es interessierte sie nicht mehr. Nicht ohne Léonard.

Schließlich drückte ihr die Nacht mit bleiernen Händen doch noch die Augenlider zu.

Nur eine Sekunde später, jedenfalls empfand sie es so, erwachte sie am Melonenstand von Madame Pontagnac.

»Wie schön, Sie wiederzusehen, Mademoiselle Melon … Pardon, Mademoiselle Pardieu, meinte ich natürlich«, flötete die Verkäuferin. »Wie lange beehren Sie uns nun schon Woche für Woche, auf der Suche nach Ihrem verschollenen Geliebten?«

»Ich …ich weiß nicht.«

»Wunderbar, wenn Menschen so romantisch sind, dass sie Jahre, nein, was sage ich, Jahrzehnte!, auf jemanden warten, nicht wahr? Übrigens: Sie sehen wirklich gut aus heute Morgen, Mademoiselle!«

Offenbar hatte sie trotz all der Zeit, die ins Land gegangen war, die Beförderung zur Madame verpasst. Apropos: Wie viel Zeit war eigentlich vergangen? Sie konnte sich beim besten Willen nicht entsinnen.

Über die bunt gefächerte Auslage aus verschiedenen heimischen und exotischen Melonensorten hinweg reichte Madame Pontagnac ihr einen Spiegel.

»Nein!«

Vor Paulines sich erschrocken weitenden Augen erschien eine uralte Frau, eine Greisin, deren Augen sich im selben Moment ebenfalls erschrocken weiteten – mit Falten im Gesicht, so tief wie Ackerfurchen, nein, wie Gräben am *Rande* eines Ackers.

Pauline schnellte hoch. Sie war schweißgebadet. Offensichtlich hatte sie geträumt. Was für ein Albtraum – und dennoch möglicherweise ein Ausblick auf die Zukunft, die vor ihr lag. Wenn ... nun ja, wenn nicht noch in letzter Sekunde ein Wunder geschah.

Erst jetzt bemerkte sie, dass das Telefon klingelte. Nebenan im Wohnzimmer.

Draußen dämmerte es bereits. Schwerfällig schleppte sie sich hinüber und nahm ab.

»Pauline Pardieu?«

Sie kannte die Stimme.

»Ja?«

»Hier ist Jean-Baptiste Lumière.«

»Jean-Baptiste?« Müde rieb sie sich die Augen. »Woher haben Sie meine Nummer?«, fragte sie.

»Aus dem Telefonbuch.«

»Sie meinen, aus dem Telefonbuch der Sterne?« Pauline war noch nicht ganz klar im Kopf. Kein Wunder, nach so einem Abend, so einer Nacht und nach so einem Traum.

»Unsinn«, erwiderte er. »Aus dem ganz normalen Telefonbuch.«

»Ach ja. Und, was wollen Sie von mir?«

»Mit Ihnen reden. Können wir uns auf einen Kaffee treffen, sagen wir in einer Stunde auf dem Markt?«

»Wo… wozu?«, stammelte sie.

»Zu einer Erkundung der letzten Tür, die uns noch offen steht, um ein Wiedersehen mit Léonard zu arrangieren.«

Tür? Wiedersehen? Auf einen Schlag war sie hellwach.

»Es geht ihm gut?«

»Den Umständen entsprechend, ja.«

»Sie meinen, Sie haben gute Nachrichten für uns?« Pauline sagte es ganz selbstverständlich: *uns*. Schließlich ging es schon lange nicht mehr um sie allein. Sie und Léonard waren zu einer Einheit verschmolzen. Genau das machte es ja so schmerzvoll. Wie die Kugelmenschen von Zeus waren auch sie in der vergangenen Nacht, gerade erst für einen wundervollen und süßen Augenblick vereint, von einem mächtigen Blitz getrennt worden.

»Ob es gute Nachrichten sind, müssen Sie selbst beurteilen. Léonard hat mich gestern Nacht noch einmal aufgesucht, und nach diesem Gespräch habe ich beschlossen, Ihnen die allerletzte Chance nicht vorzuenthalten – hartnäckig, wie Sie beide mir im Nacken sitzen.«

Er hatte Jean-Baptiste aufgesucht! Deshalb hatte sie ihn aus den Augen verloren, auf dem Rückweg im Taxi. Sein Licht war nicht erloschen!

»Was ist das für eine Chance?« Pauline konnte es nicht abwarten, mehr zu erfahren.

»Das möchte ich lieber mit Ihnen persönlich erörtern und nicht am Telefon.«

»Gut, dann wie von Ihnen vorgeschlagen in einer Stunde?«

Wieso bestand eigentlich das ganze Leben aus Warten? Alle Müdigkeit fiel von ihr ab, aufgeregt sprang sie aus dem Bett. »Am Stand von …«

»Madame Pontagnac?«

»Woher wissen Sie …?«

»Ach, ich bin ganz gut im Raten«, sagte er und legte auf.

There are nine million bicycles in Beijing, that's a fact, it's a thing we can't deny, like the fact that I will love you 'til I die.

Vielleicht sogar darüber hinaus, dachte Pauline, während sie unter der Dusche dem Song von Katie Melua lauschte, der leise aus dem Radio floss. Die sanft in die Musik gehauchten Zeilen wärmten sie an diesem kalten Dezembermorgen.

In einer Woche würde sich der Tag jähren, an dem sie Léonard auf dem Markt getroffen hatte. Jener Tag, an dem ihre Liebesgeschichte begonnen hatte – und damit ihre Leidensgeschichte. Ihr Geburtstag stand vor der Tür. Stille Nacht, heilige Nacht. Schön wär's!

Nachdem Pauline gefrühstückt und sich angekleidet hatte – Schal, Mantel und eine gestrickte Wollmütze hatten seit kurzem in ihren Kleiderschrank zurückgefunden, denn die Winter in der Provence konnten kalt werden, eiskalt sogar –, verließ sie ihre Wohnung. Sie war die Erste auf dem Markt an diesem Morgen. Soweit sie sich zurückerinnern konnte, zum ersten Mal in ihrem Leben. Normalerweise war sie eine Langschläferin. Jean-Baptiste hatte sie dermaßen früh aus den Federn geholt, dass einige Standbetreiber noch dabei waren, ihre Buden aufzubauen und die Auslagen mit Waren zu füllen.

»Mademoiselle!«

Von der anderen Straßenseite kam der Antiquar auf sie zu. Er trug ebenfalls Mantel und Schal, nur deutlich abgenutzter und etwa in seinem Alter – und in den Händen zwei Pappbecher mit dampfendem Kaffee, die er gerade erst besorgt haben musste.

»Hier, bitte schön. Das wärmt Körper und Seele«, sagte er und drückte ihr einen der Becher in die Hand.

»Wenn Sie möchten, können wir zu mir in die Wohnung gehen«, schlug Pauline vor.

Jean-Baptiste schüttelte den Kopf.

»Danke für das Angebot, aber unter freiem Himmel funktioniert mein Gehirn besser, vor allem um diese Zeit«, lehnte er ihr Angebot freundlich ab. »Sie müssen wissen: Normalerweise bevorzuge ich es, ein wenig länger zu schlafen. So wie Sie und die meisten Menschen – mal abgesehen von Senioren, zu denen ich mich noch nicht zähle«, fuhr er ungeachtet seines annähernd biblischen Alters fort. »Aber nach dem gestrigen Abend habe ich kein Auge zugetan. Wie auch immer: So ein bisschen frische Morgenluft ist doch etwas Wunderbares, nicht wahr?«, sagte er und nahm einen tiefen Schluck von dem heißen Kaffee. »Vielleicht setzen wir uns einfach auf die Bank dort?«, schlug er vor.

Es war die Bank gegenüber von Madame Pontagnacs Stand. Die kräftig gebaute Melonenhändlerin hatte bereits ausgepackt und schwatzte mit dem Standbetreiber von nebenan. Ihr Anblick ließ Pauline zusammenzucken, und der Traum von vergangener Nacht kehrte zurück. Erschrocken sah sie erneut ihr Greisengesicht vor sich. Es schwebte vor ihren Augen, als wäre es kein böser Traum, sondern Wirklichkeit. Kein Wunder, dass sie nicht gut zu sprechen war auf Madame Pontagnac an diesem Morgen.

»Es besteht also Hoffnung?«, fragte sie Jean-Baptiste, um das unschöne Bild aus ihrem Kopf zu vertreiben und sich Dingen zuzuwenden, die erbaulicher waren.

»Na ja«, erwiderte dieser. »Um ehrlich zu sein: Es ist nicht mehr als ein Versuch. Machen Sie sich keine allzu großen Hoffnungen, denn unter uns gesagt, schätze ich die Chancen, dass die Sache hinhaut, eher gering ein. In meinem ganzen Leben ist mir ein solcher Fall noch nicht untergekommen – und wie Sie unschwer sehen können, bin ich nicht mehr der Jüngste.«

Er lächelte sie aufmunternd an.

»Trotzdem, diese unglaubliche Hartnäckigkeit von Ihnen beiden!«, ergänzte er. »Wenn Sie und Léonard wirklich so sehr miteinander verbunden sind, aber nur dann, könnte es funktionieren …«

Kaum hatte er den Satz ausgesprochen, legte sich ein träumerischer Ausdruck auf sein Gesicht. »*There are six billion people in the world, more or less, and it makes me feel quite small, but you're the one I love the most of all*«, rezitierte er leise mit seiner tiefen, knarzenden Stimme. »Das ist von so einer jungen Sängerin namens Katie Melua. Den Song habe ich heute Morgen im Radio gehört.«

Was für ein Zufall!

»Ich auch!«, wollte sie entgegnen. Stattdessen fragte sie:

»Was? Was könnte funktionieren?«

»Das Portal«, erklärte er. »Es könnte sich für Sie beide öffnen.«

Léonard

»Ah, Monsieur Lune – schön, dass Sie es auch einrichten konnten!«

Mit einem freundlichen Augenzwinkern erinnerte Jean-Baptiste Léonard daran, dass er ein wenig spät dran war. Aber auch als Geist hatte er sich nicht in einen Frühaufsteher verwandelt, und das, obwohl er nicht mal schlief. Es war schon komisch, dieses Dasein. Man tat gewisse Dinge nicht mehr und konnte dennoch alte Gewohnheiten nicht ablegen.

»Oh, hallo.« Pauline schaute schüchtern zu Boden, als sie erfuhr, dass er angekommen war.

Sie war so unglaublich, so unfassbar, so unwirklich süß, dass er sie am liebsten für immer in seine Arme geschlossen hätte.

»Ich hoffe, es ist Ihnen recht, dass ich Léonard ebenfalls zu unserem kleinen Treffen eingeladen habe, Mademoiselle«, wandte sich Jean-Baptiste an Pauline.

Sie nickte aufgeregt, ohne ein Wort zu sagen. Es rührte ihn zu Tränen, dass sie sich nach all der Zeit noch immer nicht an seine Anwesenheit gewöhnt hatte. Dass er nach all der Zeit noch immer nicht gewöhnlich für sie geworden war. Dass er noch immer ihr ganzes Herz besaß. Dass der graue Alltag, der mit unstillbarem Hunger an den Herzen aller Menschen nagte, nicht das kleinste Häppchen davon hatte abknabbern können.

Ihr Herz – es war anders als das der meisten Menschen. Es war eine Festung. Und, so unglaublich es klang, allein er hatte diese Festung erobert. Nun war es an ihm, sie zu verteidigen. Wenn man einen solchen Schatz gewonnen hatte, gab man ihn nicht mehr auf.

»Kommen wir zum Thema des heutigen Morgens«, holte Jean-Baptiste ihn zurück aus seinen Gedanken.

»Das Portal«, ergänzten Pauline und Léonard im selben Atemzug.

Nur, dass sie ihn nicht hören konnte.

Einen Augenblick lang blickte Jean-Baptiste sie beide fragend an, so als hätten sie soeben den letzten Hauch eines Zweifels daran, dass sie wirklich zusammengehörten, in ihm ausgeräumt.

»Richtig, das Portal.«

»Was ist damit?« Léonard hielt es nicht aus, länger auf die Folter gespannt zu werden. Wenn er Paulines Gesichtsausdruck richtig einschätzte, ging es ihr nicht anders.

»Es wird sich in Kürze öffnen. An Heiligabend.«

»Was bedeutet das?«, fragte Pauline.

»Dass Sie eine zweite Chance bekommen, sich wiederzusehen.« Jean-Baptistes Gesichtsausdruck veränderte sich nicht im Geringsten.

Er sagte es so nüchtern, als hätte er nur eben seine

Streichhölzer gezückt, nachdem ihn jemand auf der Straße um Feuer gebeten hatte. Wusste er denn nicht, was er ihnen da gerade angeboten hatte? Sie würden nicht nur miteinander reden können, sie würden sich auch sehen und einander berühren können?

»So ist es«, erwiderte Jean-Baptiste. An Pauline gerichtet fügte er hinzu: »Entschuldigen Sie bitte, das war für Léonard bestimmt. Also noch mal für euch beide: In einigen Wochen wird sich eine Tür zwischen euren Welten öffnen. Es ist dann exakt ein Jahr her, dass ihr euch zum allerersten Mal getroffen habt, und damit auch, dass eure Verbindung hergestellt wurde. Wenn ihr alles genauso macht wie vor einem Jahr – dieselbe Zeit, derselbe Ort –, geht die Tür möglicherweise auf, so dass …«

»… ich zurück zu Pauline gelangen kann?«, nahm Léonard den Rest des Satzes vorweg.

»Nein, das tut mir leid«, verneinte Jean-Baptiste postwendend. »Auch auf die Gefahr hin, dass ich mich wiederhole: Von dort, wo du jetzt bist, ist noch niemand zurückgekehrt. Und das ist wohl auch ganz gut so.« Er lächelte sie beide verschmitzt an, während er seinem Sinn für originelles Theater für eine Sekunde freien Raum ließ und den leeren Gesichtsausdruck eines Zombies simulierte.

»Aber Pauline kann durch diese Tür in deine Welt eintreten. Allerdings funktioniert es nur, wenn ihre Gefühle für dich so intensiv sind, dass sie … stärker sind … als ihre Angst vor dem Tod. Bisher habe ich nicht daran geglaubt, aber nach dem Donnerwetter von gestern Abend … Nun ja, einen Versuch wäre es wert.«

Léonard seufzte. Es lief wieder und wieder auf dasselbe hinaus. Um mit ihm leben zu können, musste sie sterben.

»Aber das … klingt ja wunderbar!« In Paulines Gesicht erwachte ein Lächeln, so frisch wie Krokusse, die in den ersten Tagen des Frühlings nach einem langen, harten Winter durch den Schnee lugten. »Ich habe keine Angst davor zu sterben!«

Weil ich Léonard liebe. Letzteres sprach sie nicht aus.

Léonard jedoch las es ohne Umwege aus ihren Gedanken.

»Ich liebe dich auch, Pauline«, sagte Jean-Baptiste nur eine Sekunde später an Pauline gewandt.

»Sie tun … was?«

»Das hat Léonard gerade zu Ihnen gesagt. Ich dachte, ich biete Ihnen an dieser Stelle einmal meine Dienste als Übersetzer an, auch wenn das Gesagte recht persönlich ist.«

Das Frühlingslächeln, das eben noch Paulines Mund umspielt hatte, an diesem kalten Wintertag, ging über in die nächste Jahreszeit: den Sommer. So warm war es auf einmal.

»Dann teilen Sie ihm bitte von mir mit, dass er auf mich zählen kann«, sagte sie leise an Jean-Baptiste gewandt. An ihn persönlich, wenn auch knapp daneben, was die Blickrichtung betraf, fügte sie hinzu: »Obwohl ich natürlich weiß, dass du ohnehin alles hörst und aus meinem Kopf liest.«

»Ich lese es nicht aus deinem Kopf, ich lese es aus deinem Herzen«, erwiderte Léonard voller Hingabe. Trotzdem – er konnte seine Zweifel nicht abschütteln. War es richtig, was sie hier planten?

»Jean-Baptiste – auf ein Wort!«

Pauline schaute den Antiquitätenhändler nervös an, während er sich mit ihm unterhielt.

»Und, was sagt er?«, fragte sie ihn schließlich, als sie bemerkte, dass sein Blick sich verfinsterte.

»Er kann es nicht zulassen, dass Sie sein Leben für ihn opfern.«

Genau so war es. Er wollte das Unmögliche: Sie sollte leben, und er wollte es auch. Zusammen mit ihr. Ihre Hand in seiner.

»Léonard«, ermahnte ihn Jean-Baptiste. »Wir haben jetzt schon mehrfach darüber gesprochen: entweder – oder! Du musst dich entscheiden.«

»Aber ich will es, und damit basta!«, setzte Pauline der Diskussion aufgeregt ein Ende.

Jean-Baptiste verstummte. Léonard verstummte ebenfalls.

»Wenn es der einzige Weg ist, dann will ich es so«, bestätigte sie ein zweites Mal, diesmal deutlich leiser.

Wie zur Bekräftigung nahm sie einen großen Schluck von ihrem Kaffee, auf der zugigen Bank unterhalb ihres Fensters.

Léonard sah, dass ihre Finger klamm waren, rot gefroren von der Kälte des frühen Wintermorgens. Aber ihre Augen strahlten eine Zuversicht aus, dass ihm ganz warm ums Herz wurde.

»Kubanische Melonen zum halben Preis!«, rief Madame Pontagnac über den kleinen Platz, während die ersten Marktbesucher eintrafen.

Pauline

Manchmal im Leben kam der Zeitpunkt, an dem es angeraten war, kurz innezuhalten. Die Welt da draußen, das geschäftige Treiben auf den Straßen und Plätzen, in den Fabriken und Büros, in den Häusern und Gärten, an Land, zu Wasser und in der Luft, all das mochte sich nicht anhalten lassen, aber man selbst konnte sein Tempo für einige kostbare Augenblicke verlangsamen. Konnte die innere Maschine, die einen antrieb, drosseln. Oder noch besser, den Notausschalter drücken, sofern man einen fand. Einfach nur dasitzen und in sich hineinhören, seiner inneren Stimme lauschen.

Eine Tür würde sich öffnen. Sicher war es nicht, aber es war möglich – und allein das zählte. Eine Tür, die Paulines Traum wahr werden lassen konnte: jenen Menschen wiederzusehen, in den sie sich vor beinahe genau einem Jahr Hals über Kopf verliebt hatte. Jenen Menschen, den sie seitdem zwar aus den Augen verloren haben mochte, nicht jedoch aus dem Sinn. Und auch nicht aus ihrem Herzen. Einen Pariser Chocolatier namens Léonard Lune, mit dem sie das traurigste und zugleich schönste Jahr ihres Lebens verbracht hatte.

Es war ein Jahr voller Sehnsucht gewesen. Eine Sehnsucht, die nun mit Erfüllung süß wie Honig belohnt werden würde. Wenn, ja wenn, ihre Liebe stark genug war. Doch daran hegte Pauline nicht den geringsten Zweifel.

Hatte sie Angst vor dem Tod? Früher ja, jetzt nicht mehr. Sie wusste nun, dass das Leben damit nicht vorbei war. Dass auf der anderen Seite jemand auf sie wartete. Dennoch verspürte sie jetzt, da das vollkommene Glück und die lange ersehnte Erlösung zum Greifen nahe waren, auf einmal ein Gefühl tiefer Sorge in sich. Es betraf das, was sie zurücklassen würde.

Sie sorgte sich nicht etwa um ihren Körper, den sie ablegen würde wie eine Hülle, wie einen Mantel, den sie lange genug mehr oder weniger zu ihrer Zufriedenheit getragen hatte. Erst recht sorgte sie sich nicht um ihre irdischen Güter. Nein, es war etwas anderes: ihre Familie. Auguste, Hortense, Hélène und Lisette – ihre Eltern und ihre beiden jüngeren Schwestern. Sie waren das Kostbarste, was Pauline besaß. Sie würden ihr fehlen – genauso wie sie ihnen. Das war ihr klar.

Manchmal wurde einem die Bedeutung gewisser Dinge erst in ihrem vollen Ausmaß bewusst, wenn man dabei war, sie hinter sich zu lassen. Wie sehr zum Beispiel man manche Menschen liebte, merkte man oft erst, wenn man dabei war, seine Koffer zu packen und diese Menschen zu verlassen, für eine lange Reise oder gar für immer. Man liebte sie und wurde von ihnen geliebt, aber im Alltag ließ man es sich nicht anmerken. Es war genauso wie in *What a Wonderful World*, dem berühmten Song von Louis Armstrong: *I see friends shaking hands, saying »How do you do?«, but they are really saying »I love you«.*

Paulines Koffer waren gepackt. Schon sehr bald, an ihrem siebenunddreißigsten Geburtstag, würde sie zum letzten Mal die Hände der Menschen ergreifen, die zu ihrem Leben gehört hatten, und ihnen sagen, dass sie sie liebte.

Es war ein bedrückender Gedanke. Aber um das zu bekommen, was sie um jeden Preis wollte, nämlich ein Wiedersehen mit Léonard, musste sie auf der anderen Seite das aufgeben, was ihr am meisten bedeutete. Nur so kam die Waage ins Gleichgewicht.

Sie beschloss, alle noch einmal zusammenzubringen: ihre Familie, Freunde und Bekannte.

»Ich möchte euch alle zu meinem Geburtstag einladen, und zwar zu einem gemeinsamen Frühstück«, sagte sie zu Lisette am Telefon.

»Du willst einen Geburtstagsbrunch veranstalten?« Lisette schien erfreut, dass ihre älteste Schwester sich zur Abwechslung mal mit nicht mit Gedanken an Gespenster herumschlug, sondern ein Fest plante, das von dieser Welt war. »Wann geht es denn los?«, fragte sie.

»Ich dachte an acht.«

Für einen Augenblick erfüllte eine fragende Stille die Leitung.

»Du willst mich auf den Arm nehmen, oder?«

»Spätestens um neun, wenn es irgendwie geht. Jedenfalls nicht nach halb zehn«, erwiderte Pauline.

Um das Öffnen des Portals nicht zu verpassen, musste sie rechtzeitig am Stand von Madame Pontagnac sein. Der Markt fand genau wie im vergangenen Jahr an Heiligabend statt, vorverlegt wegen des ersten Weihnachtsfeiertags. Ein weiteres Zeichen, dass alles gut werden würde. Timing war das Wichtigste im Leben – wenn sich alles wie von selbst fügte, war man auf der richtigen Spur.

Sie erinnerte sich nicht auf die Minute daran, wie spät es gewesen war, als sie Léonard vor einem Jahr dort getroffen hatte, aber es war um die Mittagszeit gewesen. Zwölf, vielleicht eine halbe Stunde früher oder später.

Um auf Nummer sicher zu gehen, wollte sie dieses Mal bereits um kurz nach elf nach unten gehen. Möglicherweise wäre es das Beste, Jean-Baptiste zu fragen, ob er sie abholen könne. Vielleicht sollte sie ihn ebenfalls zu ihrem Geburtstagsfrühstück einladen, das zugleich, sofern alles nach Plan lief, ihre geheime kleine Abschiedsfeier von dieser Welt darstellte. Vielleicht wäre Jean-Baptiste darüber hinaus in der Lage, die Anwesenden ein wenig zu trösten. Ach, es gab so viel zu bedenken …

»Ihr müsst unbedingt alle kommen – du, Hélène, Mama und Papa, versprichst du mir das? Und es ist ganz, ganz wichtig, dass ihr pünktlich seid. Ich möchte euch unbedingt noch einmal sehen …«

»*Uns noch einmal sehen?*« Das Pauline versehentlich dazwischen geratene *noch* entging Lisette nicht.

»Ich meinte … *noch* einmal, bevor ich eine alte Schachtel bin«, versuchte Pauline die Sache herunterzuspielen.

Offenbar erfolgreich.

»Was wünschst du dir?«, fragte Lisette.

»Nichts, außer dass ihr alle bei mir seid«, antwortete Pauline. Sie war froh, dass Lisette durch das Telefon nicht sehen konnte, wie ihr eine kleine Träne die Wange herunterlief – gefolgt von einer zweiten, einer dritten und einer weiteren, gleich nachdem sie aufgelegt hatte.

Léonard

Der große Tag war gekommen. Der Countdown lief – nur noch wenige Stunden, und er konnte Pauline in die Arme schließen. Sofern alles hundertprozentig nach Plan lief. Nicht nach Plan vielleicht, sondern nach seinen kühnsten Träumen. Seine Bauchschmerzen waren noch nicht vollständig verklungen, aber sie waren leiser geworden. Hatten einer Vorfreude Platz gemacht, die nicht in Worte zu fassen war.

Es war kalt geworden. Der Winter hatte endgültig Einzug gehalten. In der vergangenen Nacht hatte sich eine klirrend weiße Decke aus Frost über das kleine Städtchen in der Provence gelegt. Die Bäume, Bänke und Dächer, die Léonard an diesem Morgen vor Paulines Schlafzimmerfenster erblickte, in dem er auf ihren schriftlich geäußerten Wunsch hin seit geraumer Zeit mit ihr schlief, waren überzogen von feinem Puderzucker aus Eis.

Weihnachten stand vor der Tür. Es war der vierundzwanzigste Dezember – Heiligabend, Paulines Geburtstag, ihr Jahrestag.

Léonard dachte zurück an jenen Tag, an dem sie sich zum ersten Mal begegnet waren. Seine Gefühle für diese wunderbare Frau waren so frisch wie Melonen, wenn sie noch am Baum hingen. Moment mal: Wuchsen Melonen überhaupt an Bäumen? Zugegeben, er war ein wenig durcheinander an diesem Morgen. War es wirklich schon ein ganzes Jahr her, dass sie sich zum allerersten Mal getroffen hatten? Dass er sich zum ersten Mal in seinem Leben Hals über Kopf verliebt hatte? Dass er … die irdische Welt verlassen hatte?

Sein Leben auf diesem Planeten mochte gelöscht sein, aber nichts und niemand würde jemals diesen zauberhaften Moment am Stand von Madame Pontagnac aus seinem Gedächtnis streichen können. Er erinnerte sich an jedes Detail, als wäre es erst gestern geschehen.

An all die Geräusche, die in der Luft gelegen hatten: das Gewirr von Stimmen, die Marktschreier, das muntere Kreischen der Elstern in den Kronen der Platanen über seinem Kopf. An seine kalten Hände in der Manteltasche. An Paulines erste Worte, die der eisige Dezemberwind zu ihm herübergetragen hatte: *»Entschuldigung, aber … woher wissen Sie, dass heute mein Geburtstag ist?«* Wenig später dann: *»Sind Sie Modedesigner?«* Ihr Lächeln, das ihn auf eine Weise ins Herz getroffen hatte, als hätte er im selben Moment ein Stromkabel mit den nackten Fingern umschlossen. An den amüsierten Blick von Madame Pontagnac, die alles sofort begriffen hatte.

Jedes Mal, wenn er daran dachte, was aus ihnen

hätte werden können, wäre er nur eine Minute früher oder später in die Rue Liffran eingebogen und hätte Pierres Klaviertransporter verpasst, erfasste ihn eine heftige Melancholie und drohte ihn fortzutragen in den Keller seines Herzens. Er musste sich zusammenreißen. Ein Happy End war noch immer möglich. Bald wären sie vereint – er und Pauline.

An diesem Morgen fiel es Léonard nicht schwer zu leuchten. Es kostete ihn fast keine Energie, denn es war sein Geburtstagsgeschenk für Pauline. Sie wach zu küssen, als wären sie ein ganz normales Paar.

Er wusste, dass sie ihn sah, im selben Moment, in dem sie die Augen aufschlug. Er spiegelte sich darin! Erst jetzt wurde ihm klar, welcher Zauber noch immer in ihrer Beziehung steckte. Erst jetzt, da er, dieses so unscheinbare kleine Licht, sich in Paulines glänzenden Augen entdeckte, an einem kalten Dezembermorgen, ihrem Geburtstag. Das Licht war sein Herz. Auch nach einem nun beinahe hinter ihnen liegenden, verflixt schweren Jahr hatte es nicht aufgehört zu leuchten.

»Guten Morgen«, flüsterte Pauline und lächelte ihn an, so als fühle sie genau dasselbe.

»Happy Birthday«, flüsterte er ihr ins Ohr.

»Danke«, erwiderte sie leise.

Léonard zuckte zusammen.

»Du … kannst mich verstehen?«

»Ich hab mir gedacht, was du sagen wolltest.«

Soeben hatten sie eine richtige Unterhaltung geführt. Ohne Dolmetscher, ohne Hilfsmittel. Ihre erste richtige Unterhaltung. Gedankenübertragung!

Léonard konnte sehen, wie das Licht in Paulines Augen größer wurde. Immer wenn sich sein Herz mit Hoffnung füllte, brannte es lichterloh. Er musste aufpassen, dass er sich nicht die Finger verbrannte. Oder das, was er sich als seine Finger erträumte.

Draußen war es noch dunkel, denn der Brunch sollte wie geplant früh beginnen. Die ersten Gäste ließen nicht lange auf sich warten. In der Aufregung hatten er und Pauline ein wenig zu lange im Bett geschmust – zwei einander zärtlich umkreisende Lichter, die gut ohne die Morgensonne ausgekommen waren. Sie hatte gerade noch unter die Dusche springen und Kaffee aufsetzen können, bevor es an der Tür klingelte.

Hortense und Auguste waren wie immer die Ersten. Ältere Menschen entwickelten ganz offensichtlich ein Gespür dafür, dass die Zeit, die man im Bett verbrachte, definitiv überbewertet war. Nach und nach füllte sich Paulines Wohnung – mit Familie, Freunden und Bekannten.

Léonard mischte sich unter die Gäste, auch wenn ihm klar war, dass er nicht dazugehörte. Dass er diesem Geburtstag lediglich als unsichtbarer Zuschauer beiwohnen durfte. Als Schatten, der sich unter die Lebenden mischte – in dem winzigen Rest von Hoffnung, dass ihn irgendjemand wahrnahm, ihn nur für eine Sekunde anblickte, wenn auch nur zufällig, während er oder sie für ein Glas Sekt anstand.

Wann hatte *er* eigentlich Geburtstag? Er erinnerte sich nicht. Sein Gedächtnis war kein Sieb, es war ein schwarzes Loch. Sein irdisches Leben war im Laufe des vergangenen Jahres mehr und mehr verlöscht. Nach und nach hatte sich seine Vergangenheit aufgelöst. Um Platz zu machen für die Zukunft. Jedenfalls hatte es ihm Jean-Baptiste so erklärt. Aber genau wusste der Antiquar es auch nicht, schließlich war er ein ganz normaler, lebendiger Mensch. Allein seine außerordentlich fein justierten Antennen, seine Wahrnehmung der anderen Welt, unterschieden ihn von seinen Mitbewohnern auf dem großen blauen Planeten.

Er, Léonard, hingegen war bereits einen Schritt weiter. Aber ehrlich gesagt: Er wusste nicht, ob er froh darüber sein sollte.

In der Küche auf dem großen, runden Holztisch thronte eine riesige weiße Torte, die Hortense und Auguste mitgebracht hatten, verziert mit einer goldenen Siebenunddreißig. Léonard hatte vergessen, wie alt er selbst war. Wenn er jedoch Pauline ansah, die an diesem gerade erst erwachenden Tag zwischen all ihren Gästen aufblühte wie ein buntes Beet voller Frühlingsblumen an einem sonnigen Morgen am Ende eines langen Winters, dann wusste er: Es passte. Jetzt wäre genau der richtige Zeitpunkt, um endlich Ernst zu machen. Das hieß im realen Leben: sie zu fragen, ob sie ihn heiraten wolle. In guten wie in schlechten Tagen – die schlechten hatten sie bereits hinter sich, und nichts hatte sie entzweien können.

Es war bereits kurz vor elf, bis zu ihrem Treffen bei Madame Pontagnac war es nicht mehr weit hin, als sich ein weiterer Partygast unter die Besucher mischte. Einer, der von seinem Aufzug her nicht so recht zu den anderen passen wollte.

Léonard fragte sich, wie er in die Wohnung gekommen war. Pauline hatte ihm jedenfalls nicht die Tür geöffnet, und geklingelt hatte es auch nicht. Nun ja, vielleicht war er doch kein ganz so normaler Mensch, wie er immer zu betonen pflegte.

»Jean-Baptiste – wirklich schön, Sie zu sehen«, begrüßte er ihn.

»Ich kann hier nicht mit dir reden, mein Lieber. Die Leute halten mich sonst für verrückt«, erklärte sein Gegenüber hinter vorgehaltener Hand, während er so tat, als räuspere er sich. »Na ja, das tun sie ohnehin schon«, schob er noch hinterher.

»Pauline! Herzlichen Glückwunsch!«, rief er dann hinüber auf die andere Seite des Raums, wo diese sich angeregt mit ihren Schwestern, ihrer Mutter und ihrem Vater unterhielt.

Einen nach dem anderen drückte sie ganz fest an sich. Offenbar hatte sie auf die Uhr geschaut und wusste, dass es so weit war.

»Jean-Baptiste!«, rief sie und drehte sich zu ihnen um. Sie hatte Tränen in den Augen. Langsam steuerte sie auf die beiden zu. Es fiel ihr schwer, sich von ihrer Familie zu lösen. So schwer offensichtlich, dass sich ihr Schmerz auf Léonard übertrug.

»Wollen wir?«, fragte Jean-Baptiste, als sie bei ihm angekommen war. »Bereit, all das hier zurückzulassen?«

»Ja … das bin ich«, erwiderte sie.

War sie es wirklich? Ihr Anblick beunruhigte Léonard zutiefst.

Pauline

War sie bereit zum Aufbruch? Bereit, die Menschen, die sie liebte, zurückzulassen?

Nein.

Wollte sie Léonard um jeden Preis wiedersehen? Ihre letzte Chance nutzen?

Ja.

»Liebe Leute … ich muss jetzt gehen«, rief sie in die Menge und winkte allen noch mal zu.

Dann schaute sie zu Boden. Noch einmal in die Augen der Menschen zu blicken, die ihr am liebsten waren und sie so treu und voller Wärme durch ihr Leben begleitet hatten – das hätte sie nicht ertragen.

Durch den feuchten Schleier, der sich vor ihren Augen gebildet hatte, nahm sie die irritierten Mienen einiger Besucher wahr. Vor allem Auguste, ihr Vater, der sie möglicherweise besser kannte als alle anderen Menschen auf der Welt, schien sich zu fragen, was ihr plötzlicher Aufbruch zu bedeuten hatte.

»Schnell, hinaus«, flüsterte Jean-Baptiste ihr zu.

Schon fiel hinter ihnen die Tür ins Schloss und ließ die Geräusche, Gespräche, die Musik und die Menschen ihres Lebens hinter sich zurück.

Draußen angekommen, bemerkte Pauline, wie kalt es war. Der eisige Dezemberwind fuhr ihr scharf wie ein Küchenmesser unter die Bluse. Dafür, sich in einen Mantel zu hüllen, war ihr beim besten Willen keine Zeit geblieben, als sie die Wohnung Hals über Kopf verlassen hatte. Man konnte noch so gut planen, aber am Ende lief doch alles anders.

»Möchten Sie meinen Mantel, Mademoiselle?«, bot Jean-Baptiste sofort an.

Ein Blick reichte ihr, um zu entscheiden, dass sie ihn nicht wollte. In einem solchen Aufzug konnte sie Léonard keinesfalls unter die Augen treten! Natürlich wusste sie, dass es ihm egal wäre. Aber es war ihr Wiedersehen – und sie würde dieses Bild ein Leben lang … oder wie auch immer man es bezeichnen wollte … mit sich tragen. Dann lieber frierend in einer dünnen Bluse als in einem von Motten zerfressenen Mantel der Jahrhundertwende. Vorletztes Jahrhundert, versteht sich.

»Es wird ja wahrscheinlich nicht mehr lange dauern«, tröstete sie sich. »So lange halte ich noch durch.« Und wenn ich vorher erfriere, was macht es schon, dachte sie. Sterben würde sie ohnehin. Jedenfalls, wenn sich das Portal öffnete.

Sie hatten den Stand von Madame Pontagnac erreicht.

»Huch, ist der Sommer ausgebrochen?«, rief die Verkäuferin in Anbetracht von Paulines Auftritt.

»Ich … Nein, ich wollte nur schnell …«, erwiderte

Pauline schulterzuckend, die Arme schützend vor ihrem Oberkörper verschränkt.

»Wie auch immer Mademoiselle – was darf es heute sein?«

Pauline blickte hinauf zu den Fenstern ihrer Wohnung. Und erschrak. Dort oben stand ihr Vater. Er spähte zu ihr herunter. Noch nie hatte sie ihn so verstört gesehen. Als ahne er etwas.

Auguste

Es war das Jahr, bevor er in Rente gehen würde. Auguste Pardieu war annähernd fünfundsechzig Jahre alt, aber erst jetzt fand er heraus, dass er ein ganz anderer Mensch war, als er bis zu diesem Tag angenommen hatte. Ein anderer Mensch als er und alle, die ihn kannten, angenommen hatten. Hinter seiner professionellen Fassade als kundiger Apotheker und erfolgreicher Unternehmer, die sein eigentliches Gesicht über die Jahrzehnte nach und nach vollkommen ersetzt hatte, befand sich: ein durch und durch emotionaler Mensch.

Erst jetzt begriff er, wie dumm er gewesen war. Pauline, seine älteste Tochter, lebte seit einem ganzen Jahr in stiller Verzweiflung vor sich hin. Sie konnte den Schmerz einer unmöglichen Liebe zu einem Mann nicht ertragen, der aus heiterem Himmel aufgetaucht war, um sich kurz darauf in Luft aufzulösen. Er, Auguste, hatte ihre Gefühle als unbegreifliche Schwärmerei abgetan, so als wäre sie ein Teenager, der sich zum allersten Mal in seinem Leben verliebt hatte.

Langsam ahnte er, welches Glück ihm zuteilgeworden war, als er Hortense kennengelernt hatte.

Seine Frau und er zeigten es nach außen hin nicht – warum eigentlich nicht? –, aber im Grunde waren sie glücklich miteinander. Überaus glücklich. Und das nun schon seit Jahrzehnten. Daran änderten auch die scharfzüngigen Kommentare nichts, mit denen Hortense sich gelegentlich Gehör verschaffte. Sie waren Teil des Pakets, das er damals erworben hatte. Auch Hortense hatte gelegentlich ihr Päckchen zu tragen mit ihm. Sie hatten geheiratet, weil Pauline unterwegs gewesen war. Mit den Jahren war dann weit mehr daraus geworden. Ein Lebenswerk, das so viel mehr wert war als all ihre Apotheken und ihr Vermögen. Mehr wert als die Fassade, die nicht nur sein wahres Gesicht, sondern auch das von Hortense ersetzt hatte.

Auguste schwor sich, sich nie wieder von einer kleinbürgerlichen Welt gefangen nehmen zu lassen. Nie wieder wollte er Sklave einer Ordnung sein, die einen mit ihrer Spießigkeit, dem Tratsch hinter vorgehaltener Hand, der unstillbaren Sehnsucht nach Mittelmaß und der nach außen demonstrierten Wohlanständigkeit das Fürchten lehren konnte. Was waren das nur für Menschen, die in einer solchen Gesellschaft lebten?

Die Frage ließ sich leicht beantworten: Es waren Menschen wie er.

In dem Augenblick, als seine über alles geliebte Pauline mitten im Winter in einer dünnen Bluse ihre eigene Geburtstagsparty überstürzt verlassen hatte, noch dazu an der Hand eines ominösen… Landstreichers… war ihm einiges klar geworden. Sie war hinunter auf den Markt vor ihrem Fenster gelaufen, wo sie regungslos und mit abwesendem Blick ausharrte wie schockgefroren. Auguste wusste nun, dass er sich ändern musste. Dass er für seine Tochter da sein musste. Dass er ihr ein Vater und ein Freund sein musste, in dieser schwierigen Situation, mit der sie sich schon seit so langer Zeit herumquälte.

Mit wenigen Sätzen, sportlich wie zuletzt in seinen Jahren an der Universität, stürmte er die Treppe hinunter.

»Pauline!«, rief er, als er sie draußen erblickte.

Seine Tochter stand bei Madame Pontagnac, der alten Krähe. Er konnte die Marktfrau nicht ausstehen, erst recht nicht, seitdem ihm zu Ohren gekommen war, dass sie seiner Tochter den Namen *Mademoiselle Melon* verpasst hatte. Nur weil sie seit einem Jahr regelmäßig bei ihr einkaufte. Behandelte man so gute Kunden? Er war selbst Unternehmer und konnte sich beim besten Willen keinen Reim darauf machen.

Wie jung sie war! Nicht Madame Pontagnac, nein, Pauline. Alles lag noch vor ihr – wenn sie nur wollte!

Erst hier und jetzt fiel es ihm auf: wie alt er geworden war. Es fiel ihm schwer, sich vorzustellen, dass auch er einmal jung gewesen war. Manchmal kam es ihm vor, als hätte er seine eigene Jugend nur geträumt. Die bedeutendste Phase seines Lebens.

Mit einem Mal erkannte er, wie wichtig diese Zeit

war: Wenn wir jung sind, träumen wir. Wir zeichnen uns ein Bild. Von der großen Liebe, dem großen Glück. Alles ist möglich, was unsere Phantasie zulässt. Und sie lässt einiges zu, denn unser Appetit auf Träume ist nahezu unstillbar. Nach und nach beginnt unsere Phantasie, unsere Realität zu formen. Wir bewegen uns mit Siebenmeilenstiefeln auf unser Glück zu. Bis uns schließlich, auf der Stufe zum Erwachsenwerden, mahnende Stimmen zurufen: »Wach auf, du Träumer!« Irgendwann dann sind die Stimmen so unerträglich laut, dass wir das tun, was sie uns vorschreiben: ihnen glauben, dass unsere Phantasie, unsere Träume und Wünsche die Realität nicht im Geringsten beeinflussen können – da die Realität angeblich bereits vorhanden ist und nicht beeinflusst werden kann. Nur wenn wir uns ihr demütig unterwerfen, kommen wir durchs Leben. Vielleicht ist unser Alltag – unsere Realität – genau deshalb oft so trostlos, so traurig. Weil uns auf der Stufe zum Erwachsenwerden die Phantasie ausgegangen ist und damit die Farbe, mit der wir das Bild ausmalen wollten, das wir einst mit so viel Enthusiasmus begonnen haben, als wir jung waren.

Die Menschen von heute interessierten sich nicht für Träume. Sie lebten ganz und gar in der Realität. Einer Realität, in der kein Platz mehr war für Träume. Einer Welt, in der schlafen schlafen bedeutete – und nicht träumen. Kein Wunder! Wer kann schon träumen bei dem ständigen Handygebimmel?, dachte Auguste.

Er widerstand seinem eingebauten Vaterreflex, zu Pauline zu eilen und sie so schnell wie möglich zurück in die warme Welt ihrer Wohnung zu verfrachten, und beschloss, ein wenig auf Abstand zu bleiben. Es musste einen Grund geben für ihr merkwürdiges Verhalten am Morgen ihres Geburtstags, der bis eben normal und unauffällig verlaufen war. Auch das: Alles nur Fassade. Erst jetzt begriff er es.

Seine einzige Sorge war, dass Pauline sich bei der Kälte eine Lungenentzündung holte. Der Stoff seines eigenen Hemdes war zwar nicht dichter gewebt, aber er war alt genug. Er hatte einen Großteil seines Lebens gelebt, um sich machte er sich daher keine Sorgen. Zumindest ein kleines Weilchen wollte er seiner Pauline noch geben, ohne sich gleich wie ein Haudrauf in alles einzumischen – so wie er es für gewöhnlich tat.

Er sah Pauline dabei zu, wie sie am Stand von Madame Pontagnac stand und wartete. Der Landstreicher, der sie hinausbegleitet hatte, hatte sich Gott sei Dank verabschiedet. Was für eine Gestalt! Fast wie eine Figur aus einem Märchenbuch, dachte er. Wie auch immer, hoffentlich hat sie sich keine ansteckende Krankheit bei der überaus innigen, fast schon theatralischen Verabschiedung des Mannes eingefangen, dachte Auguste und verwünschte sich im selben Augenblick für seine Gedanken.

Konnte es sein, dass er neidisch war? Wann hatte seine Tochter ihn das letzte Mal derart innig und liebevoll umarmt? Nun ja, möglicherweise hatte er ihr keinen Anlass dafür geboten. In diesen körperlichen Dingen war er nicht mehr so gut wie früher.

Für einen Moment ließ Auguste den Blick zum Himmel über ihm schweifen. Die Sterne mochten unsichtbar sein bei Tageslicht, trotzdem waren sie da. Eines Tages würde auch er ein Stern am Himmel sein, genau wie seine geliebte Hortense, und irgendwann, hoffentlich sehr viel später, in Anbetracht aller Zeit des Universums allerdings nur ein Fingerschnippen weiter, auch Pauline, Hélène und Lisette. Ein weiteres Fingerschnippen würde erklingen, und auch die Kinder und Kindeskinder der drei Mädchen wären Sterne am Himmel.

Wie wichtig es war, dass wir unser Leben lebten! Dass wir unseren Träumen folgten und uns nicht unterbuttern ließen von dem, was die Gesellschaft uns aufzwang, von fremden Träumen und falschen Zwängen. Denn nur wenn wir gelebt hatten – gelebt und geliebt –, wartete ein Platz am Himmel auf uns. Sterne taten nämlich vor allem eines: Sie leuchteten. Wie sollten wir dort oben am Firmament leuchten, strahlen, glänzen, wenn wir es unser Leben lang nicht vermocht hatten? Wenn wir uns ein Leben lang im sicheren Schatten einer Fassade versteckt hielten, die wir für andere aufgebaut hatten, nicht jedoch für uns selbst.

Als Augustes Blick wieder auf Pauline fiel, die noch immer in der klirrenden Kälte ausharrte, war ihm schlagartig klar, dass sie der leuchtendste Stern von allen sein würde. Immerhin tat sie genau das, was er sein Leben lang vermieden hatte: Sie folgte ihrem Herzen. Sie lebte ihren Traum. Nicht weil es leicht war – im Gegenteil, es schmerzte sogar. Aber sie tat es dennoch. Sie konnte einfach nicht anders. Eben das machte sie so einzigartig. So wunderbar. So liebenswert. Die Tatsache, dass ihr Herz noch immer das romantische Herz des kleinen Mädchens war, das sie einmal gewesen war.

Konnte ein Vater stolzer auf seine Tochter sein, als er es war – in diesem Augenblick, in dem er plötzlich, mit so vielen Jahren Verspätung begriff, worum es im Leben wirklich ging?

»Mein Mädchen«, flüsterte er, und wischte mit der Hand das zarte Rinnsal weg, das still über seine Wange floss.

Pauline

»Darf es sonst noch etwas sein?«, fragte Madame Pontagnac sie zum zweiten oder dritten Mal.

Pauline hatte vor mehr als einer Viertelstunde eine Honigmelone erworben und harrte noch immer an ihrem Stand aus. Offensichtlich hatte Madame Angst, dass sie den anderen Kunden den Platz wegnahm. Aber es war ihr egal. Am besten sie reagierte einfach nicht – solange die Alte sie nicht von der Gendarmerie abtransportieren ließ, war alles in Ordnung.

Mit klammen Fingern umfasste Pauline die Honigmelone. Die Frucht war wie eine Visitenkarte, wie eine Erinnerung an das vergangene Jahr. All die Erinnerungen, sie kamen auf einmal hoch in ihr. Würde ihr Traum in Erfüllung gehen, würde sich das Portal öffnen, würde Léonard zu ihr kommen – so wie um diese Zeit vor genau einem Jahr?

Vorsichtig blickte Pauline sich um. Sie hatte das Gefühl, beobachtet zu werden – aber möglicherweise bildete sie es sich auch nur ein.

Erst jetzt bemerkte sie, dass ihr Herz immer schneller schlug. Es raste sogar. Außerdem schien es, was noch merkwürdiger war, in ihrer Brust zu wachsen.

Wie ein Schneeball, der einen Berg hinabrollte, wobei er immer schneller und immer größer wurde, bis er sich in eine Lawine verwandelte. Genau das war es, was sie in diesem Augenblick durchflutete: eine Lawine aus Gefühlen und Bildern. Es waren die Gefühle und die Bilder ihres Lebens. Sie selbst war die Auslöserin dieser Lawine, der Schneeball, aus dem sie sich gebildet hatte – sie als kleines Kind, mit ihren Eltern, in einem kleinen aufblasbaren Pool im Garten ihres Hauses, wackelig auf einem roten Fahrrad mit Stützrädern. Eine winzige Kinderhand – ihre eigene –, die sich neugierig um den riesigen Daumen ihres Vaters schloss. Ein versteckter, schüchterner Kuss mit einem sommersprossigen Jungen, ihrer ersten Liebe, in dem Waldstück bei den Eisenbahngleisen. Sie mit einer Brille, die sie streng und professionell aussehen ließ, in einem weißen Kittel über Reagenzgläsern. Düfte, die sie umwehten wie Winde, wie Jahreszeiten – vor allem einer: der des Parfüms, das sie entwickelt hatte und das sie selbst bis heute trug. Dann, wie in einem Super-Acht-Film das ratternde, knatternde, wackelnde Bild einer Melone, die in ihrem Korb verschwand, während ihre Augen zum allerersten Mal in die von Léonard blickten …

Es war unmöglich, all die Eindrücke zu zählen, die sie in Sekundenschnelle durchfluteten – ebenso unmöglich wie sie festzuhalten. Alles schien in einer Art Zeitraffer abzulaufen. Am meisten beeindruckte sie jedoch: Es waren nicht nur Filme, Bilder und Gerüche, sondern sie empfand alles noch einmal auf exakt dieselbe Weise, wie sie es damals empfunden hatte. Es war ein Déjà-vu! Nein, nicht eines, es waren unzählige Déjà-vus!

Sie erinnerte sich. An alles. Immer schneller lief der Film ab. Die Bilder begannen sich in ihrem Kopf zu drehen. In einem Tempo, dass ihr schwindelig wurde.

»Setz dich hin und beruhige dich«, verordnete sie sich selbst. Eine plötzlich aufkommende Übelkeit bekämpfend, schleppte sie sich zu der Bank am Rande des Platzes, die auf den Stand von Madame Pontagnac blickte. Ihre Brust drohte zu platzen, so groß war ihr Herz darin mittlerweile geworden. Ihr Atem ging schwer, so als wäre kaum noch Luft in ihren Lungen, als würde ihr Herz auch diese erdrücken. Es war zu spät. Statt auf die Bank sank sie zu Boden, aber nicht wie ein Stein, sondern wie eine Schneeflocke, sanft und leicht. Als wäre es ein Glück zu fallen. Sich fallen lassen zu können. Nach all der Zeit des Wartens. Endlich!

Im Gewühl der Menschen bemerkte sie eine Gestalt, die von der anderen Straßenseite auf sie zulief. Es war ihr Vater. Genau wie sie trug er nur ein leichtes Hemd, wie immer in Blau, denn das war seine Farbe. Genau wie sie hob er sich dadurch von allen anderen Menschen ab, die sich der Jahreszeit entsprechend in warmen Mänteln über den Markt schoben.

»Geht es dir gut, Pauline?«, rief er besorgt und legte schützend einen Arm um sie. Dann hievte er sie sanft vom Pflaster auf die Bank, die sie nur um eine Winzigkeit verpasst hatte, als sie vor Schwäche eingeknickt war.

»Keine Sorge, alles in Ordnung«, bestätigte sie und nickte. Dabei hatte sie nicht wirklich das Gefühl, dass alles in Ordnung war. Es war mehr als nur in Ordnung. Wenn auch nicht nach den Maßstäben, die ihr Vater anlegen würde. Sie spürte, dass bald etwas Großartiges geschehen würde. Etwas, worauf sie lange gewartet hatte. Ihre Zeit war gekommen.

»Ruhig ein- und ausatmen, ja? Ganz ruhig und langsam«, ordnete Auguste an und umfasste mit einer Hand ihren rechten Arm.

Erst jetzt fiel ihr auf, dass er taub war.

»Es geht mir gut«, sagte sie, nachdem sie die tiefe Bestürzung in den Augen ihres Vaters bemerkt hatte. »Ehrlich. Es ging mir nie besser.«

»Du musst keine Angst haben.«

Es war nicht seine Stimme, die zu ihr sprach. Sie kam ihr bekannt vor, aber die Eindrücke, die auf sie einstürzten, während sie versuchte zu atmen und den Druck auf ihrer Brust auszuhalten, erschwerten es ihr, sich zu konzentrieren.

»Ich bin gekommen, um dich abzuholen.«

Hinter dem Rücken ihres Vaters trat ein kleines Mädchen hervor.

»Felicity!« Oder war es Patience?

»Ich bin Mercy«, stellte das Mädchen sich vor. »Die dritte Schwester.«

Ein unbeschreibliches Glücksgefühl durchströmte Pauline.

»Dann … ist es jetzt … so weit? Ich werde ihn wiedersehen?«

Mercy nickte. »Du hast uns überzeugt: Ihr beide gehört zusammen.«

»Mit wem redest du da?« Auguste blickte verstört um sich. Natürlich konnte er das Mädchen nicht sehen.

»Mit einem Engel«, erwiderte Pauline.

»Mit einem … Engel …?« Seine Augen füllten sich mit Tränen. Seine Lippen zitterten, während er sie zusammenkniff, als hätte er soeben etwas Schreckliches gesagt.

»Mir geht es gut«, versuchte Pauline ihn zu beruhigen. »So gut wie nie zuvor. Mach dir bitte keine Sorgen.«

»Hilfe!«, schrie er auf die Straße hinaus, »wir brauchen einen Arzt, schnell!«

»Nein, bitte nicht!«, versuchte Pauline ihn aufzuhalten. »Bleib nur hier bei mir und umarme mich, ja? Es wird alles gut.«

Ihr Vater sackte vor ihren Augen zusammen und umklammerte sie, als wäre nicht sie, sondern er selbst der Patient. Vielleicht war es auch so.

»Was ist das für ein Engel?«, fragte er schließlich.

»Ein Engel, den ich schon lange kenne. Er hat drei verschiedene Namen, aber nur ein Gesicht.«

»Ist … es ein schönes Gesicht?«, schluchzte ihr Vater, während er sie fest umschlungen hielt.

»Ja, sehr schön«, bestätigte Pauline.

»Du weißt, dass ich dich liebe. Oder, mein Schatz?«

Es war das allererste Mal, dass sie diesen Satz aus seinem Mund vernahm.

»Ich weiß, Auguste.«

Mit den Jahren hatte sie sich angewöhnt, ihren Vater mit seinem Vornamen anzusprechen. Schließlich waren sie erwachsene Menschen.

»Papa«, ergänzte sie.

Er nahm ihr Gesicht in beide Hände. Blickte ihr in die Augen. Küsste sie auf beide Wangen. Es war das Letzte, was sie spürte.

»Mein Stern«, flüsterte er.

»Komm!«, sagte Mercy und reichte ihr die Hand.

Pauline ergriff sie.

Was war das? Es war … unfassbar!

Mit einem Mal war aller Druck verschwunden, sie verspürte keinen Schmerz mehr in ihrer Brust. Leicht wie eine Feder erhob sie sich und sah, wie Mercy sich die flache Hand vor den Mund hielt, direkt vor dem Gesicht ihres Vaters. Sie pustete ihn an. Über die flache Hand hinweg, mitten ins Gesicht. Als wolle sie ihm etwas von ihrem göttlichen Licht spenden, um ihn zu trösten. Genauso war es: Eine dünner goldener Faden, eine Art Sternenstaub, floss von ihren leicht geöffneten Lippen in seinen Mund. Im selben Moment öffnete er die Augen, die er, gefangen im Schmerz, geschlossen hatte. Er hob den Kopf und schaute Pauline direkt in die Augen. Sie stand vor ihm und blickte auf ihren Körper, der in seinen Armen lag. Doch er – er starrte nicht auf den leblosen Körper, aus dem sie herausgetreten war, sondern auf sie. *Er sah sie.*

»Wir sehen uns wieder, oder?«, fragte er und betrachtete sie wie ein Wunder.

Es war durchaus nicht unwahrscheinlich, dass sie eines war.

»Ja, das werden wir«, antwortete sie.

Ein Weilchen betrachtete er sie voller Liebe. Dann jedoch schien er sie zu verlieren. Er wedelte mit der Hand vor seinen Augen durch die Luft. Verzweifelt auf der Suche.

»Pauline?« Dann noch einmal: »Pauline?«

Sekundenlang starrte er in die Luft, doch es war klar, dass er sie nicht mehr wahrnahm. Sein Blick irrte umher. Schließlich fiel er zurück auf den Körper, der in seinen Armen lag. Den Körper seiner Tochter, in dem er nun seinen Kopf vergrub und seinen Tränen freien Lauf ließ.

»Danke«, sagte Pauline zu Mercy. »Danke, dass er mich so sehen durfte.«

»Er weiß nun, dass es nicht zu Ende ist«, antwortete der kleine Engel an ihrer Seite.

»Werden wir uns wirklich wiedersehen?«, fragte Pauline.

Mercy nickte. »Alles, was in Liebe verbunden ist, ist bis in alle Ewigkeit verbunden.«

Während von überall die Leute heranströmten, Marktbesucher, Aussteller und schließlich der mit

Sirene und Blaulicht eintreffende Notarzt, ließ Pauline den Blick schweifen. Da war sie also. Schöne, neue Welt.

Noch immer spürte sie Mercys kleine Hand in der ihren.

»Apropos auf alle Ewigkeit verbunden«, sagte Mercy. »Schau mal, wer da auf uns wartet…«

Es dauerte ein Weilchen, bis Pauline sich orientiert hatte. Die Welt, in der sie nun war, ähnelte jener, in der sie sich zuvor befunden hatte. Aber sie war so viel vielschichtiger. Einige Dinge erschienen ihr durchsichtig, andere erstrahlten in Farben, die sie nie zuvor gesehen hatte. Durch diese Welt irrten Gestalten, die nicht in die Zeit passen wollten. Doch all das war Nebensache, als sie ihn schließlich erblickte: ihn – den Grund, warum sie hier war.

Pauline & Léonard

»Pauline!«, rief Léonard.

Sie erkannte sein Gesicht sofort wieder. Als hätte sie es nie aus den Augen verloren. Als wäre zwischen Heiligabend vor einem Jahr und heute nicht ein einziger Tag vergangen.

»Léonard!«

Langsam kam er auf sie zu. Ihr Herz hüpfte vor Aufregung und Erwartung. Du bist genauso, wie ich dich in meinen Träumen bewahrt habe, dachte sie, als er schließlich vor ihr stand.

»Aber das hier… passiert wirklich, oder? Oder träume *ich* nun?«, fragte Léonard.

»Vielleicht müssen wir einander kurz zwicken, dann wissen wir, ob wir träumen«, schlug sie vor. Ihre Stimme bebte vor Aufregung.

Komm schon, trau dich! Berühr sie!

Komm schon, trau dich! Berühr ihn!

Sie mussten beide lachen, weil ihnen in derselben Sekunde derselbe Gedanke durch den Kopf gegangen war, mit nahezu identischer Wortwahl. Es war so viel aufregender, wenn man Dinge zusammen genießen konnte – wie zum Beispiel die Gedanken des Menschen lesen zu können, an dessen Seite man jede Minute seines Lebens verbringen wollte.

Einer von ihnen musste den Anfang machen.

»Léonard – ich habe Angst, dass du zerplatzt wie eine Seifenblase, wenn ich dich berühre«, sagte sie.

»Ehrlich gesagt, davor habe ich auch Angst«, erwiderte er seufzend.

Erneut mussten sie beide lachen.

Wie schön dein Lächeln ist!

»Jetzt haben wir schon wieder genau dasselbe gedacht!« Sie sagten es beide im selben Augenblick. Wie Synchronsprecher, nur dass sie es taten, ohne vorher die Texte zu kennen.

»Entschuldige bitte!«, sagte er schließlich nach einer kleinen Pause. Noch immer standen sie einander gegenüber wie am Boden festgewachsen, nur eine Armlänge voneinander entfernt.

»Entschuldige … wofür?«

»Dass ich dich da reingezogen habe. Ich weiß nicht, was ich mir dabei gedacht habe. Ich wollte nur …«

»… bei mir sein?« Sie hoffte, dass es das war, was er ihr sagen wollte.

Er nickte schuldbewusst.

»Und ich bei dir«, erwiderte sie erleichtert. »Damit wären wir quitt, oder?«

Sie lachte ihn an, voller Liebe, trotzdem wagte sie es noch immer nicht, ihn anzufassen. Ihn einfach mit den Armen zu umschlingen. Obwohl sie nichts lieber getan hätte. Obwohl er bereits in ihrem Bett geschlafen hatte. Jetzt, da er endlich leibhaftig vor ihr stand, war es, als hätte jemand die Uhr zurückgedreht: auf den Tag vor einem Jahr, an dem sie sich zum allerersten Mal bei Madame Pontagnac getroffen hatten.

Schüchtern erwiderte er ihr Lächeln.

»Ich muss dir etwas sagen«, flüsterte er.

»Ja?«

»Du … bist die hartnäckigste Frau, die ich je erlebt habe.«

»Und? Ist das … schlimm?«, erwiderte sie kleinlaut. Hatte sie etwas falsch gemacht?

Léonard lachte ihr ins Gesicht wie die aufgehende Morgensonne. So frisch und voller Leben.

»Willst du mich auf den Arm nehmen?«, fragte er.

»Ich weiß nicht – wäre das möglich? Ich bin schließlich neu hier«, scherzte Pauline.

»Alles ist möglich – jetzt, da wir zusammen sind. Sogar, dass ich dich auf den Arm nehme!«, erwiderte Léonard überschwänglich. Endlich fasste er sich ein Herz und trat vor. Vorsichtig schlang er die Hände um ihre Hüften.

Es war … *spürbar elektrisierend*. Sie wusste nicht wie ihr geschah. Hurra!, wollte sie schreien. Ich kann dich spüren! Es ist ein Wunder!

Während er sie mit beiden Armen umfasste, drückte sie sich fest an ihn. Sie kuschelte sich geradezu in ihn hinein. Für einen Moment hob sie vom Boden ab.

»Bin ich nicht zu schwer?«

»Nein! Du bist leicht wie Luft. Wie ein Engel …«

Sanft fuhr sie ihm mit der Hand über die Stirn und strich ihm ein Haar aus dem Gesicht. Ihn einfach nur zu berühren. Sie genoss es wie die ersten Strahlen der Sonne, die morgens in ihr Zimmer fielen.

»Darf ich dich küssen?«, bat er schließlich leise.

Das fragst du noch?, wunderte sie sich kopfschüttelnd. Wofür, wenn nicht *dafür*, war sie sonst hier bei ihm? Wozu sonst hatte sie sich in seine Arme geworfen, wenn nicht um endlich von ihm geküsst zu werden?

»Ich glaube, das heißt *Ja*«, bestätigte Mercy, ihr kleiner himmlischer Zaungast, schlagfertig in Paulines Namen und schenkte Léonard einen Blick, der selbst einem Blinden signalisiert hätte: Mach. Es. Jetzt.

»Danke«, flüsterte er Pauline ins Ohr.

Seine Lippen fühlten sich weich an. Weich wie eine Wolke. Pauline ließ sich ganz hineinfallen in diese Wolke, auf der sie für immer schweben wollte. Wenn es tatsächlich eine Wolke sieben gab – sie hatte sie gefunden.

»Danke? Wofür?«, flüsterte sie zurück.

»Dafür, dass du zu mir gekommen bist. Das Personal von Wolke sieben heißt dich herzlich willkommen«, entgegnete er mit einem leisen Lächeln.

»Ach, Personal gibt es hier auch?«

Er deutete auf Mercy.

»Selbstverständlich! Schau nur, du hast sogar deine eigene kleine Zofe.«

»Haha, sehr witzig!«, entgegnete Mercy, aber ihr

Lächeln signalisierte Léonard, dass sie ihm den kleinen Scherz nicht krummnahm.

»Na, seid ihr bereit?« Mercy blickte die beiden mit großen Augen an.

»Bereit?«

»Bereit zu gehen?«

»Wohin?«

»Hier könnt ihr nicht bleiben«, sagte der kleine Engel. »Entweder ihr entscheidet euch, euer nächstes Leben zu beginnen. Oder aber …«

»Der Job in der Verwaltung?«

»Aha, Jean-Baptiste Lumière hat euch also schon eingeweiht.«

Pauline und Léonard nickten synchron, wie es sich bereits eingebürgert hatte.

»Wie ist das – ein Engel zu sein? Wie fühlt es sich an?«, wollte Pauline wissen.

Mercy lächelte verheißungsvoll.

»So wie an einem Spätsommernachmittag barfuß am Meer spazieren zu gehen, an einem endlos weiten Strand. Ein sanfter Wind streichelt dir über die Haut und weht den frischen Duft der Wellen herüber, während die Sonne dich mit ihrer Wärme und ihrem Licht einhüllt. Es existieren kein Gestern, kein Morgen, ebenso kein Schmerz und keine Sorgen. Nur ein einziges, glückliches, leichtes JETZT.«

»Würden wir zusammen diesen Strand entlangspazieren?«, fragte Léonard.

Mercy nickte. »Händchenhalten ist erlaubt.«

»Haben wir als Engel auch Namen?«, fragte Pauline.

»Da ihr zwei so aneinanderklebt und ohnehin alles teilen wollt, werdet ihr als Engel auch denselben Namen tragen. Wie wäre das?«, schlug sie vor.

»Welcher Name wird das sein?«, fragte Pauline, die sich bereits jetzt kaum noch daran erinnerte, dass sie einmal Pauline geheißen hatte.

»*Happiness*«, erwiderte Mercy. »Ihr werdet beide *Happiness* heißen.«

»*Happiness* … was für ein schöner Name!«

»Also, seid ihr bereit?«

Léonard schaute Pauline tief in die Augen.

»Sind wir das?«, fragte er. »Bereit zum Abflug?«

Pauline blickte sich um zu der Welt, der sie nun auf immer Adieu sagen sollte. Sie sah ihren Vater. Er lag noch immer am Boden und hielt sie fest umschlungen in seinen Armen. Ihre Mutter war herbeigeeilt, ebenso ihre Schwestern. Sie alle weinten. Madame Pontagnac hielt sich erschrocken die Hand vor den Mund, während ein Notarzt Wiederbelebungsversuche an ihrem leblosen Körper unternahm.

Autsch! Was war das? Sie bemerkte einen heftigen Schlag in der Brustregion. Kurz darauf noch einen. Ihr war, als könne sie die Elektroschocks förmlich spüren, die der Arzt ihr mit dem Defibrillator verpasste.

Wie war das möglich? Stand sie etwa noch immer mit einem Bein in der irdischen Welt? All das war schwer zu begreifen und noch schwerer mit anzusehen. Die Menschen, die sie so sehr liebte, ihre Familie, derart leiden zu sehen.

»Sind wir bereit?«

Sie hatte die Frage noch nicht beantwortet.

Mercy hatte sie gestellt. Aber es war Léonard, der ihre Antwort erwartete. Der eine Antwort verdiente.

Erst jetzt bemerkte sie seinen Blick, der offenbar schon eine ganze Weile auf ihr ruhte. Die eben noch unbändige Freude war aus ihm gewichen und hatte einer besorgten Nachdenklichkeit Platz gemacht. So als hätte er soeben etwas Bedeutendes verstanden. Etwas, das sie beide betraf. Sie und ihn.

Du glaubst doch nicht, dass ich dich im letzten Moment im Stich lasse, oder? Sie sprach nicht aus, was sie dachte – so wie sie es zu Lebzeiten getan hatte. Doch hier, in dieser Welt, war das nicht nötig. Worte, Gedanken – alles war eins.

»Ja, ich bin bereit«, bestätigte sie, um jeden Zweifel in Léonard auszuräumen. »Bereit … zum … Abflug.«

Hatte sie zaghaft geklungen? Zu leise? Die Gedanken drehten sich in ihrem Kopf wie in einem Karussell.

»Pauline, es tut mir unendlich leid«, entgegnete er. »Aber ich möchte dich um einen allerletzten Gefallen bitten.«

Pauline glaubte, sich verhört zu haben, und auch Mercy starrte Léonard verdutzt an.

»Weißt du was …«, setzte er an. Seine Stimme klang brüchig.

»Was … Ist etwas nicht in Ordnung?«, fragte sie ihn, ohne zu wissen, woher der plötzlich wiederkehrende Schmerz in ihrer Brust stammte – von den Elektroschocks, von dem entsetzlichen Bild, das ihre Familie bot, oder von der Nachricht, die Léonard ihr nun überbringen würde.

»Wie wäre es, wenn ich schon mal vorausginge?«, schlug er mit leiser Stimme vor.

Erschrocken blickte sie ihm in die Augen. Noch immer hielt sie ihn fest umschlungen und er sie. Allerdings hatte sie das Gefühl, dass sein Griff sich langsam zu lockern begann.

»Vorausgehen?«, fragte sie. »Was meinst du damit?«

»Nur ein Weilchen – und du kommst nach … Wäre das möglich?«, fragte er an Mercy gewandt. »Gibt es noch spätere Abflüge zu unserem Reiseziel?«

Für einen Augenblick schien selbst der kleine Engel die Sprache verloren zu haben. Dann nickte Mercy und erklärte: »Ich denke, der Flugplan ließe sich dementsprechend ändern. Auch wenn es ungewöhnlich ist.«

»Aber ich …« Pauline wusste nicht, was sie sagen sollte. Sie konnte Léonard doch nicht einfach hier zurücklassen.

»Noch kannst du zurück ins Leben, Pauline«, machte Mercy Druck. »Aber dir bleibt höchstens eine Minute Zeit. Dann schließt das Portal sich wieder.«

O Gott, nein!

»Ich will dich nicht verlieren, Léonard. Ich liebe dich. Ich liebe dich von ganzem Herzen.«

»Mach dir bitte keine Sorgen. Ich werde auf dich warten.« Er brachte die Worte kaum heraus. »Wenn du mir versprichst, dass du nachkommst, dass wir uns wiedersehen, ist es … wie das Warten auf das Christkind!«

Mercy lächelte wissend in sich hinein.

»Man will, dass endlich Heiligabend ist, trotzdem ist schon das Warten darauf unfassbar schön. Ich werde mir einen Adventskalender basteln und jeden Tag ein Türchen öffnen – bis wir uns wiedersehen!«, fuhr Léonard fort. »Abgesehen davon gibt es da oben bestimmt eine Menge anderer schöner Dinge, mit denen ich mich ablenken kann, oder?«

Ein erneutes Nicken von Mercy signalisierte ihm, dass er sich nicht irrte.

»Das ist nicht das Ende«, wandte er sich an Pauline. »Es ist der Anfang!«

»Pauline, wenn du zurückwillst, musst du jetzt gehen!« Der Ausdruck in Mercys Gesicht duldete keinen Widerspruch.

Pauline drückte sich an Léonard, so fest sie es nur vermochte. Sie wollte in ihm versinken, bis in alle Ewigkeit.

»Wir werden uns wiedersehen, oder?«, schluchzte sie.

Mit Tränen in den Augen blickte sie zuerst ihn an und dann den kleinen Engel an ihrer Seite.

Mercy nickte. »Wenn ihr es euch jetzt versprecht, in diesem Moment, dann werdet ihr es. Léonard wird vorausgehen, und du kommst nach.«

»Wann?«

»Eigentlich darf ich dir nicht sagen, wie alt du wirst, aber es wird ein kleines Weilchen dauern«, erklärte Mercy. »Dir steht noch ein glückliches Leben bevor.«

Glücklich konnte es nur sein, wenn sie Léonard wiedersehen würde. Einzig und allein in dieser Hoffnung konnte sie weiterleben.

»Ich verspreche es«, sagte er.

Sie hätte ihm die Worte von den Lippen küssen können, so nah war er ihr.

»Ich verspreche es auch!«

»Pauline!« Mercy riss sie aus Léonards Armen. »Komm jetzt, sonst ist es zu spät!«

Pieeep!

Ohne Vorwarnung zuckte ein schrilles Signal in Paulines Trommelfell und strahlte von dort aus in ihren gesamten Körper. Ihren Körper? Alle Leichtigkeit wich schlagartig von ihr, und sie fühlte sich, als hätte jemand einen schweren Mantel um sie geworfen, einen Mantel aus Fleisch und Blut. Das konnte nur ihr Körper sein.

»Sie kommt zurück!« Das war die Stimme des Notarztes.

»Pauline?« Und das war Auguste.

»Pauline?«

»Pauline?«

»Pauline?«

Sie erkannte jede einzelne Stimme. Mühsam schlug sie die Augen auf. Köpfe beugten sich über sie. Vertraute Gesichter. Sie alle waren tränenüberströmt, aber einige Tränen unterschieden sich deutlich von den anderen. Es waren die frischesten – Tränen der Freude.

»Wir haben sie! Wir haben sie wieder!«, rief der Arzt erleichtert in die Menge, als könne er es selbst nicht fassen. Er strich sich mit der Hand über die Stirn und stieß einen schweren Seufzer aus, während ihre Familie Pauline anstarrte, als würden sie soeben Zeugen eines Wunders.

Doch was war das? Noch immer hielt irgendjemand ihre Hand. Pauline spürte es klar und deutlich.

Es war ihre rechte Hand. Jemand saß neben ihr. Dann sah sie, wer es war: Léonard. Er war noch immer da. Aber im Gegensatz zu den anderen Menschen, die sie um sich herum erblickte, war er durchsichtig.

»Auf Wiedersehen, Pauline«, sagte er und schenkte ihr das süßeste und wärmste Lächeln, das sie je von einem Menschen geschenkt bekommen hatte.

»Auf Wiedersehen, Léonard.«

Sie brachte es kaum über die Lippen.

»Als Engel werden wir *Happiness* heißen, genau wie Mercy es gesagt hat. Das werden wir doch, oder?« Ihre Stimme erstickte bald in den Tränen, denen sie nun freien Lauf ließ.

»Das werden wir«, versprach er. »Und bis dahin: Lebe du für mich mit, ja?«

»Das werde ich, versprochen«, schniefte sie.

Zum Abschied beugte er sich zu ihr vor und küsste sie zärtlich auf den Mund.

»Pauline?«

»Ja?«

»Du hast noch etwas vergessen …«

»Was?«

»Meine Hand«, sagte er. »Du musst sie loslassen, damit ich gehen kann.«

Seine Worte brannten sich in ihr Herz, so weh taten sie. Sie blickte auf ihre Hand, die seine fest umklammerte wie ein Schraubstock.

Er lächelte sie aufmunternd an. In seinen Augen sah sie, dass er ganz fest daran glaubte: Sie würden sich wiedersehen.

»Dann bis bald«, hauchte sie fast unhörbar. Sie konnte nur hoffen, dass er noch immer in der Lage war, ihre Gedanken zu lesen. Zu mehr war *sie* nicht in der Lage. Aber er vermochte es. Seine Augen, sie glänzten!

Genau in diesem Augenblick ließ sie ihn los. Ließ ihn gehen. Und er ließ sie los. Ließ sie gehen.

Langsam löste er sich vor ihren Augen auf.

»Léonard!« Der Klang ihrer Stimme hallte ihm nach wie ein allerletzter Kuss.

Es war der vierundzwanzigste Dezember. In wenigen Stunden war Heiligabend. Die Menschen auf dem ganzen Planeten würden das Leben feiern, das in jener Heiligen Nacht vor mehr als zweitausend Jahren das Licht der Welt erblickt hatte. In der gleichen Nacht, in der so viele Jahre später auch Pauline geboren worden war. In dieser Nacht jedoch, heute, würde ein Stern vom Himmel fallen. Er würde den Menschen zeigen, dass soeben ein Engel geboren worden war. Pauline wusste: Es war ein Engel, der auf sie wartete – bis eines Tages ihre Zeit gekommen war.

»Bis bald, Léonard«, flüsterte sie ein letztes Mal zum Himmel, wo an diesem späten Vormittag nur eine einzige, blendend weiße Wolke prangte. Jene Wolke, auf der sie für einen unvergesslichen Augenblick mit Léonard hatte schweben dürfen: Wolke sieben.

I'm going where the sun keeps shining.

IN MEMORIAM HARRY NILSSON.

Merci

Dies ist mein Dankeschön an alle, die an ihre Träume glauben. Die daran glauben, dass Märchen wahr werden können – so wie die Geschichte von Pauline Pardieu und Léonard Lune.

Ich danke meiner Lektorin Eléonore Delair, Nicola Bartels und allen bei Blanvalet sowie meiner Agentin Andrea Wildgruber von der Agence Hoffman, die dieses Märchen haben wahr werden lassen. Und, last but not least, Katie Melua und Mike Batt sowie Harry Nilsson (†), deren wunderbare Songs mich beim Schreiben dieser Geschichte begleitet haben.

Happy Tears und Happy End garantiert!

320 Seiten. ISBN 978-3-442-38008-4

Sieben Jahre nach dem Tod seiner Frau Elli ist das idyllische Restaurant und kulinarische Paradies, das Jacques mit ihr an der Atlantikküste eröffnet hatte, bankrott. Als sein bester Freund und Anwalt ihm kurz vor der Zwangsversteigerung ans Herz legt, eine amerikanische Teilhaberin zu akzeptieren, steigt Jacques widerwillig auf den Dachboden. Doch statt der wichtigen Unterlagen entdeckt er ein handgeschriebenes Kochbuch mit »Liebesrezepten«, die Elli sich ausgedacht hatte. Und während er noch in derselben Nacht das erste Gericht kocht, erscheint plötzlich Elli in der Restaurantküche – und spricht mit ihm. So als wäre sie nie von ihm gegangen. Nacht für Nacht kehrt sie zurück und flößt Jacques Mut zu einem Neuanfang ein – und zu einer neuen Liebe …